U0115307

文化生活叢書·藝文采風

臺灣客家禮俗文化新探索

謝淑熙　著

本書由客家委員會贊助出版經費，特此致謝。

莊序

　　謝淑熙博士，人如其名，溫婉而爽朗，出身桃園縣楊梅教育世家，是一位典型的客家女子。與淑熙相識近半世紀了，還記得一九七二年秋季，我剛從臺灣師範大學國文研究所碩士班畢業，尚未進入博士班深造，因左師松超的介紹進入大學兼課，擔任聲韻學課程，這在中文系是最繁重的課程，下課休息時間，淑熙經常趨前問疑；學期末補課十幾小時，從未缺課；每次考試，成績總是名列前茅。幾十年來，每逢年節，她都會持禮問候，從未間斷，其尊師重道有如此者。

　　淑熙畢業後，獻身梓里教育，先後任教於桃園縣仁美國中、臺北育達高職、中壢家商等校，並兼任圖書館主任，克紹箕裘，作育英才無數。婚後孝敬舅姑，相夫教子，勤儉持家，子女遠赴外國留學。到了事業與家務都上軌道之後，才負笈臺灣師範大學碩士在職專班，二〇〇四年在林安梧教授指導下，以《孔子禮樂觀所蘊含教育思想研究》獲得碩士學位，厥後，考進臺北市立教育大學，在林慶彰教授、賴貴三教授指導下，二〇一二年榮膺文學博士學位，其論文《黃以周《禮書通故》研究》體大思精，勝義時見，我忝為口試委員，對其竿頭日進的表現，確實感到十分欣慰。畢業前後，曾執教於萬能科技大學、新生醫專、臺北市立教育大學、國立臺灣海洋大學、實踐大學等校。並兼任中華文化教育學會秘書長，黽勉從事，熱誠感人。

　　幾十年來，淑熙手不釋卷，筆耕不輟。在學期間，經常參加文復會、孔孟學會、商教學會等的徵文比賽，屢創佳績。進入研究所之後，更發表了五、六十篇論文，範疇涵蓋經學、思想史、古典文學、

圖書文獻學、國文教學等，集結成書的，除了碩、博士論文外，還有《過盡千帆——向文學園地漫溯》、《不畏浮雲遮望眼——回首教改來時路》、《禮學思想的新探索》、《研閱以窮照——閱讀教學的新意義》等書。近年來，客家禮俗文化成為她另一個研究重點，先後發表了九篇論文，十餘萬言，擬以《臺灣客家禮俗文化新探索》為題，付梓問世，以她對客家文學的熱愛，對客家精神的身體力行，這真是不足為奇的事。所以當她希望我為這本新書寫序，我立刻欣然應允。從頭到尾通讀一遍，發現它的確具有不少優點，舉其要者，例如：

一　主題鮮明

主題是作品題材所蘊涵的主要思想、情感、意義。此書的題材相當繁複，但其主旋律始終在闡述客家崇本報先、啟裕後昆的禮俗文化，進而發揚客家篳路藍縷、積極奮鬥的傳統精神。一千七百多年來，客家民系歷經五次大遷徙，從中原到蠻荒，顛沛流離，處處為家，竟能繁衍為一億多人口，散布在海峽兩岸及世界各地（單是臺灣有四百萬人），保留了許多中原文化，也發展出獨樹一幟的禮俗，對當地的政治、經濟、文化都有重大貢獻，而其愛國愛鄉的情懷也特別濃烈。正如本書中一在強調的：「客家人勤勞節儉、刻苦耐勞；在人倫關係上，客家人敬祖睦宗、長幼有序；在社會意識上，客家人團結、要求與人和睦相處、能忍讓；在品德操守上，要求人品氣節更勝於富貴，並且敬愛自然萬物。」（頁211）這種文化特質，洋溢在客家子孫的身上，也散布在不同的禮俗文化之中，本書大半的篇章最後都在探討各種禮俗的文化蘊涵，更顯現其主題之集中而強烈。

二 題材多元

　　淑熙多年來的研究，從《道貫古今——孔子禮樂觀所蘊含之教育思想》、《黃以周《禮書通故》研究》到《禮學思想的新探索》，可說一以貫之，以禮為主軸。曾國藩《聖哲畫像記》說：「先王之道，所謂修己治人、經緯萬匯者，何歸乎？亦曰禮而已矣！」禮的範疇十分廣泛，單以本書而言，姓氏、堂號、宗祠、族譜、家訓、信仰、成語、語音、文學風情等，不過是其中幾個重點而已。對這些題材的探討雖有詳有略，但已足以表現其題材之多元、內容之豐富。在有限的篇幅中，所以能表現如此充實的內容，與其視野之寬廣、資料之豐富必然息息相關。當然，客家文化可以研究的題材還有許多，如歷史、社會、經濟、飲食、服飾、建築、婚喪、禁忌、音樂、戲劇、體育，乃至於從縱的方面去追溯中原民俗文化的源頭，橫的方面去比較客家文化與其他相關文化的關係與異同，都是淑熙乃至於有志之士可以留意之處。

三 方法講求

　　在現代客家禮俗文化的研究，涉及的學科有歷史學、民族學、人類學、民俗學、社會學、語言學、宗教學、藝術學、文化學等。淑熙長期接受學術研究的訓練，對於研究方法也不敢忽略。書中提及的有歷史學、語言學、社會學、文獻學、傳統禮儀等研究法，而且常有相互結合，交叉運用。其實與本書相關的還有田野調查法、文學研究法、詞彙學研究法、文化學研究法等。這些方法各有細緻的操作技巧，運用得當，則無論對資料的蒐集、史料的分析、考證、文本的詮釋、疑難的釐清、體系的建構，都有不少助益。不同的禮俗文化，要靈活採用不同的研究方法。這一點，本書大致也注意到了。

四 論述得宜

在題目確立、架構穩定之後，論文的主體，或敘述，或說明，或分析，或綜合，或考證，或引據，或申論，或比較，要以論與述為兩大端。本書各篇長者二萬四千字，短者七千餘言，莫不力求論述蓁詳，暢所欲言，以期掌握主題，達到寫作的目標。例如〈從姓氏與堂號探究臺灣客家文化的蘊涵〉，先從中國姓氏的演變，談到臺灣客家姓氏的由來，然後以謝氏（作者本家）、張氏（作者夫家）、賴氏（作者老師）為例，論及臺灣客家姓氏堂號的源流。就像電影由全方位的大鏡頭，逐步縮小到特寫鏡頭。最後再析論臺灣客家姓氏堂號的文化蘊涵，包含：1.報本尋根意識濃厚，2.探究生命本源，3.宣揚客家始祖開疆拓土的精神，4.重視宗族倫理觀念。前後參照，可以發現所言皆有根據，足以顯示客家民俗文化的特質。又如〈臺灣客家文學風情觀初探〉，先談臺灣客家文學的定義與內涵，再分別從桐花情、茶山情、耕讀情、客語情、鄉土情、美食情、民俗情探討客家文學所蘊涵的風情觀。所舉的文學作品有詩、山歌、俗諺、歌詞、勞動歌，所反映的是客家日常生活的風情畫，再穿插相關的圖片，而其中的文化蘊涵則留給讀者，自行體會。其作法與前篇有異曲同工之妙。

總而言之，淑熙這本書將血緣情懷與學術研究融為一體，是相當值得推薦的。當然，任何一本書都難免有些值得商榷的疏失，我已提出不少意見給作者參考，她也從善如流，在可能的範圍內，儘量加以修正，在此就不贅言了。

莊雅州序於臺北

二〇一八年八月二十日

賴序　客家文化流風淑，禮俗道心善德熙
——謝淑熙博士《臺灣客家禮俗文化新探索》圓成賀序

　　人生相逢自是有緣，而能一起教學相長、重道崇文，更深覺是難得的幸運與榮耀！憶及二〇〇四年六月，筆者自荷蘭萊頓大學客座研究返校述職，淑熙適進修於本系暑期在職碩士學位班，因此而建立起師生關係；此後，在進德修業的密切交流，以及同為四縣客家的親切互動之下，鄉情道誼日益深厚而彌篤。

　　二〇〇四年八月，淑熙在當代新儒學名師林學長安梧教授的指導之下，以「孔子禮樂觀所涵蘊教育思想之研究」學位論文，順利通過口試，榮獲本校文學碩士學位，因此而奠定日後學術研究的堅實基礎，以及深化文化教育的雄厚實力。二〇一二年六月，在中央研究院中國文哲研究所研究員林慶彰教授與筆者的聯合指導之下，復以《黃以周《禮書通故》研究》，通過博士學位論文口試，榮獲臺北市立教育大學（今改制為「臺北市立大學」）文學博士學位，深造圓成。自此悠游於學術淵海，翱翔於教育蒼穹，得志適意，其學也泄泄，其樂也融融！

　　淑熙於知命之盛年壯齡，而自中壢家商毅然退休，獲得博士學位後，道業有專攻，教學有良方，於是勤勤懇懇、孜孜矻矻兼任執教於國立臺灣海洋大學、私立實踐大學等校，作育英才，春風化雨，聲譽卓著，桃李榮茂矣！行有餘力，則竭智撰述，佳作頻傳；又盡心奉獻，擔任中華文化教育學會秘書長等義務職，奔走於海內外，「以文

會友，以友輔仁」，郁郁彬彬，美哉盛矣！

今夏，淑熙匯集近九年來，發表於客家語言與生活文化學術研討會，以及第二屆至第八屆「客家文化傳承與發展學術研討會」相關客家禮俗文化論文共九篇：1.〈從姓氏與堂號探究臺灣客家文化的蘊涵——以謝氏、張氏、賴氏為例〉；2.〈從客話成語探索客家人傳統文化的內涵〉；3.〈從客語釋音探討朱熹《論語集註》的語言現象〉；4.〈臺灣客家文學風情觀初探〉；5.〈從堂號與宗祠聯語探究臺灣客家文化的蘊涵——以新竹縣湖口鄉張昆和宗祠為例〉；6.〈客家三獻禮的文化意涵——以新竹縣張昆和宗祠祭典為例〉；7.〈從張氏族譜家訓探究臺灣客家文化的蘊涵〉；8.〈臺灣客家的宗祠文化——以新竹縣張昆和宗祠為例〉；9.〈臺灣客家信仰禮俗所蘊涵儒家文化的探析〉，加以導論，編輯成書，總十萬餘字，對於木本水源、祖德宗功、慎終追遠、禮俗信仰、客家文化諸端，淑熙殫精竭慮，深情關切與細密探討，請益求教，用心真誠；辭懇意洽，深入淺出，林林總總，洋洋大觀，可謂裨益世教，風雅俗純，功不唐捐了。

「姓」以立本，明生命之作始，知血脈之所出；「氏」以溯源，考祖宗之來歷，識遷徙之著落。在現代漢語中，「姓氏」已混成為一個詞；但在秦、漢以前，姓、氏確有明顯的區別。「姓」源於母系社會，同一個姓表示同一個母系的血緣關係；中國最早的姓，大都從「女」旁，如：姬、姜、姚、姒，嬀、嬴等，表示這是一些不同的始祖母傳下的氏族人群。而「氏」的產生則在「姓」之後，在父權家長制確立時，按照父系來標識血緣關係的結果。因此，當我們讀到「炎帝烈山氏，姜姓」，以及「黃帝軒轅氏，姬姓」時，可以明白，中華民族共同始祖炎、黃二帝，原分屬於兩個母系血緣關係組織起來的部落或部落聯盟，一姓姜，一姓姬；而他們又分別擁有表示自己父權家長制首領的「氏」稱——烈山、軒轅。姓和氏有嚴格區別，又同時使

用的的局面，表明母權制已讓位於父權制，但母系社會的影響還存在，這種影響一直到春秋、戰國以後，才逐漸消亡，導致後來子孫不能分辨「姓」與「氏」的脈絡發展關係。

至於，「堂號」也稱「郡望」，則是每一姓氏的發祥淵源，也是每一姓氏的代稱，用於區別姓氏、宗族或家族，後世深以源遠流長，懼有所失，因此創立「堂號」而為信，其主要來源有：地名（一般表示宗族的發源地）、典故（與本族祖先相關的故事或傳說）、訓詞和祖先名等。客家人大都在祠堂高懸著祖傳的堂號，視為家族光輝榮耀的標記，以明淵遠流長，藉以緬懷先祖創業垂統，而思繼繩振發，光前裕後。如本書考察的「謝氏」堂號，郡望有：陳留、會稽、東山、寶樹等；「張氏」堂號，郡望有：清河、南陽、吳郡、安定、敦煌、武威、范陽、犍為、沛國、梁國、中山、汲郡、河內、高平、百忍、金鑑等；「賴氏」堂號，郡望則有：潁川、松陽、西川、南康、河南、積善等。本書透過堂號、郡望的辨章考鏡，而及於宗祠聯語、祭獻禮俗、與信仰風情等，以客家為核心，以文化為主軸，以教育為蘄嚮，弘揚推闡臺灣本土傳統文化，始終本末，「體用一源，顯微無間」，聖功深大焉。

禮者，理也，體也，履也。理，所以明生生之道；體，所以立創造之本；履，所以踐發源之用。禮有本、有原、有用，上本之於天地人三才之道，下原察於仁義禮智信五常之德，發以為禮儀風俗之教，以觀其深中民族國家之根源、契合百姓人民之身心，根深葉茂，欣欣向榮，天長地久，輝光日新。因此，《禮記・祭統》曰：「顯揚先祖，所以崇孝也；身比焉，順也；明示後世，教也。」「既美其所稱，又美其所為。為之者，明足以見之，仁足以與之，知足以利之，可謂賢矣！賢而勿伐，可謂恭矣！」從本書各篇中，見微知著，有倫理血緣親情之「孝」、「順」之義，又有明示後世「教」化之道，「仁智雙

彰，性命對揚」，賢、恭之外，德博而化。淑熙之苦心孤詣，如斯響應，知幾其神乎！

賴貴三

二〇一八年十一月十二日國父誕辰紀念日凌晨

謹識於新店學思軒之「屯仁學易咫進齋」

自序

　　打開與探索的過程，讓後代子孫感受到「發現的歡喜」與「懷舊的感傷」。客家先民到處飄泊，四處為客，追溯先民在臺灣開疆拓土的跫音，像輕叩窗櫺的細雨，不斷撥動著每個鄉親的心弦，他們用全部的生命，來耕耘家鄉這塊土地。走過臺灣客家禮俗的蹊徑，我們尋根探源，不僅見到臺灣客家傳統文化「宗廟之美，百官之富」的堂奧，更了解到傳統文化與先民的生活經驗相輔相成，具有發皇歷史、綿延民族命脈的功能。古禮源於風俗民情，最可考見當時社會現狀，追溯我國的禮制，是起源於對天地神明與祖先崇敬的祭拜儀式。孔子說：「安上治民，莫善於禮。」（《禮記》〈經解〉）可見禮與人生的關係密切不可，更是人們安身立命的圭臬。數千年來，歷經朝代的更迭、自然環境的發展、社會結構的變遷，客家祭典中的三獻禮，無論是禮儀形式與行禮內容，多遵循傳統禮制，不僅具有教孝感恩、報本反始的意涵，更是凝聚宗族團結的原動力。

　　《臺灣客家禮俗文化新探索》一書，集結筆者近九年來參加客家學術研討會所發表的學術論文，全書內容涵蘊臺灣客家姓氏與堂號、臺灣客家文學、客話成語、客語釋音、堂號與宗祠聯語、客家三獻禮、族譜家訓、宗祠文化、客家信仰禮俗等部分，均是筆者在博士班讀書治學過程與在大學執教過程中，發現問題、窮究問題，透過文獻史料的搜集、考證資料，進而闡述客家禮俗文化的源流、內容、意涵，並期望藉著相關內容的研究與文獻探討，使年輕的一代也能飲水思源，了解臺灣客家禮俗的教化意義。《禮記》〈郊特牲〉上說：「禮

之所尊，尊其意也。失其義，陳其數，祝史之事也。」說明時有轉移，事有變革，只是墨守古代的禮制儀式，對現代人而言是窒礙難行的，自當斟酌損益。雖然禮之繁文縟節文不可行於後世，而其蘊涵的義理，卻是古今相同，放諸四海而皆準。

　　拙著能付梓成書，首先應該感恩的是在生命成長過程中，父母的苦心栽培，是我說客語與認識客家傳統文化的啟蒙師；其次應該感謝的是外子的包容與分擔，使我在身兼母職、教職外，仍有餘力重拾書本，到博士班進修，有幸能夠親炙博學鴻儒 古國順教授的諄諄教誨，引領學生開啟客語古籍文化的堂奧，使我能夠在涓涓不塞之學術洪流中，努力鑽研包蘊宏富、浩如煙海的客家禮俗文化，使自己能夠積學儲寶，以提升寫作客家禮俗論文之能力。又幸承蒙莊雅州教授、賴貴三教授之提攜與教誨，為我釋疑解惑，使我受益良多，浩瀚師恩，永銘心版。拙著能夠如期完稿，應該感謝的人實在太多，包括提攜我的中華民國商業教育學會祕書長江文雄教授、臺北市立大學葉鍵得院長、林慶彰教授、陳光憲教授、中央大學蔡信發教授、國立臺灣師範大學林安梧教授、國立臺北教育大學孫劍秋教授、國立臺灣海洋大學顏智英教授、中壢家商廖萬連校長、新生醫護管理專科學校陳清輝校長、許秀月校長、劉醇鑫教授、何石松教授、范姜明華教授、徐貴榮教授、劉勝權教授，桃園市平興國小吳家勳前校長。新生醫專每年均與客家委員會合辦客家文化傳承與發展學術研討會，讓拙著有幸能夠與客家學者專家切磋請益。而今更應感謝萬卷樓圖書公司陳滿銘教授、梁錦興總經理、張晏瑞副總經理之贊助，使筆者能夠一圓出書夢。

　　拙著各篇論文之內容，受限於個人才疏學淺，仍有闕漏之處，筆者不敏，定電勉自我，再接再勵，假以時日，繼續拓展探討範圍，使未來相關之研究能更臻完善。拙著疏漏之處，敬祈博學鴻儒，不吝指正賜教，謹致謝忱。

目次

莊序 ……………………………………………………………… 1

賴序 ……………………………………………………………… 5

自序 ……………………………………………………………… 9

第一章　導論 …………………………………………………… 1

　壹　臺灣客家禮俗文化新探索的旨意 ………………………… 1

　貳　臺灣客家禮俗文化新探索的範疇 ………………………… 2

　參　臺灣客家禮俗文化研究的文獻探討 ……………………… 4

　肆　臺灣客家禮俗文化研究的方法 …………………………… 6

第二章　從姓氏與堂號探究臺灣客家文化的蘊涵
　　　　——以謝氏、張氏、賴氏為例 …………………………11

　壹　前言 ………………………………………………………12

　貳　中國姓氏的演變 …………………………………………14

　參　臺灣客家姓氏的由來 ……………………………………16

　肆　臺灣客家姓氏堂號的源流 ………………………………23

　伍　臺灣客家姓氏堂號的文化蘊涵 …………………………47

　陸　結語 ………………………………………………………52

第三章　從客話成語探索客家人傳統文化的內涵 ……………59

　壹　前言 ………………………………………………………60

貳　客話成語的分類 ···61

參　客話成語所蘊涵的客家傳統文化 ·······················96

肆　結語 ···102

第四章　從客語釋音探討朱熹《論語集註》
的語言現象 ···109

壹　前言 ···110

貳　客家話與古漢語關係溯源 ·······························113

參　朱熹《論語章句集註》釋音之方法 ···················120

肆　從客語釋音探討朱熹《論語集註》的語言現象 ·······124

伍　從客語釋音探討朱熹《論語集註》的文化意涵 ·······139

陸　結語 ···146

第五章　臺灣客家文學風情觀初探 ·······················151

壹　前言 ···153

貳　臺灣客家文學的定義與內涵 ·······························153

參　臺灣客家民間文學所蘊涵的風情觀 ···················159

肆　結語 ···170

第六章　從堂號與宗祠聯語探究臺灣客家文化的蘊涵
——以新竹縣湖口鄉張昆和宗祠為例 ··········175

壹　前言 ···177

貳　新竹縣湖口鄉張昆和宗祠堂號與聯語的源流 ·········178

參　臺灣客家姓氏堂號與宗祠聯語的文化蘊涵 ···········190

肆　結語 ···194

第七章　客家三獻禮的文化意涵
　　——以新竹縣張昆和宗祠祭典為例 ············· 199

　壹　前言 ··· 201

　貳　臺灣客家三獻禮的源流與意義 ····················· 202

　參　傳統客家祭祀活動中的三獻禮 ····················· 206

　參　臺灣客家三獻禮的文化蘊涵 ························· 209

　肆　結語 ··· 211

第八章　從張氏族譜家訓探究臺灣客家文化的蘊涵 ··· 217

　壹　前言 ··· 219

　貳　臺灣客家族譜家訓的源流 ····························· 220

　參　臺灣客家族譜家訓的內容 ····························· 224

　肆　客家族譜家訓的文化蘊涵 ····························· 230

　伍　結語 ··· 233

第九章　臺灣客家的宗祠文化
　　——以新竹縣張昆和宗祠為例 ················· 237

　壹　前言 ··· 238

　貳　客家宗祠的發展源流 ····································· 239

　參　新竹縣湖口張昆和宗祠的文化特質 ············· 241

　肆　新竹縣湖口張昆和宗祠的祭祀活動 ············· 247

　伍　客家宗祠的文化意涵 ····································· 250

　陸　結語 ··· 252

第十章　臺灣客家信仰禮俗所蘊涵儒家文化的探析‥‥257

　　壹　前言‥‥‥‥‥‥‥‥‥‥‥‥‥‥‥‥‥‥‥259

　　貳　臺灣客家信仰禮俗的源流與發展‥‥‥‥‥‥‥‥260

　　參　臺灣客家信仰禮俗所蘊涵的儒家文化‥‥‥‥‥‥270

　　肆　結語‥‥‥‥‥‥‥‥‥‥‥‥‥‥‥‥‥‥‥274

附錄‥‥‥‥‥‥‥‥‥‥‥‥‥‥‥‥‥‥‥‥‥‥279

第一章
導論

壹　臺灣客家禮俗文化新探索的旨意

　　客家人是中華民族中重要的支系，近一千年來五次大遷徙[1]，從中原向外播徙，到如今已繁衍發展到一億二千多萬人口，分布在海內外各國和地區。有些更飄洋過海至臺灣北部的桃、竹、苗地區，以及南部的高雄、屏東一帶墾殖荒地。目前全臺灣約有四百多萬人，起初先民都是依山而居，赤手空拳來開創自己的家園，以種植稻田、茶樹維生，所以養成吃苦耐勞、委曲求全的精神。他們流血流汗的辛勤耕耘，為後代子孫開闢了安身立命的鄉土家園；一枝草、一點露的耕讀精神，讓客家文化的薪火能夠永遠傳承下去。在客家人的傳統文化中，充分表現出濃厚的移墾社會痕跡，刻苦耐勞、遵守祖訓，探究生命本源，承續傳統文化與風俗，遂漸漸形成客家人特有的民族性。

　　客家人重視祖先與宗族意識，認為祖先是每個人的血緣生命與文化淵源。《荀子》〈禮論〉上說：「禮，有三本：天地者，生之本也；先祖者，類之本也；君師者，治之本也。」客家人相信天地創生萬物，是一切生命之始，而祖先則是我們生命的淵源。所以祖宗的恩德，是可以和天地相提並論的。祭祀天地和祖先，同樣是客家人「報本反始」、「慎終追遠」的精神。客家人受儒家思想影響，強調倫理道

1　參見羅香林：《客家研究導論》（臺北市：南天書局，1992年），第二章〈客家研究導論〉「客家運動五期說」，頁45-62。

德，舉凡姓氏家族聚居之地，必設置宗祠。走訪客家宗祠，宗祠內的神牌、堂號對聯及祭祀祖先的活動，見證了祖先創業維艱的辛勞，也烙印了後代子孫崇敬宗祖的印記。歷代的祖先和生育、養育、教育我們的父母，都是我們生命的根源，血濃於水，代代相傳，不斷的往前追溯，就可以彰顯現出歷史綿延不斷的傳承精神。

　　隨著二十一世紀科技文明的日新月異，臺灣客家文化的保存與發揚，已面臨嚴峻的挑戰與考驗，幸好臺灣多數的客家族群，仍肩負著傳承歷史文化的使命。我們尋根探源，不僅見到臺灣傳統客家宗祠文化「宗廟之美，百官之富」的堂奧，更了解到傳統文化與先民的生活經驗相輔相成，具有發皇歷史、綿延民族命脈的功能。筆者認為「身為客家人，不可不知臺灣事」，大家應心懷感恩，感謝祖先的庇佑，讓我們能享受如此多的福澤。生於斯，長於斯的臺灣客家子民，應該牢記創業維艱，守成不易的至理名言，不可以數典忘祖，應該發揮生命共同體的理念，傳承先民的生活經驗與努力的成果。並期望藉著相關內容的研究與文獻探討，使年輕的一代能夠飲水思源，了解臺灣客家傳統禮俗的教化意義。

貳　臺灣客家禮俗文化新探索的範疇

　　孔子說：「安上治民，莫善於禮。」(《禮記》〈經解〉)可見禮與人生的關係密切不可，更是人們安身立命的圭臬。古禮源於風俗民情，最可考見當時社會現狀。因此全書所探索的範疇，涵蘊臺灣客家姓氏與堂號、臺灣客家文學、客話成語、客語釋音、堂號與宗祠聯語、客家三獻禮、族譜家訓、宗祠文化、客家信仰禮俗等部分。追溯我國的禮制，是起源於對天地神明與祖先崇敬的祭拜儀式。《禮記》〈祭統〉也說：「凡治人之道，莫急於禮；禮有五經，莫重於祭。」

強調祭禮的重要。數千年來，歷經朝代的更迭、社會結構的變遷，客家傳統的信仰禮俗，無論是禮儀形式與行禮內容，多遵循傳統禮制，不僅具有教孝感恩、報本反始的意涵，也是傳承儒家文化道統的原動力。

客家宗祠文化與先民的生活經驗相輔相成，具有發皇歷史、綿延民族命脈的功能。宗祠內的神祖牌、宗祠聯語及祭祀祖先的活動，反映出客家人的崇祖文化。祭祖宗祠的興建，除了頌揚祖先功德，更彰顯了客家人的崇祖觀念。「堂號」為我國各姓氏早期祖先發祥之地，是各氏族根源之標記，亦有因先祖之德望、功業、或取義吉利祥瑞、或取義訓勉後人奮發向上，所以堂號不全屬郡望，但今日臺灣地區所見堂號，絕大多數就是郡號。客家人最重視宗族倫理觀念，因此勤修族譜，在住宅正廳門楣上標示堂號，堂號內供奉祖先牌位之外，多不祭祀其他神位，並告誡子孫：「寧賣祖宗田，不賣祖宗言，寧賣祖宗坑，不忘祖宗聲。」以表示要飲水思源，不可以忘本。

客家族譜的家規家訓，是歷代先祖待人處世之準則和經驗教訓之體現，反映了客家傳統文化的精神內涵，每個宗族的族譜中都有家規家訓的記載。客家文化是移民文化，不斷面臨新的挑戰，在新舊文化的兼容並蓄下，展現出客家人「崇本報先，啟裕後昆」的文化觀。各姓氏的族譜家訓，是宗族命脈的傳承，是祖先生活記錄的印記，更是後代子孫追思的根源。家訓也是對子孫的教育準則，在傳承與實踐中，每個族群的子弟都要了解家訓內涵，學習先賢事蹟，能夠以此典範，砥礪個人的品德修養，進而敦睦家族。客家人以對天地祖先聖賢的祭祀來代替宗教，完成人生尋求精神寄託的偉大使命，這在世界文化史上，是一個獨有的創制，值得每一個客家人自豪。

參　臺灣客家禮俗文化研究的文獻探討

關於臺灣客家禮俗文化研究的相關文獻，坊間出版的書籍已有豐碩的成果。

一九九一年陳運棟編著《臺灣的客家禮俗》一書，是臺灣第一本研究客家禮俗的專書，主要以婚喪喜慶為主，希望透過比較研究而能夠去蕪存菁，研訂出一套具有客家風格，又適宜現代社會之婚喪禮俗，不僅可使客家人士了解我客家禮俗之由來，更可藉此訓練婚喪喜慶之執禮人才，以達成客家禮俗之標準化。一九九二年客家研究的創始人羅香林出版《客家研究導論》，此書的問世，是客家學說的奠基之作，也造成客家研究的新風潮。從探討「新史學」背景下的學術取向及羅香林的資料尋找和田野調查入手，可以看出，當今客家研究風靡一時，正是以羅香林的《客家研究導論》為發端的。一九九五年謝重光編著的《客家源流新探》。一九八九年謝金汀編著的《客家禮俗之研究》。一九九五年劉錦雲編著的《客家文化漫談》。一九九八年江永輝主稿的《客家禮儀》。一九九九年劉還月的《臺灣客家風土誌》。一九九九年曾喜城的《臺灣客家文化研究》，此書內容豐富，是研究臺灣客家文化的一本重要參考書。

由於臺灣本土文化受到重視，因此研究客家禮俗文化的著作也如雨後春筍日益增多，例如：二〇〇一年曾彩金的《六堆客家社會文化發展與變遷之研究，宗教與禮俗篇》。二〇〇〇年劉還月的《臺灣人的祀神與祭禮》與二〇〇三年出版的《臺灣的客家族群與信仰》，此二書從造神運動到醮典祭儀，再到廟會現場的種種，從臺灣頭到臺灣尾，再到離島漁鄉，處處呈現多元、豐美而綺麗的臺灣風土文化，閱讀這二本書將擴展您對客家的認知能力。二〇〇五年柯佩怡的《臺灣南部客家三獻禮之儀式與音樂》，本論文所探討的範圍及對象為臺灣

南部高雄縣境內美濃、旗山以及六龜等地區之客家族群，以「三獻禮」為主軸，並藉由實地的田野記錄以及參與觀察的方式，逐一作平行式的探討，藉以了解南部客家「三獻禮」的運作模式。此書內容詳實，對於筆者寫作新竹縣湖口鄉張昆和宗祠春祭的「三獻禮」，裨益良多。二○○七年徐正光主編《臺灣客家研究概論》。上述著作均為綜論臺灣客家禮俗文化研究的專書，對於筆者探索客家禮俗文化，頗有參考價值。

在學位論文方面，二○○四年國立臺灣師範大學教育研究所碩士論文，葉國杏的《客家喪祭三獻禮及其教育意涵之研究》。二○○七年雲林科技大學九五漢學資料整理研究所碩士論文，張奉珠的《客家廟祭祖研究──以雲林縣崇遠堂為例》。二○○七年屏東教育大學中文系碩士論文，鄧佳萍的《屏東六堆地區客家祠堂區聯文化內涵研究》。二○○八年雲林科技大學漢學資料整理研究所碩士論文，陳佩君的《六堆屏東內埔昌黎祠及其客家文化之研究》。一九九八年國立中正大學碩士論文，賴旭貞的《佳冬村落之宗族與祭祀──臺灣客家社會個案研究》。上述學位論文，透過宗族與祭祀，探討「三獻禮」在客家聚落中的意義及功能，從儀式進行時的社會、經濟、文化網絡以及族群價值觀的表現，我們可以看到這些地區所呈現出獨特的客家祭祀文化。對於筆者寫作本書，提供頗多重要的文獻史料。

近五十年來，臺灣歷經多元文化思潮的衝擊，臺灣本土文化的回顧與前瞻，已成為發揚傳統文化的重要課題，因此客家文化的研究不斷推陳出新。例如：古國順的〈客家源流問題探討〉，古國順的〈講年講節〉，古國順著的〈客語的詞彙特色〉，古國順總校訂，何石松及劉醇鑫主編的《客語詞庫》，賴貴三的《潁川堂賴氏歷代族譜考述》，何石松著《客諺一百首》，何石松、劉醇鑫編的《現代客語實用彙編》，徐福全的〈從喪葬禮俗看客家文化的特色〉，劉煥雲、張民光、

黃尚煃的〈客家「公廳」與「阿公婆牌」之研究〉，林淑玲的〈伯公祭典中「物」的形式、內容及其儀式性的轉化：美濃、萬巒與竹田地區的初探〉，郭文涒的〈家廟祭祖研究——以臺中市張廖家廟為例〉，陳運棟的〈臺灣客家研究的考察〉，羅煥光的〈客家人的祭祀禮俗〉，張添錢的〈認識客家三獻禮與張氏宗祠祭典〉，張昆和祭祀公業編印的《認識客家原鄉及先祖移民史與近代史》，廖開順的〈論河洛文化的根性精神及客家文化的根性精神〉，賴振員的〈媽祖信仰和客家社會生活與客家族群之間的關聯〉等著作，對於筆者的研究與寫作，具有前瞻與創新的啟發性。

肆　臺灣客家禮俗文化研究的方法

　　中華漢族是由眾多姓氏家族組合而成，以孝弟為本，故能敦親睦族，慎終追遠，其本深厚，其源流長，緜延數千年而不衰。後代子孫緬懷遠祖之德澤，更應飲水思源，不可以數典忘祖。「客家研究」，是一個極其繁重的工作，任何人都沒法一手包辦。以後這門學問能否「發揚光大」，純視一般研究客家問題的人能否「分工合作」。[2]這的確是語重心長的話語。客家文化是移民文化，不斷面臨新的挑戰，在新舊文化的兼容並蓄下，展現出客家人「崇本報先，啟裕後昆」的文化觀。[3]《禮記》〈曲禮〉上記載：「君子將營宮室，宗廟為先。」可見宗祠的建造，是崇敬祖先、宗族奠基立足的表徵，彰顯血緣親族的凝聚力。隨著二十一世紀科技文明的日新月異，臺灣客家文化的保存與發揚，已面臨嚴峻的挑戰與考驗，幸好臺灣多數的客家族群，仍肩

2　參見羅香林：《客家研究導論》（臺北市：南天書局，1992年），頁24。

3　參見廖開順著：〈論河洛文化的根性精神及客家文化的根性精神〉，收錄於《歷史月刊》第244期（2008年5月），頁55。

負著傳承歷史文化的使命，他們用全部的生命，來耕耘家鄉這塊土地，潤澤了臺灣純樸的鄉土文化。

　　本研究運用歷史學的研究方法，透過文獻史料的搜集、考證資料，建構客家張姓的族譜家訓及移民史、家族史的風貌，來探究客家族譜家訓所蘊涵的文化意涵。田野調查是當今研究客家禮俗文化的重要研究方法，筆者通過田野調查法，了解新竹縣湖口鄉住有兩張，由於血統不同，避免混淆，分稱字號，北勢張號稱「六和」，波羅汶張號稱「昆和」。[4]「昆和」即以團結合作為家訓，期勉後代子孫，兄弟間要發揮手足之愛，和睦相處，團結合作，共存共榮。[5] 緬懷張家先祖，從一世的揮公，一脈相承到十四世善文公，飄洋過海，從原鄉來臺灣開創基業，他們奮鬥努力的悲歡歲月，又像涓滴不停的細流，流入鄉親的心扉。歲月悠悠，至今以傳承至二十一世，後代子孫應該要飲水思源，並常懷感恩的心，來發揚祖德，讓張昆和之德業風華再現。通過田野調查，取得新竹縣張昆和宗祠創建的形式，堂號、廳對、門對、棟對以進行研究。筆者也實際參與新竹縣張昆和宗祠秋季祭祀與清明祭祖的活動，探究三獻禮的禮儀形式、儀注用詞、行禮內容，進而闡述客家宗祠三獻禮的文化意涵，並期望藉著相關內容的研究與文獻探討，使年輕的一代也能飲水思源，了解臺灣客家宗祠祭典禮儀的教化意義。

　　英國詩人威廉・布萊克（William Blake, 1757-1827）的〈一沙一世界〉詩：「一沙一世界，一花一天堂，掌心握無限，剎那成永恆。」這首詩說明從宇宙洪荒，天地玄黃至科技文明發達的現代，一

4　參見張昆和祭祀公業編印：《認識客家原鄉及先祖移民史與近代史》（新竹縣：張昆和祭祀公業編，2015年），頁22。

5　參見張昆和祭祀公業編印：《認識客家原鄉及先祖移民史與近代史》（新竹縣：張昆和祭祀公業編，2015年），頁25。

切生滅象徵永恆，無盡的歷史，永遠傳承著瑰麗的文化。回顧從前種種，物換星移幾度秋。在有如萍聚的人生中，尋訪客家風情的歷史扉頁，先民用「喜、怒、哀、樂」譜出的生命組曲，令人有「醲肥辛甘非真味，真味只是淡」的感觸。回首先民向來蕭瑟處，在歲月的更迭，與現實生活的歷練中，烙印出腳踏實地的履痕，不禁令我們油然而生懷舊的感傷。德國哲學家尼采（Friedrich Nietzsche, 1844-1900）說：「生活的意義，便是把人生中各種遭遇化為火光。」身為客家人，不可不知客家事。先民們辛勤的耕耘，豐足我們的衣食，為我們編織絢爛的未來；先民們在這塊土地上披荊斬棘所流的血汗，灌溉了臺灣的沃野，潤澤了臺灣純樸的鄉土文化。因此引發個人寫作之動機，及一發思古之幽情。緬懷千古，和創業艱辛的先民心志相通。

參考文獻

1. 張昆和祭祀公業編印　《認識客家原鄉及先祖移民史與近代史》
　　　　　新竹縣　張昆和祭祀公業　2015年
2. 羅香林　《客家研究導論》　臺北市　南天書局　1992年
3. 廖開順　〈論河洛文化的根性精神及客家文化的根性精神〉　收錄
　　　　　於《歷史月刊》第244期　2008年

第二章

從姓氏與堂號探究臺灣客家文化的蘊涵

──以謝氏、張氏、賴氏為例

摘要

　　研究姓氏產生及發展的緣由，是一門包蘊宏富的學科，涉及到社會語言學、歷史文獻學、文字音韻學、民俗人類學、地名學、人口學等眾多社會科學。而姓氏「堂號」乃是中國姓氏的一大特徵，縱觀世界各國，無一民族有此特徵者。中華民族源遠流長，數千年來，不論國家領域的擴張、天災人禍的影響、自然環境的發展、社會結構的轉變等因素，中華民族每一個姓氏，都沒有忘了他們的根源，宗族觀念的團結，全靠「堂號」來維繫。然而此一特徵卻逐漸在消失，如今在中華民族各族群當中，保留「堂號」最完整的只剩下客家人與閩南人。

　　隨著二十一世紀社會文明的日新月異，傳統的家族制度與社會結構都面臨重大的轉變及解構的挑戰，相對於社會科技與經濟的蓬勃發展，傳統文化的保存與發揚，已面臨被汰棄的命運。幸好在臺灣多數的客家族群仍肩負著傳承歷史文化的使命，所以尚有許多極富傳統人文意義的制度被保存著，本研究先以臺灣客家地區的謝氏、張氏、賴氏為研究起點，探討姓氏堂號中所蘊含的歷史文化意涵，並期望藉著對姓氏堂號相關內容的研究，使年輕的一代也能了解臺灣客家文化的蘊涵。

關鍵詞：姓氏　堂號　臺灣　客家　謝氏　張氏　賴氏

壹　前言

　　姓氏是怎樣產生、發展的？這是一門很有趣的學科，涉及到社會學語言學、歷史文獻學、文字音韻學、民俗人類學、地名學、人口學等眾多社會科學。姓氏的產生，可以溯源於上古時代，姓和氏有別，依據漢代許慎（約西元58-147年）在《說文解字》上解釋：「姓，人所生也。因生以為姓，從女生。」這就是說人是母親生的，故姓字從「女」字作偏旁。在上古母系氏族社會裡「民人但知有其母，不知其父」的情況下，子女隨母之姓以確定血緣關係，同姓不婚，以免「近親繁殖」，從而達到「明血緣，別婚姻」之作用。所以中國許多古代的姓氏都是從女字偏旁，如姬、姒、姜、嬴等。宋朝鄭樵《通志》〈氏族略序〉上記載：「三代之前，姓氏分而為二，男子稱氏，婦人稱姓」，以姓別婚姻，以氏明貴賤。因此從理論上來推斷，姓起源於母系氏族社會，而氏隨父而來，則產生於父系氏族社會。但據〈三皇本紀〉記載：「太皥庖犧氏，風姓。代燧人氏，繼天而王。母曰華胥，履大人跡於雷澤，而生庖犧氏於雷澤。……炎帝神農氏，姜姓。母曰女登，有媧氏之女，為少典妃，感神龍而生炎帝。」[1]說明黃帝之前已有姓存在，如炎帝即姓姜，而傳說中的第一個姓即為伏羲氏之風姓。一般認為先有姓而後有氏，但事實上姓、氏之關係甚為複雜。在周武王滅商後，「天子建德，因生以賜姓，胙之土而命之氏。」（《左傳》〈隱公八年〉）說明姓氏的由來，與西周分封、宗法制相配合；姓名婚姻，世代不變；氏辨貴賤，隨時更移，證明作為血緣關係的最後確立應該是在西周初期。[2]

1　參見〔唐〕司馬貞撰：〈三皇本紀〉、〔日〕瀧川龜太郎：《史記會注考證》（臺北市：萬卷樓圖書公司，1999年），頁11。

2　參見馬自毅、顧宏義注譯：〈導讀〉，《新譯百家姓》（臺北市：三民書局，2005年）頁1-2。

　　「堂號」乃是中國姓氏的一大特徵，縱觀世界各國，無一其他民族有此特徵者。然而此一特徵卻逐漸在消失，如今在中華民族各族群當中，保留「堂號」最完整的只剩下客家人與閩南人而已。至於「堂號」是怎麼來的呢？據說是先民們為了記載自己姓氏發源而設的標誌。「郡」是古代行政區的單位（下設有縣），它是百家姓堂號的起源地。因為「堂號」一般來自祖先發跡的郡名，所以也叫「郡號」。中國先民用郡名（或縣名）立「堂號」，在地理方向可以辨認同一代的宗親，在時間方面更可以使後代子孫認識自己祖先的來處。客家人從中原南遷的歷史應該可以追溯到秦始皇時代，不過一般認為大量南遷是在東晉元帝時代，即西元三一七年（五胡亂華）之際，以及南宋淪亡之後。先到安定地區的客家人在自己的中堂掛上「堂號」，使晚到的移民可以辨認自己的宗親，以便得到暫時的照顧。久而久之，「堂號」自然變成了姓氏宗親聯誼的媒介。不過由於通婚、遷移等因素，並非所有姓氏只用一個「堂號」，有的姓氏在不同地區可能有幾個「堂號」。「堂號」的來源除了採用祖先發跡的郡縣之名外，也有少部分採用祖先的遺言、古文的經句、或兩姓堂號的混合。[3]堂號代表了家族的源流，客家家屋門楣上常見的「郡號」或「堂號」，在臺灣東部西部各有不同的風格。北部的客家人不會刻意將堂號放置在門楣上的中央，而屏東六堆的客家建築，幾乎都把堂字放在中間的位置，形成「潁堂川」或者「滎陽堂」的情形。到了東部地區，不管是南部或北部的客家人，甚至還有一些福佬人，都學習六堆家屋的形態設置堂號。[4]

3　百家姓堂號的來源-1 資料來源：（http://tw.myblog.yahoo.com/History-Bell/article?mid=433&prev=437&next=385）。

4　參見劉還月：《臺灣的客家族群與信仰》（臺北市：常民文化，1999年），頁118。

貳　中國姓氏的演變

　　《百家姓》是宋代定型的識字課本，作者佚名。起首四姓是「趙錢孫李」，是因為宋代皇帝姓趙；五代十國吳越國國王姓錢，吳越是在宋太宗太平興國二年（西元977年）才歸降的。故南宋學者王明清認為它「似是兩浙錢氏有國時小民所著」。《百家姓》沒有文意和哲理，只是將四百餘姓排列成四言韻語，雖乏文理，卻便誦讀。《百家姓》編成後，在市井間廣為刊印流傳。南宋愛國詩人陸游於〈秋日郊居〉詩自注曰：「農家十月乃遣子弟入學，謂之冬學；所讀《雜字》、《百家姓》之類，謂之村書。」其流傳之廣，影響之大，由此可見一斑。

　　尋根探源現在中國人的姓，可以追溯到中華民族五千多年的人文始祖──炎黃二帝，根據《史記》〈五帝本紀〉的記載：「黃帝者，少典之子，姓公孫，名曰軒轅。……軒轅之時，神農氏世衰。」唐代司馬貞《史記索隱》解析說：「案有土德之瑞，土色黃，故稱黃帝。猶神農火德王，而稱炎帝然也。」[5]說明炎帝就是教民播種五穀的神農氏；而黃帝就是領導各部落的軒轅氏。《史記索隱》又解釋說：「案皇甫謐云：『黃帝生於壽丘，長於姬水，因以為姓，居軒轅之丘，因以為名，又以為號。是本姓公孫，長居姬水，因改姓姬。』」[6]說明黃帝姓姬的由來。唐代張守節《史記正義》引〈帝王世記〉說：「神農氏，姜姓也。母曰任姒，有蟜氏女，登為少典妃，遊華陽，有神龍首，感生炎帝，人身牛首，長於姜水，有聖德，以火德王，故號炎

5　參見〔日〕瀧川龜太郎：〈五帝本紀〉第一，《史記會注考證》（臺北市：萬卷樓圖書公司，1999年），頁23-24。

6　引自〔日〕瀧川龜太郎：〈五帝本紀〉第一，《史記會注考證》（臺北市：萬卷樓圖書公司，1999年），頁24。

帝。」[7]說明炎帝姜姓的原由。

　　《史記》〈五帝本紀〉稱黃帝二十五子，得姓者十四人，實際上記載了十二姓。《世本八種》（秦嘉謨輯）記載，十二姓發展為一百零一屬地五百一十個氏。這其中有不少是非華夏族。《山海經》中，對黃帝的後裔有系統的記述。華夏族和戎夷蠻狄均為炎黃子孫，他們長期雜居。直到春秋時，洛陽周圍還居住著不少戎人。而華夏族則也有不少支系被遷往四裔。如《史記》〈五帝本紀〉說，堯舜時期，「流四凶族，遷於四裔。」所謂「四凶族」，即帝鴻後裔渾沌、少昊後裔窮奇、顓頊後裔檮杌、縉雲氏後裔饕餮。同時，「流共工於幽陵，以變北狄；放驩兜於崇山，以變南蠻；遷三苗於三危，以變西戎；殛鯀於羽山，以變東夷。」華夏族和各族因為有共同的血緣，因此其族系的劃分是地域性的，而非血緣性的，所以《荀子》〈儒效篇〉上說：「居楚而楚，居越而越，居夏而夏。」這也說明了炎黃子孫繁衍八方的情況。

　　關於姓氏演變的情形，根據宋朝鄭樵《通志》〈氏族略序〉上記載：「秦滅六國，子孫皆為氏庶，或以國為氏，或以姓為氏，姓氏之失自此始」。明朝顧炎武在《日知錄》〈姓〉上說：「自戰國以下之人，以氏為姓，而五帝以來之姓亡矣。」[8]清朝錢大昕於《十駕齋養新錄》之〈姓氏〉一條中講到：「三代以前，姓與氏分，得姓受氏皆有……戰國分爭，氏族之學久廢不講，秦滅六雄，廢封建，雖公族亦無議貴之律，匹夫編民，知有氏而不知姓久矣。」綜上所述，可知目前我們所稱之「姓」，即上古所謂之「氏」。

　　中華民族有共同的祖先，共同的血緣，我們都是炎黃子孫。洛陽作為炎黃二帝故里，也是中國姓氏的發源地。其中炎帝的後代中僅見

7　引自〔日〕瀧川龜太郎：〈五帝本紀〉第一，《史記會注考證》（臺北市：萬卷樓圖書公司，1999年），頁24。

8　引自〔清〕顧炎武：〈姓〉，《原抄本顧亭林日知錄》（臺北市：明倫出版社，1974年），卷24，頁649。

於《世本》者，就分出祝融、共工、夸父、蚩尤、烈山、縉雲、三烏、封父等幾支，占據十六個地方，形成許、高、姜、呂、謝、黃、焦等兩百四十七個氏，每一個氏又發展為姓，共兩百四十七個姓。而相傳黃帝後代的姓氏更多，幾乎占我國姓氏的百分之九十以上。僅據《世本》一書統計，從傳說時代到先秦時期，曾經有一百零一個方國自稱是他的後代，這一百零一個方國後來又進一步分化出五百一十個氏。加上由顓頊、帝嚳、堯、舜、禹等人而來的方國和氏，總數大約有八百多個。而且除了其中重複和被淘汰的一小部分，絕大多數直到今天仍然被當作姓氏使用，現在常見的大姓張、王、李、趙、劉、陳、黃、周、吳、楊等都是由黃帝直接發展而來的姓氏。[9]

參　臺灣客家姓氏的由來

一

依據羅香林客家運動五期說[10]：袁家驊（請參看楊昱光〈認識臺灣客家語言文化〉一文，2008年7月8日）整理的分期表如下：

遷徙次序	遷徙時代	遷徙原因	遷徙起點	到達地點
第一次	由東晉至隋唐	匈奴族及其他外族入侵，對漢族大肆蹂躪，迫使漢族南遷避難。	并州、司州、豫州。	遠者達江西中部，近者到達潁淮汝三水之間

9　參見王大良：〈關於姓氏尋根熱的若干問題〉，收錄於《臺灣源流》第31期（《臺灣省各姓淵源研究學會》，2005年），頁22-23。

10　參見羅香林：《客家研究導論》（臺北市：南天書局，1992年），第二章〈客家研究導論〉，頁45-62。

遷徙次序	遷徙時代	遷徙原因	遷徙起點	到達地點
第二次	由唐末到宋	黃巢起義，為戰亂所迫。	河南西南部、江西中部北部及安徽南部。	遠者遷循州、惠州、韶州，近者達福建寧化、上杭、永定，更近者到達江西中部和南部。
第三次	宋末到明初	蒙元南侵。	閩西、贛南。	廣東東部和北部。
第四次	自康熙中到乾嘉之際	客家人口繁殖，而客地山多田少，逐步向外發展。	廣東東部北部，江西南部。	有的到了四川，有的到了臺灣，有的進入廣東中部和西部。有的遷入湖南和廣西。
第五次	乾嘉以後	因土客械鬥，調解後地方當局協調一批客民向外遷徙。	粵中（如新興、恩平、臺山、鶴山等地）。	近者到粵西（高、雷、欽、廉諸州），遠者到達海南島（如崖縣、安定）。

　　根據上述，可知客家先民東晉以前的居地，實北起并州上黨，西屆司州弘農，東達揚州淮南，中至豫州新蔡、安豐。換言之，即汝水以東，潁水以西，淮水以北，北達黃河以至上黨，皆客家先民的居地。上黨在今山西長治縣境，弘農在今河南靈寶縣南四十里境上，淮南在今安徽壽縣境內，新蔡即今河南新蔡縣，安豐在今河南潢川（唐以後又稱光州，民國改今名）固始等縣附近；客家先民雖未必盡出於這些地方，然此實為他們基本住地，欲考證客家上世源流不能注意及此。[11]

---

11 參見羅香林：《客家研究導論》（臺北市：南天書局，1992年），第二章〈客家研究導論〉，頁64。

二

根據客家族譜上文獻的記載客家民系遷徙至臺灣，共有五次。

第一次：五胡亂華、晉室南渡之際

（一）客家族譜上的文獻為例[12]，如下：

姓氏	名條或項目	內容記載
張氏	興寧：《張氏譜鈔》	十五世璵公，晉散騎常侍，隨元帝南徙，寓居江左，生一子軒。
賴氏	《崇正同人系譜》卷二氏族賴氏條	今賴氏郡望亦稱松陽，遇（賴遇）子匡，顯於義熙時，後見晉室凌夷，遂告歸，其子碩，字仲方，晉末，丁世變，避居南康……

從上述族譜上的記載，可以見出客家先民的南徙以東晉南渡為契機。

（二）正史上的文獻：

書名	條款	內容記載
《晉書》卷十四地理志	揚州條	……及胡寇南侵，淮南百姓皆渡江。成帝初，蘇峻、祖約為亂於江淮，胡寇又大至，百姓渡江者轉多，乃於江南，僑立淮南郡及諸縣，又於尋陽僑置松滋郡遙隸揚州。……是時上黨百姓南渡，僑立上黨郡，為四縣，寄居蕪湖。
《南齊書》	《州郡志》	南兗州鎮廣陵（江蘇江都一帶）時，百姓遭難，流移此境。流民多庇大姓以為客。元帝大興四年，詔以流民失籍，使條名上有司為給客制度。

---

12 參見鍾壬光著：〈客家源流考〉，收錄於鍾壬壽主編：《六堆客家鄉土誌》（屏東市：常青出版社，1973年），頁5-15。

　　從上述正史上文獻的記載，可以見出自東晉至隋唐，是客家先民南徙的第一期。

第二次：黃巢之亂

　　略舉客家族譜上的文獻為例，如下：

姓氏	名條或項目	內容記載
劉氏	《嘉應劉氏族譜》劉氏世系行實傳第十九頁	一百二十一世，諱祥公，姓張氏，唐末僖宗，乾符間，黃巢作亂，攜子及孫，避居福建汀州府，寧化縣，石壁洞。……祥公原籍，自永公家居洛陽，後徙江南，兄弟三人，惟祥公避居寧化縣，其二人不能悉記。
古氏	《崇正同人系譜》卷二氏族古氏條	……五代至古蕃（原注洪州），生於唐乾符四年，曾任竇州都監，有子六人，當五季之世，中原擾攘，遂南遷嶺表，長曰全交，居古雲，次全規，居江下，三全則，居白沙，四全望，居增城，五全讓，居惠州，六全賞，居高州。……

　　上列諸姓氏不及客家氏族百一，但也足以證明黃巢之亂，引起客家先民的第二次遷徙運動。

第三次：宋室南渡，元人入寇

　　略舉客家族譜上的文獻為例，如下：

姓氏	名條或項目	內容記載
謝氏	崇正同人系譜卷二氏族謝氏條	宋景炎年間，有江西贛州之寧都，謝新，隨文信國勤王，收復梅州，任為梅州令尉，時景炎二年三月也。新長子天祐……遂家於梅州之洪福鄉……

姓氏	名條或項目	內容記載
邱氏	劉氏驥，梅州邱氏創兆堂記述鎮平（今焦嶺）邱氏源流	謹按梅州邱氏，始遷祖諱文興，宋徵士，文信國參軍也，先世由中州遷閩……少與鄉人謝翱善，信國勤王師起，與翱同杖策入幕府，信國既北行，復與翱同歸閩，道梅州北，今鎮平縣之文福鄉，喜其山水，因卜居焉。……

　　從上述族譜上的記載，可以見出客家先民在宋室南渡，元人入寇之際，閩、粵、贛的義民，或隨宋室南渡，或從文天祥、張世傑、陸秀夫等人勤王抗元，前仆後繼，未曾稍衰。

第四次：自康熙中到乾嘉之際：人口過剩，自謀向外發展

（一）清康熙皇帝時：

　　略舉地方縣志上的文獻為例，如下：

書名	時間	內容記載
屏東縣志	康熙三十年代	臺灣南部六堆地方的客族，自康熙領臺之初，至朱一貴起義，先後僅三十五年，客族所開闢的地方，北自美濃，南至佳冬，有百餘里之地，已成十三大莊，六十四小莊之農村部落。

（二）清雍正皇帝時：

書名	時間	內容記載
崇正同人系譜卷一源流	雍正皇帝時代	惠、韶、嘉及江西贛州等地客家先民移居粵省廣、肇各地。今日花縣、番禺、增城、東莞、寶安、新興、開平、臺山等縣亦漸有客家人住居。

　　清廷克服臺灣，舊日鄭氏部眾，多半逃亡南洋群島，全臺空虛，人煙寥落，嘉應各屬客家，頗多乘此良機，移向臺灣經營。當時客家人多半在安平、東港、恆春一帶上岸，聚居下淡水河沿岸。

第五次：乾嘉以後：臺山一帶，由於人口增加，部分客家民系遷地
　　　　他住

書名	時間	內容記載
太平寰宇記	咸豐六年直至同治六年	乾嘉以後，臺山、開平、四會一帶客家人口激增，為爭土地，時與當地土著衝突。為解決紛爭，政府籌款，分給志願往各地墾殖謀生的客家農民。當時離去新興、臺山、恩平、鶴山等縣的農民，多南入高、雷、欽、廉等州。亦有遠至海南島崖縣、安定等地的客家農民。

　　以上客家民系遷徙的記載，足以證明在元、明、清各代，亦有少數客家居民陸續移居是地，不過，大批的移殖，都是在這一時期的。從《客家源流考》、《客家源流研究》所引的各姓氏族譜和客家姓氏淵源的研考，大致可以梳理出曾留居汀州寧化石壁的客家早期姓氏。

三

　　根據《百家姓辭典》及各姓氏族譜初步統計：

遷徙時代	姓氏	遷徙起點	到達地點
晉代永嘉之亂後	卓、羅、郭、詹、邱、何等姓	中原南遷	入汀州寧化石壁寨
唐朝安史之亂先後八年（755-763	廖、鄭、溫、陳、王、蔡、楊、古、吳、沈、薛、鍾、周、劉、	中原南遷	至汀州寧化石壁寨和長汀縣

遷徙時代	姓氏	遷徙起點	到達地點
年）及至唐末	盧、李、蘇、張、闕、曹、羅、鄧、伍、江、梁、謝等姓。		
北宋、南宋抗禦遼、金，以及宋末抗元	曾、謝、鄒、歐陽、胡、孫、賴、游、蘭、魏、鄧、巫、吳、宋、羅、林、江、黃、彭、梁、簡、汪、范、趙、官、徐、傅、潘、翁等姓。	中原南遷	汀州寧化石壁寨和長汀等地

　　據《上杭縣志》〈氏族志〉載：自汀州寧化石壁經長汀遷上杭縣境的計有：丘、江、朱、伍、嚴、李、官、羅、陳、袁、范、張、龔、黃、曾、詹、謝十七姓，所遷年代多在宋朝，宋代以前的很少。據永定縣調查：唐末五代遷徙入永定的現僅存闕氏一姓，南宋遷入的有：盧、廖、鄭、胡、江、巫、林七姓。

　　大致說來，客家人東遷臺灣的時間，開始在康熙二十年代，盛於雍正、乾隆年間。這些客家人，以嘉應州屬（包括鎮平、平遠、興寧、長樂、梅縣等縣）的客家人占最多數，約占全部客家人口總數的二分之一弱。再其次，為惠州府屬（包括海豐、陸豐、歸善、博羅、長寧、龍川、河源、和平等縣）的客家人，約占四分之一。在其次，為潮州府屬（大埔、豐順、饒平、惠來、潮陽、揭陽、海陽、普寧等縣）的客家人，約占五分之一。而福建汀州府屬（包括永定、上杭、長汀、寧化、武平等縣）的客家人較少，約占十五分之一。另有漳州府（包括南靖、平和、詔安等縣）早年來臺，約占全臺灣人口百分之十七。今僅剩雲林縣二崙、崙背中年以上會說詔安客話。從而，今日討論臺灣客家的原鄉，只好以所操語言來區分，分為操四縣話的嘉應客；操海陸話的惠州客；操永定話的汀州客；操大埔話及饒平話的潮

州客；操詔安話的漳州客等五處。[13]

肆　臺灣客家姓氏堂號的源流

　　「郡望」、「堂號」，亦稱「郡號」，為各姓氏早期祖先發祥之地，是各氏族根源之標記，亦有因先祖之德望、功業、或取義吉利祥瑞、或取義訓勉後人奮發向上，所以堂號不全屬郡望，但今日臺灣地區所見堂號，絕大多數就是郡號。傳統上「堂號」的產生多半以早期中原地區「郡號名稱」為基礎演變發展而成。我國各姓氏「堂號」究竟有多少，已難正確得知，據中華文化復興運動推行委員會，邀請專家研究整理得到共有八十號堂，二六七姓。姓氏間也有因為先人功勳德望或取義於訓勉後代，而自創堂號，稱為「自立堂號」，例如新竹客家的自立堂號大致可分為四類：「堂」、「第」、「居」、「室」：1. 橫山蔡家──耕讀居；2. 竹東楊家──松壽居；3. 竹東彭家──信好第；4. 湖口傅家──四章堂；5. 竹東林家──九牧第；6. 關西范家──餘慶室（取「積善之家必有餘慶」之意）──臺灣省主席范光群老家「餘慶室」等。本文舉桃園縣的謝氏、新竹縣湖口的張氏與屏東六堆的賴氏的堂號與堂聯為代表，敘述如下：

一　謝氏源流

　　謝姓是當今中國第二十四大姓，在臺灣排名第十三。謝姓的得姓始祖是兩千八百年前周宣王的母舅申伯，據臺灣《謝代宗系會刊》介紹，謝代之先，淵源於炎帝，系出姜姓。周初時，姜姓复封，姜氏和

13　參見陳運棟：〈源流篇──臺灣客家的原鄉〉，收錄於徐正光主編《臺灣客家研究概論》（臺北市：行政院客委會、臺灣客家研究學會合作出版，2007年），頁25。

姬周世代為婚，申伯便是周宣王的母舅。宣王五年（西元前823年），
申伯在征戰中立功，被封於謝邑。他的子孫以邑為氏，所以便有了謝
姓。當時的謝國，在今河南的唐河、南陽一帶，這些地方便是天下謝
姓的根源了。

（一）關於謝姓的來源，主要有三種說法

1 源於任姓

據《左傳》、《古今姓氏書辨證》等所載：

> 傳說黃帝有二十五個兒子，其中第七個姓任，而謝姓是任姓之
> 分支。任姓一共建立了十個國家，第一個就是謝國（故址位於
> 今河南省唐河縣）西北，歷夏、商、周三朝，於西周時為周宣
> 王所滅，因周宣王時使召公營謝邑，以賜申伯，蓋謝已失國，
> 其子孫以國為氏，是為河南謝氏。[14]

據宋王應麟《姓氏急就章》引《世本》曰：

> 謝，任姓，黃帝之後。

《世本》是成書於戰國時期的史學著作，記黃帝迄春秋時諸侯大
夫氏姓、世系、都邑等。這是謝姓出於黃帝的最早說法。

---

14 參見馬自毅、顧宏義注譯：〈謝〉，《新譯百家姓》（臺北市：三民書局，2005年）頁
　　55。

2 源出姜姓，是炎帝後裔申伯的後代

據《姓譜》：

> 周宣王時，申伯作邑於謝，後為氏，則謝為申伯之後。

據唐林寶《元和姓纂》和南宋鄭樵《通志》〈氏族略〉所記與《姓譜》大體相同。

> 謝氏，姜姓。炎帝之裔，申伯以周宣王舅受封於謝，後失爵，以國為氏焉。

《元和姓纂》記載，謝氏的始祖是申伯，申伯是炎帝的後裔，為姜姓。周宣王時，以周宣王國舅的身分被封於謝地（今河南唐河縣西北）。西元前六六八年，楚文王滅申國，吞謝邑，其後代子孫就以封地為姓，是為姜姓謝氏。姜姓謝氏為當代謝姓最主要成分。[15]由上述可知，謝姓就有了黃帝之後和炎帝之後的區別。

3 為他姓改謝姓[16]

據《舊唐書文苑傳》：

> 謝偃，衛縣人也，本姓直勒氏。祖孝政，北齊散騎常侍，改姓謝氏。

---

15 參見馬自毅、顧宏義注譯：〈謝〉，《新譯百家姓》（臺北市：三民書局，2005年），頁55。

16 謝姓起源及簡介，中華謝氏網（http://www.xieshi999.cn/），2009年4月7日萬家姓。

據宋歐陽修撰〈謝絳墓誌銘〉：

> 古謝失國，其子孫散亡，以國為氏，謝出黃帝之後，昔周滅之
> 以封申伯……見《詩》〈嵩高〉。其地域甚廣，鄭公友言謝西之
> 九州者二千五百家者也。

綜合上述，說明謝姓得名於謝國，黃帝之後，諸侯國，被封於謝地。
至周代亡國，其地為申伯封邑，後人以國名為姓氏。

(二) 播遷分布

1. 謝姓早期分布在河南南部，到春秋時期，有些謝姓人遷徙到了山東，湖北和湖南。戰國時，謝姓擴展到了四川和貴州，並融入了當地的少數民族。

2. 漢代謝氏的聚居地增加了會稽郡、江西九江、章陵等處。其中會稽郡的謝氏人丁興旺，已相當有名望。

3. 晉代，成郡謝氏發展成為名門大族，其中最著名的是陽夏謝氏，以及由此遷出的康樂謝氏。西晉末年，黃河流域戰亂頻繁，中原人大量遷往江南，陽夏人謝衡因避戰亂遷望會稽始寧東山，在此繁衍，成為謝氏最重要的一支。謝衡及其後代在東晉至南朝時期多數都很著名。

4. 唐末，謝氏開始進入福建，到明朝開始進入廣東，並且發展到了臺灣。謝姓的主要聚居地有：唐河、南陽、涪陵、永昌、會稽、下邳、九江、章陵、陳郡、陽夏、康樂、東山、梅縣、大浦、寶樹等。

5. 至洪武四年（1371年）移居梅縣（廣東），還有一支自寧化遷至廣東大埔，後移居廣東東莞。

6. 明末清初，福建武平一支遷入湖南漢壽。發展成為當地一大姓。

7. 至清代，謝氏不僅遍布中原及南方各省，而且還發展到北部及東北的一些省區。

8. 謝氏移居海外，始於明代，多數是自閩粵地區先遷至臺灣，進而遠播東南亞及世界各國。

謝姓早在唐代就遷入閩西、寧化。據載，謝姓自晉代後就向江南發展，形成五大宗派門別，後裔由江南往閩、粵、臺等地，其中臺灣一部分客家的謝姓就是傳自寧化縣。據《謝氏族譜》正德十三年序說：「始祖因黃巢之亂，居福建寧化石壁里。昇平之後，再遷江西零縣。洪武四年（西元1371年），移居梅縣。」黃巢建朝是西元八七八年的事，謝姓大約在這個期間傳入寧化，並歷經了宋、元、明三個朝代，大約四百九十多年時間，以後遷入江西，繼而傳入廣東梅縣，並分衍至各地。[17]

二　謝氏堂號源流

謝氏使用的堂號共有四個：「陳留堂」、「會稽堂」、「東山堂」、「寶樹堂」。

（一）「陳留堂」、「會稽堂」

根據文獻記載，謝邑亦稱謝國，故地在鄧州的南陽，據說河南唐河縣謝性人口占全縣總人口的十分之七八，因而河南唐河南陽一帶，就是姬周時代謝邑的所在地。經過數百年的發展，謝氏墓礎仍在河

---

17 參見謝德清：〈客家姓氏—謝〉中華謝氏網（http://www.chinaxieshi.cn.），2008年3月21日。

南，兩宗支綿延，源遠流長。謝氏家族人多族大，始自兩千八百多年前周室河南唐河，盛行於東晉遷徙江南，子孫昌盛，世家源遠流長，為江南地區之名門望族。謝姓自古一脈相承的郡望為「陳留」和「會稽」：陳留是謝姓最早發祥地，也就是現在河南省陳留縣，戰國時為魏屬地，秦始皇置陳留縣，漢武帝元狩元年（西元前122年）升為郡，隸屬於兗州，管轄地區在河南省開封一帶。會稽是謝姓在東晉時期的根據地，也是秦朝的郡名，包括江蘇東部和浙江西部。

謝姓兩個極負盛名的堂號為「東山」和「寶樹」，目前臺灣謝氏所用之堂號，以「東山世第，寶樹家聲」之「東山堂」與「寶樹堂」居多。

（二）東山堂

東山為周朝地名，原屬赤狄別種。西晉末年戰亂頻繁，申伯（周宣王的大臣）第三十六世孫謝衡率領家族從中原避難到浙江會稽東山，為東山派始祖，後來謝衡第四世孫謝安被舉為東晉宰相。謝安為人足智多謀、善用奇兵，在淝水之戰大敗苻堅，被譽為「寶樹之光」，「寶樹堂」因此而來。又因為東山為謝家發祥之地，故謝姓也用「東山」為堂號。東山位於浙江上虞縣之西南，在晉室謝安未出任征討大都督前隱居所在地，山上尚有薔薇洞、池屐池等遺蹟。另在浙江臨安之西，及江蘇江寧之北各有一座東山，當謝安征討獮狁建功後，曾在江寧之東山修建別邸，迄今江寧東山山頂仍有一寺廟古蹟，寺中祀奉為謝安遺像。

（三）寶樹堂

相傳晉朝孝武帝駕臨謝安官邸，見其庭園中有一株雄偉大樹，長得青翠茂盛，當時孝武帝指著大樹對謝安言道：「此乃謝家之寶樹」。

謝氏以「寶樹」為堂號，由來在此。另有一說，是出自《晉書》〈謝玄傳〉：

> 與從兄朗俱為叔父安所器重，安嘗戒約子姪，因曰：子弟亦何豫人事，而正欲使其佳？玄曰：譬如芝蘭玉樹，欲使其生於庭階耳。

由上述可知，謝安非常注重子女的教育，提攜後進，更是不遺餘力，期盼子孫都能成為棟樑之才。後世就用「芝蘭玉樹」來形容優良俊秀的子弟。可見「寶樹堂」號的確立，不僅是紀念先賢——謝安，同時更具有期勉後代，需重視教育，栽培謝家子孫，成為芝蘭玉樹，蘭桂騰芳的積極意義。[18]

（四）堂聯

〈其一〉
陳留世德，東晉名家
〈其二〉
功彪淝水，績著建康。
〈其三〉
烏衣稱舊巷，玉樹發新枝。

由上述堂聯可知，都蘊含著望出陳留，並稱頌謝安等祖先功業彪炳千秋的意思。其中第三聯「烏衣」指東晉烏衣巷，在今南京市東南，當

---

18 參見謝在全：〈謝姓及堂號的源流〉收入《桃園縣謝姓宗親會》（桃園縣：謝姓宗親會，1998年），頁2。

時王、謝諸望族居此。「玉樹」典出謝安之侄謝玄，玄幼受庭訓，安曰：「子弟亦何豫人事，而正欲使其佳？」玄答：「譬如芝蘭玉樹，欲使其生於庭階耳。」後來謝玄擔任北府兵名將，在淝水之戰中於八公山大敗前秦苻堅，果然成為謝家引以為傲的一棵「玉樹」。[19]

三 張姓源流

張姓是中國三大姓氏之一，總人口約八千五百萬。臺灣四百萬客家人中，張姓人口就有一〇五萬，為臺灣第四大姓，約占臺灣總人口的百分之五強，其中張化孫裔孫在臺灣就有九十多萬人。張姓的起源，可以追溯到遠古傳說。張姓的起源主要有姬姓和外姓、外族之改姓二大支。

（一）關於張姓的來源，主要有三種說法

1 出自姬姓

《世本》（秦嘉謨輯補本）曰：

> 張氏，黃帝第五子青陽生揮，為弓正，觀弧星，始制弓矢，主祀弧星，因姓張氏。

《史記》〈五帝本紀〉曰：

> 黃帝居軒轅之丘，而娶西陵之女，是為嫘祖。嫘祖為黃帝正

---

19 參見謝重光：《閩臺客家社會與文化》（福建市：福建人民出版社，2003年），第六章〈福建客家文化的主要特徵・第九節幾種比較重要的思想觀念門第觀念〉，頁311。

妃，生二子，其後皆有天下：其一曰玄囂，是為青陽，青陽降
居江水；其二曰昌意，降居若水。昌意娶蜀山氏女，曰昌仆，
生高陽，高陽有聖德焉。黃帝崩，葬橋山，其孫昌意之子高陽
立，是為帝顓項也。

東漢應劭（約153-196）《風俗通》一書指出：

張、王、李、趙等四大姓，為黃帝賜姓。

唐朝林寶《元和姓纂》云：

黃帝第五子青陽生揮，為弓正，觀弧星，始製弓矢，主祀弧
星，因姓張氏。

宋朝歐陽修（1007-1072）《新唐書》〈宰相世系表〉曰：

張氏出姬姓，黃帝子少昊青陽氏第五子揮為弓正，始製弓矢，
子孫賜姓張氏。

清乾隆朝重修《張氏族譜受姓淵源考》：

張氏出自黃帝軒轅氏，生少昊金天氏，又號青陽氏，第五子揮
始製弓矢，官為弓正，主祀弧星，世掌其職，賜姓張氏。

從上述文獻可知，揮為張氏得姓祖，這一觀點，除宋代鄭樵所著《通
志》認為黃帝賜姓「非命姓氏之義也。」即為依託之言。其得姓實因

為官名之「弓正」，亦稱「弓長」，其後人以官名二字合一，遂成張氏。

《說文》：「張，施弓弦也」，說明揮的得姓與發明弓矢、弓弦有密切關係，這也是不容懷疑的歷史事實。還有揮為黃帝之子還是黃帝之孫，各書記載也不一致。根據《國語》記載，黃帝的孫子揮創製出弓箭，這在當時對社會確實有很大貢獻，因此被賜姓張。由黃帝直接傳下來的張姓，最初的發源地，是現在的山西省太原一帶。[20]

2 出自外姓、外族之改姓

研究張氏族姓的根、枝，源、流，漢三傑之一的留侯張良是一個關鍵性人物。

通過張良可以上掛下連找出張氏族姓中根與枝、源與流的關係。

《史記》〈留侯世家〉：

> 留侯張良者，其先韓人也

《索隱》曰：

> 王符、皇甫謐並以良為韓之公族，姬姓也。秦索賊急，乃改姓名。而韓先有張去疾及張譴者，恐非良之先代也。

即是說張良本姓姬，為逃避秦的追捕，才改姓張，不承認張良為韓之張姓後代。

王符《潛夫論》〈志氏姓〉：

---

20 參見張秋滿、張錦謹主編：《張氏族譜》（新竹縣：新竹縣張昆和宗親會，1997年），頁4。

> 秦始皇滅韓，良為韓報仇，擊始皇於博浪沙中，誤椎副車。秦
> 索賊急，良乃變姓名為張。

王符不僅認為張良本不姓張，而且還認為漢代一些張姓人物如張耳、張倉、張湯等也並非「晉張之祖所出」。日本學者瀧川龜太郎不同意這種說法。他在《史記會注考證》中引《張氏譜》說明：「良，張仲三十七代孫，張老十七代孫」，並據此得出結論：王符、皇甫謐提出的張良改姓說，「其言謬矣」。這一考證是正確的。

《新唐書》〈宰相世系表〉所列舉的張氏郡望，不僅出自張華的河東張氏、始興張氏，出自張皓的馮翊張氏，出自張嵩的吳郡張氏，出自張歆的清河張氏是張良之後，是張仲、張老的後裔，就連出自張耳的河間張氏，出自張倉的中山張氏，也都是張仲、張老的後裔，他們屬於張氏的魏國支脈。

據《中華姓府》張氏圖譜記載，明朝年間，張氏已有望族四十三望，不僅遍布全國，而且成為許多地方的望族，超過了其他諸姓。周代的這兩支張氏姓源，為張氏後來成為中國的一個大姓，起了很大作用。在張氏姓源中，也有少數民族加入的成分。這是到了漢代之後，由於劉漢的強盛，一部分少數民族改姓劉，也有一部分少數民族改姓張。一些他姓人士，敬慕張姓的族大人眾，也棄原氏，擇張而從。

（二）播遷分布

1. 據《三國志》〈魏志〉上記有曹操的大將張遼，原來姓聶，後來改從張姓，世代居住在許昌，成為大姓。晉代有中原張姓遷至福建，唐朝年間，張姓人氏又隨陳政、王潮等人居入福建，此後河南光州張姓遷往廣東，從清初開始，廣東、福建的張姓又遷入臺灣，從而又有不少人到海外謀生。

2. 據《通志》〈氏族略〉則說張氏有十四望：

> 清河、南陽、吳郡、安定、敦煌、武威、范陽、犍為、沛國、
> 梁國、中山、汲郡、河內、高平。

3. 據元代袁桷（1266-1327）《張氏宗譜序》上所說：

> 張姓出於姬姓，至周而氏者祖於韓，其得望者十二，曰襄陽、
> 洛陽、河東、始興、馮翊、吳郡、平原、清河、河間、中山、
> 曰魏、曰蜀。

4. 《讀史方輿紀要》也有「漢諸葛亮賜龍佑那為張氏」的記載。
   這些均是例證。晉代有中原張姓遷至福建，唐朝年間，張姓人氏
   又隨陳政、王潮等人居入福建，此後河南光州張姓遷往廣東，從
   清初開始，廣東、福建的張姓又遷入臺灣，從而又有不少人到海
   外謀生。

5. 西漢末年就有張姓南遷到了江西贛州及臨近地，成為早期客家先
   民。
   《張氏流傳世譜序》載：

> 西漢末年，王莽當權，時元治元年九月十三日，一祖（即南遷
> 一祖、張揮八十六世孫張明──筆者）帶領男婦族人眾多，過
> 揚子江，分住下塔衢州（在今浙江）、撫州、福州、韶州、汀
> 州、贛州等處。張氏自中原遷往福建，始於西晉末。

6. 據《臺灣省通志》〈人民志〉〈氏族篇〉載：

晉代從中原入閩者共有十三姓，其中第三即為張姓。唐代，中原張氏又兩次入閩：一次是在唐高宗時期，光州固始（今屬河南）人陳政、陳元光父子奉命到福建南部平亂，率領五十八姓七〇〇〇名將士，後均留居福建漳州安家落戶，其中軍職可考的張姓人有：分營將張虎（伯紀）、張龍，醫士張光達，隊正張來（採）、張本儀等。

另一次是唐僖宗時期，固始人王潮、王審知兄弟率領二十七姓五〇〇〇人入閩，有固始人張睦隨從前往，居古田之梅溪，累封梁國公，卒葬福州赤塘山；還有固始人張延齊等兄弟三人隨從前往，居泉州之惠安、安溪等地，支派甚多。福建張氏，大致以居住地分為鑑湖、金坡、板橋等派，於宋末分支廣東梅州、蕉嶺等地。

7. 另據《張氏譜圖》及教育部出版的《中華姓府》考據，又說張氏繁衍到明代之時，已經有四十三望。易言之，張姓在當時不但已經遍布全國各地，而且在許多地方都是當地的望族。

　　張氏族大支繁，其播遷情況也比較複雜。由於張姓遍布全國，張姓的望族遍及各地，這就使得張姓在數千年的繁衍和播遷中，有其十分複雜的特點。雖然每一地的張姓，都有各自的繁衍中心，但播遷的先祖和時間、路線，與其他姓氏大都有著共同的播遷先祖的情形大不一樣。目前，臺灣的張姓以彰化縣為最多，該縣的張姓，幾乎占到全省張姓的六分之一。其次在臺北、臺南、嘉義、南投、苗栗、新竹等地，張姓也是非常之多。[21]

21　參見張秋滿、張錦謹主編：《張氏族譜》（新竹縣：新竹縣張昆和宗親會，1997年），頁6。

四　張氏堂號源流

張氏的堂號，流傳至今有二說：一是「清河堂」，一是「金鑑堂」。

（一）「清河堂」

清河指的是今天河北省的清河縣及山東省清平縣一帶，漢朝時設清河郡。

《讀史方輿紀要》曰：

> 淇水過內黃縣南為白溝，亦曰清河。
> 又曰：「淇水……經內黃，清豐之間，其下流入大河，故瀆今湮」。

《前漢書》〈地理志〉曰：

> 清河水出內黃縣南。

以上引文說明古清河與淇河，白溝為一河的不同名稱。

《詩經》〈衛風〉〈氓〉篇：

> 氓之蚩蚩，抱布貿絲，匪來貿絲，來即我謀，送子涉淇，至于頓丘。

「涉淇」即「涉過淇水」，「淇水」即是「古清河」；「至于頓丘」古邑

名，在今濮陽城西，浚縣境內。從這首古詩也說明帝丘附近有古清河。關於河北清河張氏，從郡望的角度講，它確實是張氏族中聲望最高，影響最大的一支，但從張氏族係發展、演變的角度講，它卻是枝而不是根，是流而不是源，因此不能說它是最早的郡望。

《新唐書》〈宰相世系表〉明確記載：

> 清河東武城張氏。本出漢留侯良裔孫司徒歆。歆弟協字季期衛
> 尉，生魏太山太守岱，自河內徙清河。

按張歆為張良十一世系，張岱為張良十三世系。張岱由河內遷至清河，已是三國曹魏時期，這當然說不上是張姓中最早的郡望。有人可能誤認為河北清河就是張氏始祖揮公的居住地。其實河北清河並不是「帝后所都」，也沒有顓頊、帝嚳二帝陵墓。揮在顓頊帝時任弓正，只能在都城辦公，不可能跑到河北清河去上班。據此可知，河北清河張氏，只是張氏族姓中張良系的分支。但在這一分支中北魏以後人才輩出，高官榮爵代不乏人。張岱十一世系張文瓘在唐高宗朝任宰相，張岱十二世系張錫在武則天、韋后當政時，兩任宰相，清河張氏遂成為張氏族姓中的望族，其後人遂以「清河世澤，唐相家聲」（清河張氏堂聯）相標榜，成了最為顯赫的郡望。

（二）「金鑑堂」

今濮陽市區張儀村，另外還有一個堂號「青錢第」，據說是清朝時張姓族人私自發行「青錢」使用，後以為小堂號。

據唐代典籍記載：

> 唐玄宗開元年間，群臣為玄宗祝壽，多獻奇異珍寶，只有宰相

張九齡獻上一部名為《金鑑千秋錄》的書籍。

他在書中詳細論述了古今興亡的教訓，居安思危，永保社稷。事後，玄宗對他這份貴重的禮品十分珍視，還專門下詔進行彰表。因此，張九齡的族人也引以為榮，開始「青錢世第，金鑑家聲」金鑑堂號。

(三) 堂聯

〈其一〉

賜姓自軒轅，大儒一人，銘垂兩篇，輔漢三傑，功高四相，將封五虎，博物六史，貂蟬七葉，悉是清河族派；
揚名昭世德，位列八仙，鼎甲九成，平戎十策，書忍百字，金鑑千秋，青錢萬選，道隆億尊，依然文獻宗支。

〈其二〉

金鑑千秋第，青錢萬選家。

第一聯上聯中，從黃帝賜姓張揮開始，把張仲、張載、張良、張說、張飛、張華、張安世、張果老、張九成、張方平、張公藝、張九齡、張鷟、張道陵等連珠排列在一起。「大儒一人」，指周朝張仲，《詩經》表揚其為孝友的典型，符合儒家思想，宋代被追封為文昌帝君；「銘垂兩篇」，指宋代理學家張載，著有〈西銘〉、〈東銘〉兩篇；「輔漢三傑」，指漢代張良，與韓信，蕭何，輔左漢高祖定天下，合稱漢初三傑；「功高四相」，指唐代張說，曾任睿宗、玄宗兩朝宰相，有平定太平公主之亂和碩方叛亂之功，居於同列四位宰相之首；「將封五

虎」，指三國張飛，乃蜀漢五虎上將之一；「博物六史」，指晉張華，博學多才，著有《博物志》，書分六篇；「貂蟬七葉」，指西漢張安世及其子孫，連續七代封侯，頭戴表示榮耀的貂蟬冠。[22]

第一聯下聯中，「位列八仙」，指神話八仙之一張果老，或唐代隱中八仙之一張起；「鼎甲九成」，指宋代張九成殿試第一，名列鼎甲；「平戎十策」，指宋代張方平，奏對付西夏的十條計策；「書忍百字」指唐代張公藝，九世同居，唐高宗駕幸其家，問穆族之道，公藝書百忍字以進；「金鑒千秋」，即唐代張九齡，是開元名相，著有《金鑑千秋錄》；「青錢萬選」，指唐代張鷟，善文辭，被譽為「猶青銅錢，萬選萬中」，時號「青錢學士」；「道隆億尊」，指東漢張道陵，道教之祖，世稱張天師。[23]一副堂聯，羅列了公侯、將相、名士、神仙各類人物，記述他們修身、齊家、治國、平天下的業績，以此激勵後人。此聯充分表達了張姓人氏的榮耀和自豪，因而不脛而走，被各地張姓人氏普遍援用。

第二聯，引用張九齡、張鷟的典故，只把先祖追溯到唐代名人，算是比較實在。

五　賴姓源流

賴姓是中國一百大姓之一，總人口近二百萬，約占當代人口的百分之零點一八，其分布在廣東、江西與臺灣地區較為常見。[24]

---

22 參見謝重光：《閩臺客家社會與文化》（福建市：福建人民出版社，2003年），第六章〈福建客家文化的主要特徵·第九節幾種比較重要的思想觀念門第觀念〉，頁311。

23 參見謝重光：《閩臺客家社會與文化》（福建市：福建人民出版社，2003年），頁312。

24 參見馬自毅、顧宏義注譯：〈賴〉，《新譯百家姓》（臺北市：三民書局，2005年），頁324。

（一）關於賴姓的來源，主要有二種說法

1 源自姬姓

　　據譜載賴氏太始祖叔穎公，出自姬姓之後，為周武王之弟，武王克商有天下，賜爵封國於賴，在今河南省息縣東北，西元前五三八年（春秋魯昭公四年）時，楚子（楚靈王）入賴，為楚所滅，子孫流徙「穎川」舊地，又遷於鄀（今湖北省宜城縣），故以國為氏，「穎川」為郡望。史稱賴氏正宗。是為河南賴氏。參閱原始譜系[25]，以及〔東漢〕應劭（32-92）《風俗通》〈姓氏篇下〉所述：

　　　　春秋時有賴國，其後以國為氏。望出穎川、南康、河南。

南宋鄭樵（1104-1160）《通志》〈氏族略〉〈以國為氏〉：

　　　　賴氏，子爵。今蔡州褒信有賴亭，即其地也。昭四年為楚所滅，子孫以國為氏，漢有交趾太守賴先。

元代馬端臨（1254-1323）《文獻通考》〈封建四〉：

　　　　叔穎，武王之弟，封於賴國，賜侯爵。後叔穎之子孫，因魯昭公四年（周景王七年，西元前五三八年）楚子（楚靈王）入賴，遷於鄀（今湖北省宜城縣）。

---

25 如美國猶他州鹽湖城宗譜學會典藏《穎川堂賴氏歷代族譜》〈世系紀〉謂：「賴氏者，原出軒轅，軒開自成周。溯軒轅氏以來，自黃帝之下，娶螺祖，而生少昊，……公叔祖生古公。古公生季歷，季歷生文王，文王生武王。武王定天下，建國親侯，先封兄弟。文王之弟排行十九者，是我穎王，得封賴國，食邑穎川，因以國為姓，以郡為氏。……賴氏之傳，自茲始焉。」

《蕉嶺賴氏族譜》[26]謂：

> 賴氏自春秋以來，歷世二千餘年。……而其源則本於賴
> 國，……《文獻通考》『賴國在褒信縣』，今息縣東北，其賴亭
> 則在商城縣南。息縣、商城，皆屬河南汝南府光州。……是潁
> 川郡為賴國子孫散處之區明矣。

由以上文獻可證，春秋時代賴國，乃周武王之弟叔潁公所建立，為一
侯爵之國。因此賴氏家族血緣上實為黃帝之姬姓子孫；而其舊址，即
秦時潁川郡，亦即今河南許州、陳州、汝寧、汝州諸州府之地。[27]

2　出自姜姓

　　為炎帝神農氏的後裔。相傳炎帝后裔有四支，屬於古羌族的四個
氏族部落。其中一支是烈山氏。古時烈與厲通，又音賴、故烈山氏、
厲山氏、賴山氏皆同。古時的烈山氏居住在山西汾水流域，於商朝建
立厲國（故址在今山西省南部），入周後，厲國南遷河南鹿邑東之賴
鄉。因「厲」、「賴」二字古音相通，故厲國亦稱賴國。春秋時，賴國
臣屬於楚國，後南遷楚地厲（即今湖北省隨州市北厲山店），其一支
北遷至齊國賴亭（即今山東省章丘市西北）。後裔以國為氏，稱賴
氏。是為湖北或河南賴氏。[28]

26　廣東原鄉嘉應州長樂縣（今廣東省五華縣）《賴氏遺譜》，由族叔祖賴桂全保存之傳
　　抄寫本影印，由賴達編寫於一六八二年（清康熙二十一年）；以及臺灣省文獻文獻
　　委員會典藏之《嶺南嘉應東樓敦厚居賴氏族譜》。

27　參見賴貴三著：貳〈潁川堂賴氏源流〉，《潁川堂賴氏歷代族譜考述》（臺北市：文
　　史哲出版社，1991年），頁2-3。

28　參見馬自毅、顧宏義注譯：〈賴〉，《新譯百家姓》（臺北市：三民書局，2005年），頁
　　324。

　　對於賴氏淵源流徙雖多有所載錄，然史無具文，徵驗不易，渺不可考，實難遽信。如鄭樵《通志》〈氏族略二〉引證，賴氏姓源於姜姓，為炎帝後裔；周初，武王封炎帝後裔於賴，故地在今湖北省隨州，春秋時亡於楚，子孫以國命氏。賴氏望出潁川郡，即今河南省禹州市。[29]此與譜載頗有矛盾齟齬之處，只能存疑。總之，賴氏譜載始祖為周初叔潁公，以國為氏，潁川為號，皆淵源有自。[30]

（三）播遷分布

　　二千五百多年前，賴國為楚靈王滅亡之後，子孫因遭兵亂，輾轉遷徙；至晉室南渡後，賴氏乃流寓浙江松陽與江西寧都，故為請郡「松陽」，而與「潁川」並為先後族望所在。故老譜所載松陽、寧都以下世系，均昭彰顯著，允為賴氏族譜千百年來之信本根據。至宋，遷至福建省寧化縣，再分支入粵東、閩西與閩南區域。[31]據傳世譜系記載，可知流徙梗概：

1. 據《屏東縣志》記載：

> 賴氏子孫因遭兵亂，輾轉遷徙，至宋，遷至福建寧化縣，再分支入粵。永曆年間，賴姓隨鄭部先後入臺墾荒；乾隆八年，有粵人賴、曾、曹、溫與閩人田、莊二姓來臺墾荒。

29　參見楊汝安編：《中國百家姓探源》（臺北市：玉樹圖書印刷公司，2000年），頁192。

30　參見賴貴三：〈潁川之堂，積善之家，祕書之里——臺灣賴氏源流遷徙及其衍派發展〉，《潁川堂賴氏歷代族譜考述》（臺北市：文史哲出版社，1991年）一文。

31　參見賴貴三：貳〈潁川堂賴氏源流〉，《潁川堂賴氏歷代族譜考述》（臺北市：文史哲出版社，1991年），頁3-4。

2. 據《蕉嶺賴氏族譜》記載：

> 其由潁川繼遷松陽（今浙江松陽西），自莊公始。……莊之子
> 遇，遂以松陽為郡。遇公，一子匡。……匡公子二：碩、毅，
> 於南朝劉宋元嘉末年，遷南康郡之揭陽（今江西寧都）。……
> 後徙居赤竹坪（雪竹坪）。隋開皇十八年（西元598年），以赤
> 竹坪改虔化縣，即今寧都。碩公三子：長徽……，早夭；次子
> 郁，……家居潭州（湖南長沙）；三子燦，生子七，……次子
> 得公仕唐，武德初（622年），官至太尉。生子三：標、桂
> （極）、樞，皆徙汀州；其後分徙清流、上杭、永定、寧化、
> 永春、漳州、廣東、程鄉（梅縣）、鎮平（蕉嶺）、平遠等地。

3. 據《臺北縣西盛賴氏族譜》〈松陽七十二房考略〉：

> 始祖出自潁川郡，後至東晉安帝四年（西元400年），因兵亂，
> 遷徙潭州豐陸梓原，旋遷虔州（江西南部）石城禮上里之秋
> 溪。至宋，徙居福建汀州府寧化縣田心里石壁城。明洪武二年
> （1369年），再轉居漳州府平和縣葛竹社。

4. 據（臺中市賴羅傅宗親會及嘉義縣賴姓宗親會資料）：

> 三十一世祖燦，生七子（昭、德、明、度、思、球、彥）；其
> 中二子（德、明）仍居松陽，餘五子均遷江西。其留居松陽
> 者，其後一部分始遷福建，先後散佈於汀州、寧化、上杭、永
> 定、吉田、延平、永安、南靖、詔安、平和等地。至四十九世
> 祖顯益、顯吉，又分居於廣東之程鄉（今梅縣）、大埔、饒

平、揭陽等縣。五十世祖廷顯，原居詔安縣官坡鄉，生五子：
長子卜隆居平和縣心田鄉，遂為心田一世祖。次子卜英及五子
卜羅，均留詔安原籍。三子卜芳移居平和葛竹鄉。四子卜茂則
遷平和安厚鄉，亦各為當地賴氏開基祖。

5. 據（嘉義縣賴姓宗親會資料）：

五十世祖廷顯。……其裔孫之渡臺者，以平和心田鄉為最多，
葛竹、安厚次之，大埔、揭陽、饒平又次之，詔安、汀屬各地
數亦不少。現居嘉義市之賴姓，大多為廷顯之後裔，出於卜隆
者較多。

賴氏出潁川，播遷地區，以江西、福建與廣東較多。子孫既分徙閩西
汀州上杭、永定、龍巖等地，閩南漳州、泉州等地，以及粵東嘉應
州、惠州、潮州等地，明末清初以降，乃播遷移墾於臺灣各地，開枝
散葉，瓜瓞綿綿。[32]

六　賴氏堂號源流

賴氏的堂號，流傳至今有五說：一是「潁川堂」、二是「松陽
堂」、三是「南康堂」、四是「西川堂」、五是「積善堂」。[33]

---

32 參見賴貴三：〈潁川之堂，積善之家，秘書之里——臺灣賴氏源流遷徙及其衍派發
　　展〉，《潁川堂賴氏歷代族譜考述》（臺北市：文史哲出版社，1991年）一文。
33 參見賴貴三：貳〈潁川堂賴氏源流〉，《潁川堂賴氏歷代族譜考述》（臺北市：文史
　　哲出版社，1991年），頁13。

（一）「穎川堂」

賴氏舊國，後為穎川郡，故以「穎川」為堂號，以示發祥所自。穎川：秦始皇十七年（西元前230年），命內史騰攻打韓國，俘虜了韓王安，盡納其地，以其地為郡，命曰「穎川」，為秦朝三十六郡之一，管轄地區在穎水流域，包括河南省中部許州、陳州、汝寧、汝州，即許昌一帶。

（二）「松陽堂」

傳自光公，移居浙江松陽；其玄孫遇公，時任東晉江東知府，奏請以所居松陽為府郡，安帝親題「松陽郡」三字賜之，賴氏因復以「松陽」為郡號。

（三）「南康堂」

稱郡望者，據諸譜傳載乃劉宋元嘉末（西元434-453年），第五十七世碩公攜弟毅，為見宋室陵夷，避地故南康郡揭陽地，後過赤竹坪見其地勢平坦，乃奠基於斯，其後立以堂號「南康」者，即出自此支系之族屬。晉太康二年（281），改盧陵南部之地也。劉宋為南康國，齊、梁、陳復為郡，隋平陳，始改虔州（即今江西贛州），此所以有「南康」稱堂號。

（四）「西川堂」

迨至康熙二十一年間（1662-1722），御製百家姓，定賴氏為「西川郡」，蓋以周文王遷於岐山，即是西岐；而叔穎公為文王之子，追本溯源，故又稱「西川堂」。

以上為賴氏的郡望堂號，在臺灣常見者厥為發祥地總堂號「穎川堂」，而此又與陳、鍾等姓堂號相同，易致誤會混同。

（五）「積善堂」

　　賴氏自立「積善」家號，則源於貴賢公派下五世祖定信公謚頂濟，一四五二年（明代宗景泰三年）樂州府學教授周觀公為之序曰：「誠能積德累受而齊家，推之於鄉黨州邑，則積善之垂裕後昆者，無窮矣。」故後世均額曰「積善堂」。

（六）堂聯

〈其一〉

　　　積善家聲遠，秘書世澤長。

〈其二〉

　　　積善堂中流善慶，秘書里內遠書香。

　　「積善」之名，蓋取義於《周易》〈坤卦〉〈文言傳〉：「積善之家，必有餘慶；積不善之家，必有餘殃。」蓋「積善成德，而神明自得，聖心備焉。」（《荀子》〈勸學篇〉語）賴氏以積善累德名家，是福佑子孫之道也。此賴氏「積善堂」之由來意義。

　　此堂聯上聯之深義，告諭賴氏子孫必積善德、行善事，方能光前裕後也。至於「秘書」之義，來源則有二：賴氏復興一世祖先公，輔漢有功，後任交趾太守；俟第五世祖妙通公，曾任東漢「秘書郎」之官，故有「秘書」之稱。又唐朝時，賴棐，字忱甫，江西雩都人，七歲能文，弱冠通九經百氏，中進士，不志於官，退居田里，教讀為

樂，人稱其里曰「秘書里」，此為耕讀家風，良有以也。[34]

伍　臺灣客家姓氏堂號的文化蘊涵

追溯先民在臺灣開疆拓土的跫音，像輕叩窗櫺的細雨，不斷撥動著每個鄉親的心弦，他們用全部的生命，來耕耘家鄉這塊土地。一道感情的洪流，撞擊人們顫動的心扉，他們奮鬥努力的悲歡歲月，又像涓滴不停的細流，流入鄉親的心扉深處，讓思鄉思親的愁懷，凝結成感人肺腑的詩篇。數千年來，中華民族沒有一家忘了他們的根源。這種根深柢固的宗族觀念，深受「堂號」的催化影響。茲述臺灣客家姓氏堂號的文化蘊涵如下：

一　報本尋根意識濃厚

「樹有本，水有源」，客家每個姓氏的譜牒，開宗明義幾乎都赫然書寫這則諺語，每個客家堂號、堂聯都不厭其煩的敘述氏族的源起、衍播。在客家諺語中敘述：「富貴不離祖，遊子思故鄉」，說明無論貧富貴賤，男女老少，誰都不忘自己根之所在，本之所依，正所謂「摘瓜尋藤，念祖尋根」。在客家祖地寧化幾乎家家戶戶懸掛祖宗牌位，每個姓氏祭祖修譜廣泛盛行。對祖先的崇拜，一方面固然是報本，「天有日月，人有良心」，一方面是感恩，「當家方知柴米貴，養兒方知父母恩」，這樣的諺語俯拾皆是。在強烈的報本尋根意識催化下，讓客家人堅守自己的語言「離鄉不離腔」，對客家人來說，那真是走遍天下，鄉音依然。

---

34 參見賴貴三：貳〈潁川堂賴氏源流〉，《潁川堂賴氏歷代族譜考述》（臺北市：文史哲出版社，1991年），頁13-14。

　　客家人受儒家思想影響，強調倫理道德，認為好的地理風水，一定要福地福人居，居住其中的人一定要有行善積德的事實。客家人相信祖先會庇佑子孫，不是僅僅安葬祖先骨骸而已，對祖先得地氣之庇蔭，常常有所期待，正如《論語》中所述：「生，事之以禮；死，葬之以禮，祭之以禮」。所以，客家人的祖塔，除了年代久遠之外，子孫將眾多祖先骨骸，集中在一處，稱為佳城，可以容納數百到數千罐骨骸罈。客家文化強調祭天地，祭聖賢，祭祖先之禮樂三祭精神，所以陽宅正身通常放祖先牌位（阿公婆牌位），牌位上會寫上堂號（姓氏尋源），有的也有放置龍神，龍神表示屋場剛好安置在龍脈之正穴上，所以要早晚向龍神上香，部分客家寺廟，把龍神放在正身後面，稱為化胎（花臺）。客家陽宅容易同一家族合建，形成合院型式，綜觀臺灣大家族合院建築，以客家人群居而住者居多。[35]例如：六堆地區由於客家族群的歷史傳承，所以尚有許多極富傳統人文意義的史蹟被保存著，祠堂即是其中之一，而且有些祠堂仍舊繼續發揮其綰繫宗族的功能。

二　探究生命本源

　　劉勰在《文心雕龍》〈書記〉上說：「總領黎庶，則有譜籍簿錄，故謂譜者普也，注序世統，事資周普。」說明族譜乃是周普一姓因而為其立言，顧名思義，其難可知；所謂：「天下事之最難者，莫難於譜學」，良有以也。[36]族譜是先民開創祖業之歷史記載，蘊藏了先人的

---

35 賴世烈先生訪談：九十三年九月一日、九月五日；訪談地點：苗栗市；訪談記錄：劉煥雲、張民光、謝京恩；記錄整理：謝京恩。

36 參見陳國緯著：〈江州義門陳氏宗譜〉（馬來西亞：南洋客屬陳氏公會，1983年），收錄於《臺灣源流》第33期（臺灣省各姓淵源研究學會，2005年12月31日），頁10。

生活經驗與智慧，值得後代子孫學習與傳承。在史料價值方面，除了
可提供民族學、人類學之研究利用外，還可以提供給歷史學、民俗
學、社會學、人口學、生醫學等不同學科領域的研究與利用。基本
上，一部具有嚴謹體例之姓氏族譜，它不但保存了家族史料，同時也
可提供編纂地方史的資料採集，這些族譜都應受到大家的重視與肯定
才對。[37]客家人重視生命本源，鍥而不捨修譜的情狀，亦頗感人。返
鄉抄譜續譜的人，帶著族親的囑託，爬山涉水，風餐露宿，東問西
找，披星戴月，好不容易尋到祖居地。家鄉的族親照例要向來者詢問
宗族堂號、世系、昭穆等事項，確認後，首先要舉行祭祖形式，歡迎
臺灣宗親的到來，然後抄錄族譜的存本，並詳細續記遷臺族人的情
況。修成後，將新族譜用紅布包裹，置於列祖列宗神位前，擺上祭
品，由抄續者主祭，族親陪祭，事畢擇日返臺。據美國猶他家譜協會
在臺灣所做的田野調查，詔安三十七姓有三百五十三部族譜，其中客
家族譜占大多數，可見移民續譜熱情之高。它帶著泥土的芳香，體現
著客家人那種獨特的文化特徵，充分展示了客家人愛鄉愛土、報本尋
根、自強不息、崇文重教的精神。[38]

　　客家人是中華民族中優秀的一支，近一千年來五次大遷徙，從中
原向外播徙，到如今已繁衍發展到一億二千多萬人口，分布在海內外
各國和地區。客家人不論走到哪裡，都承續中華民族的優秀文化和傳
統美德，為中華民族的發展，為居住地的振興做出了重大貢獻。客家
人因自身的顛沛流離，在時時為客、處處為客的窘境中，最為痛切地

---

37 參見廖慶六：〈論始遷祖：從胡適的一篇譜序談起〉，收錄於《臺灣源流》第33期
　　（臺灣省各姓淵源研究學會，2005年12月31日），頁9。

38 參見黃家祥：〈大陸遷臺第一縣──詔安二都客家歷史文化〉，前言：「這篇文章是九
　　十一年冬季，貓兒乾文史協會總事楊永雄前往福建省詔安縣調查客家文化所帶回的
　　資料，當時尚未公開發表，作者黃家祥先生同意楊總幹事帶回臺灣公開發表。本文
　　統計數字是根據尋根祭組團打探消息推算而得，這是一份有關詔安客的寶貴資料。」

體驗到故土的可貴，因而與漢民族其他民系相比，愛國愛鄉情懷顯得特別強烈。在客家諺語中，反映客家人愛國愛鄉情懷的內容比比皆是：「捨命才算真豪傑，愛國方成大丈夫」、「國強民也富，國破家也亡」這是對祖國的摯愛；「家鄉水甜入心，十年不改舊鄉音」、「樹高不離土，葉落仍歸根」，這是對家鄉的深情。在客家人的文化中，充分表現出濃厚的移墾社會痕跡，刻苦耐勞、遵守祖訓，探究生命本源，承續傳統文化與風俗，遂漸漸形成客家民族特有的民族性。

三 宣揚客家始祖開疆拓土的精神

客家鄉親原本居住在大陸中原一帶，至明末清初兩千多年間，由於內陸人口的膨漲，以及戰亂的因素，輾轉遷徙到廣東中部以及沿海地區，有些更飄洋過海至臺灣北部的桃竹苗地區，以及南部的高雄、屏東一帶墾殖荒地。目前全臺灣約有四百多萬人，起初先民都是依山而居，赤手空拳來開創自己的家園，以種植稻田、茶樹維生，所以養成吃苦耐勞、委曲求全的精神。他們流血流汗的辛勤耕耘，為後代子孫開闢了安身立命的鄉土家園；一枝草、一點露的耕讀精神，讓客家文化的薪火能夠永遠傳承下去。不論國家政治的更迭、天災人禍的遷徙、經濟環境的發展，客家人沒有一家忘了他們的根源，以及宗族觀念的團結與血脈的傳承，全靠「堂號」來維繫。

客家人最重視宗族倫理觀念，客家姓氏同宗，郡望標記也相同。如「潁川」是隨著賴姓俱來的家族標幟，用作賴姓宗祠的標記便是「潁川堂」，用作賴氏族人房宅的標記便有「潁川衍派」、「潁川世家」、「潁川世澤」等等，以潁川為郡望姓氏還有陳、鍾等。這種以郡望為宗祠標記的文化，在漳臺各家族世代相傳，一脈相承。其中如張姓「清河堂」、謝姓「寶樹堂」。在這些客家庄裡，仍然保留了豐富的

匾聯，而這些匾聯記錄著祖先遷臺的過程、先祖大陸的原鄉、來臺墾殖的艱辛，乃至於對於後代子孫的訓勉與祝福等。但是，富有歷史人文事典與耕讀傳家文化傳統的客家堂聯文化，正面臨著空前的浩劫，逐漸在消失與崩解，而這個現象不但值得相關政府單位注意，更值得每一位客家子弟反省與深思。

四　重視宗族倫理觀念

　　從大陸播遷到臺灣的客家先民，不但帶來客家的語言與風俗習性，同時，大多還帶上祖宗香火牌位。開發初期生活條件艱困，一般在族人較集中的地方搭建簡陋茅舍，置香案供宗親膜拜。到清朝末年，人丁漸漸興旺，血緣聚落略具規模，興建宗祠的風氣漸盛。日據時期，傳統的返鄉春、秋二祭活動受阻。長年的飄泊流浪，無法回故土，讓客家人更不能忘懷「中原正朔血脈」。這原是「慎終追遠」的美德，但是在客家人心目中長期發酵的結果，卻成了孤臣孽子的悲愁情結，反映在文化上，最典型的莫過於喪祭禮俗中，處處可見的「金斗甕」了。[39]到如今，舉凡姓氏家族聚居之地，必設置宗祠。

　　而傳統客家人三合院的建築，正身中間那一間，置放祖先牌位的廳下，是整個家庭的核心所在，舉凡家庭中隆重的儀節，如「討新舅」、「嫁妹仔」、宴會，與接待賓客的活動，都是在廳下舉行。這一切表示：客家人生活中重要的活動和言詞，都是在祖先面前舉行的，也因為和宗親血緣淵源建立了關聯，因而有了崇高的權威和永恆的價值。客家人以敬家神為主，廟神為次。家神也就是祖宗牌位，祖宗牌位就是「阿公婆牌」，這部分包括家裡的公廳、宗族的祠堂以及同姓

39　參見劉還月：《臺灣的客家族群與信仰》（臺北市：常民文化，1999年），頁245。

的家廟，裡面供奉的清一色是「阿公婆牌」。可以說，客家人環繞著阿公婆牌，是全部家庭的文化活動發生的重心所在。[40]況且，客家人習慣在「阿公婆牌」上寫明堂號，同時也在三合院正身中間大門門框上方，寫上堂號，用以標誌家族與宗族遷徙的淵源，以表示不忘本，同時也告訴他人自己出身望族，系出有名，別有來頭，這也是客家人飲水思源的表徵。

陸　結語

本研究結合歷史學和語言學研究方法，透過文獻史料的搜集、考證資料，建構客家謝姓、張姓、賴姓的堂號及移民史、家族史的風貌，來探究姓式堂號所蘊涵的文化意涵。中華漢族是由眾多姓氏家族組合而成，以孝弟為本，故能敦親睦族，慎終追遠，其本深厚，其源流長，緜延數千年而不衰。由臺灣地區一家一族，一地一姓，可以確切明瞭此地人民的遷徙與衍派狀況，具有歷史傳統與地理血緣的主體意識作用。[41]從姓氏文化方面說「客家姓氏，根在中原」的歷史資料，是信而有徵的。因為中華姓氏源遠流長，數量繁多，古今姓氏達一萬多個，這些姓氏歷經數千年的發展，血緣相續，薪火相傳，成為中華民族團結的紐帶，也成為中華民族子孫尋根溯源的基石。

客家先民們辛勤的耕耘，豐足我們的衣食，為我們編織絢爛的未來；先民們在這塊土地上披荊斬棘所流的血汗，灌溉了臺灣的沃野，潤澤了臺灣純樸的鄉土文化。他們猶如「燃燒自己，照亮別人」的燭光，照亮臺灣的光明遠景，使我們可以在自由的天地馳騁；在文化的

---

40 參見劉還月：《臺灣的客家族群與信仰》（臺北市：常民文化，1999年），頁210-213。
41 參見鄧佳萍：《屏東六堆地區客家祠堂區聯文化內涵研究》（屏東縣：屏東教育大學，2007年碩士論文）。

鄉土上，游息流連，安身立命。緬懷千古，和創業艱辛的先民心志相通。佛家有言：修得人身，來到人間世，是最難得的。因此大家應心懷感恩的心，感謝祖先的庇佑，讓我們能享受如此多的福澤。生於斯，長於斯的臺灣客家子民，應該牢記創業維艱，守成不易的至理名言，不可以數典忘祖，應該發揮生命共同體的理念，傳承先民的生活經驗與努力的成果。人人要知福、惜福，來發揚光大吃苦耐勞的客家本色，使客家人的生命力，能夠在有情天地中永續發展，綿延至千年萬代。

附件：

臺灣姓氏人口數排行榜（五十姓）（表一）

1 陳 1,850,432	2 林 1,381,713	3 黃 1,030,571	4 張 906,999	5 李 875,595	6 王 703,878	7 吳 668,734	8 劉 547,934	9 蔡 487,332	10 楊 448,367
11 許 377,220	12 鄭 316,635	13 謝 297,280	14 郭 258,759	15 洪 245,008	16 邱 241,348	17 曾 230,848	18 廖 230,052	19 賴 227,690	20 徐 220,728
21 周 209,957	22 葉 198,532	23 蘇 190,516	24 莊 157,144	25 江 152,855	26 呂 148,156	27 何 144,503	28 羅 139,403	29 高 135,627	30 蕭 128,348
31 潘 121,198	32 朱 119,165	33 簡 116,267	34 鍾 112,039	35 彭 99,903	36 游 99,854	37 詹 99,789	38 胡 99,229	39 施 93,633	40 沈 90,019
41 余 87,895	42 趙 87,715	43 盧 81,749	44 梁 77,875	45 顏 74,138	46 柯 73,450	47 孫 71,936	48 魏 65,697	49 翁 64,984	50 戴 61,320

（張姓居第四，人口數九十萬六千九百九十九；謝姓居第十三，人口數二十九萬七千兩百八十；賴姓居第十九，人口數二十二萬七千六百九十）

資料來源：楊緒賢《臺灣區姓氏堂號考》，由作者統計整理

參考文獻

一　古籍（依時代先後排序）

1. 〔漢〕許慎撰　〔清〕段玉裁注　《說文解字注》　臺北市　蘭臺書局　1971年

2. 〔漢〕宋衷注　《世本》八種（繁體版）　上海市　中華書局　2008年

3. 〔漢〕應劭　《風俗通》　臺北市　中華出版社　1985年

4. 〔晉〕杜預注　〔唐〕孔穎達疏　《左傳正義》　《十三經注疏》　臺北市　藝文印書館　1993年

5. 〔晉〕陳壽　《三國志》　臺北市　鼎文書局　1987年

6. 〔唐〕房玄齡等　《晉書》　臺北市　鼎文書局　1987年

7. 〔宋〕鄭樵　《通志》　上海市　中華書局　1987年

8. 〔宋〕歐陽修、宋祁　《新唐書》　臺北市　鼎文書局　1987年

9. 〔後晉〕劉昫等　《舊唐書》　臺北市　鼎文書局　1987年

10. 〔清〕顧炎武　《原抄本顧亭林日知錄》　臺北市　明倫出版社　1974年

11. 〔清〕王先謙　《荀子集解》　臺北市　藝文印書館　1946年

12. 〔清〕錢大昕　《十駕齋養新錄》　上海市　上海書店　1983年

13. 〔清〕顧祖禹　賀次君、施和金點校　《讀史方輿紀要》　北京市　中華書局　2005年

14. 〔日〕瀧川龜太郎　《史記會注考證》　臺北市　萬卷樓圖書公司　1999年

二 近人論著（依作者姓氏筆劃排序）

1. 王素存 《中華姓府》（上、下） 臺北市 中華叢書編輯委員會 1969年

2. 王大良 《百家姓尋根探秘叢書》 成都市 四川人民出版社 1995年

3. 徐正光 《臺灣客家研究概論》 臺北市 行政院客家委員會 臺灣客家研究學會合作出版 2007年

4. 馬自毅、顧宏義 《新譯百家姓》 臺北市 三民書局 2005年

5. 張瑞忠 《萬姓尋源》 王振生翁文教基金會 年不詳

6. 張秋滿、張錦謹 《張氏族譜》 新竹縣 張昆和宗親會 1997年

7. 楊汝安 《中國百家姓探源》 臺北市 玉樹圖書印刷公司 2000年

8. 賴貴三 《潁川堂賴氏歷代族譜考述》 臺北市 文史哲出版社 1991年

9. 劉還月 《臺灣的客家族群與信仰》 臺北市 常民文化出版 1999年

10. 謝在全 《桃園縣謝姓宗親會》 桃園縣 謝姓宗親會 1998年

11. 謝重光 《閩臺客家社會與文化》 福州市 福建人民出版社 2003年

12. 羅香林 《客家研究導論》 臺北市 南天書局 1992年

13. 鍾壬壽 《六堆客家鄉土誌》 屏東市 常青出版社 1973年

三 碩士論文（依作者姓氏筆劃排序）

1. 吳中杰 《臺灣福佬客分布及其語言研究》 臺北市 臺灣師範大學華語文教學研究所碩士論文 1998年

2.張罡茂　《臺灣地區百年來人物命名之社會分析》　臺北縣　淡江中國文學系碩士論文　2003年

3.鄧佳萍　《屏東六堆地區客家祠堂匾聯文化內涵研究》　屏東縣屏東教育大學中國語文學系碩士論文　2007年

四　單篇論文（依作者姓氏筆劃排序）

1.王大良　〈關於姓氏尋根熱的若干問題〉　《臺灣源流》第31期2005年　《臺灣省各姓淵源研究學會》

2.吳正龍　〈員林福佬客族群的調查研究〉　發表於中央大學客家學院客家社會文化研究所主辦之「傳統與現代的客家：兩岸學術研討會論文集」　2004年

3.柳秀英　〈內埔地區客家宗祠匾聯文化研究〉　九十二年度行政院客家委員會獎助專題研究　2003年

4.陳素燕　〈從姓名看語言與社會關係〉　《舟山師專學報》（社會科學版）　1994年

5.陳運棟　〈源流篇──臺灣客家的原鄉〉　收錄於徐正光主編《臺灣客家研究概論》　臺北市　行政院客家委員會　臺灣客家研究學會合作出版　2007年

6.陳國緯　〈江州義門陳氏宗譜〉　馬來西亞　南洋客屬陳氏公會《臺灣源流》第33期　1983年

7.賴貴三　〈潁川之堂，積善之家，秘書之里──臺灣賴氏源流遷徙及其衍派發展〉　《潁川堂賴氏歷代族譜考述》　臺北市文史哲出版社　1991年

8.賴世烈先生訪談　九十三年九月一日、九月五日　訪談地點　苗栗市　訪談記錄　劉煥雲、張民光、謝京

9. 廖慶六　〈論始遷祖：從胡適的一篇譜序談起〉　收錄於《臺灣源流》第33期　臺灣省各姓淵源研究學會　2005年12月31日

10. 廖開順　〈論河洛文化的根性精神及客家文化的根性精神〉　《歷史月刊》244期　2008年

11. 簡炯仁　〈屏東平原客家「六堆」聚落的形成及其社會變遷〉〈第四屆國際客家學研討會〉　臺北市　中研院民族所　1998年

12. 鍾槑光　〈客家源流考〉　鍾壬壽主編　《六堆客家鄉土誌》　屏東市　常青出版社　1973年

13. 楊玉姿、張守真　〈臺灣的姓氏與堂號源流〉　高雄市　高雄市文獻委員會　2008年

14. 莊英章、羅烈師　〈家族與宗族篇〉　收錄於徐正光主編《臺灣客家研究概論》　臺北市　行政院客家委員會・臺灣客家研究學會合作出版　2007年

15. 鄭喬尹、陳宣竹、蘇姿芳　〈誰的名字會說話──中國取名用字特性探析〉　銘傳大學應用中文系　2005年

五　網路資源

1. 百家姓堂號的來源
　　　　資料來源：（http://tw.myblog.yahoo.com/History-Bell/article?mid=433&prev=437&next=385）。

2. 黃家祥　〈大陸遷臺第一縣──詔安二都客家歷史文化〉　2002年（http://blog.sina.com.cn/s/blog_40548cfe010096qd.html）。

3. 謝氏家譜，謝姓源流，謝氏的起源來源與遷徙分布　中華謝氏網（http://www.xieshi999.cn/）　2009年4月7日萬家姓

第三章
從客話成語探索客家人傳統文化的內涵

摘要

　　成語是一些固定的詞組，經過長久使用的詞語，有些出自古書，有些是約定俗成的習慣用語，是古漢語詞彙中的精華，並且以四字結構為主。在臺灣客家鄉親的日常生活中，經常有機會聽到或看到客話成語，客話成語與客家生活息息相關，內涵非常豐富，是前人經驗的累積，也是前人智慧的表現，而且寓意深遠，充分展現出客家人的歷史文化。本論文主要以現代客話成語的表現形式為研究對象，從客家歷史、社會、語言、詞彙、文化、精神等角度來分析與詮釋，臚列十類客話成語，分別明確指出其拼音、釋義、例句、典故由來、歷史沿革等。其次，探究現代客話成語承襲客家文化的脈絡源流；並析論客話成語在現代日用倫常與應對進退間的使用現況。最後，從客話成語探觸客家人傳統文化的內涵，客家人重視教育、熱愛鄉土，是千百年來客家鄉親的重要精神憑藉，客話成語能傳承客家文化意識，在建立客家文化的思惟典範中，占有舉足輕重的地位。

關鍵詞：客話成語　傳統文化　生命禮俗　客家飲食　民俗文化

壹 前言

　　語言是文化的載體，文化是族群團體自我認同的核心所在，透過語言，可以了解族群的文化，發現族群的生活智慧、態度、哲學……，因此要保存文化，語言的遺失，將是最大的障礙。根據歷史的記載，客家人不停的遷徙，造就了客家人堅苦、勤儉的生活習性。客家人這種種生活習性，表現在語言裡，這類語句，包括客話成語、客家俗諺、師傅話等，一方面可以了解祖先的生活習性，一方面也是客家人的特色傳承。後代子孫或可領略到其中傳承文化、積極入世、可貫穿時空、化育民心、啟蒙教育、啟發智慧、通曉自然等功能。[1]可見客話成語具有深遠的文化內涵。

　　在我國三千年前《詩經》的詞彙結構，就以四字句式為主；但四字句式不一定都是成語。成語多是四個語素或三個語素的組合，而成語有兩個基本特徵：一是結構的定型性，一是意義的整體性。而成語的來源有三：1.與歷史條件有關；2.與豐富的典籍有關；3.與宗教習俗有關。[2]根據坊間所收錄的客話成語約有八百多則，內容包羅萬象，本文的語料收集，屬於文獻收集法，限於篇幅，僅臚列十類客話成語，做綜合的分類和歸納，並各舉二則客話成語來加以分析詮釋，試圖從客話成語來探求客家人的生活文化及思想內涵。

1　參見林銘嬈：〈從帶有雞、猴的客家俗諺探觸客家人生活思想內涵〉（全球客家經貿平臺，2007年8月12日）。

2　參見程祥徽、田小琳著：第五節〈詞彙的構成〉，收入《現代漢語》（臺北市：書林出版公司，2009年），頁219-225。

貳　客話成語的分類

　　學習成語，不單使我們說話時能言簡意賅，風趣幽默，更能增加感染力，使我們在表情達意時，更能得心應手。從成語的構成看，「四字格」是它的形成特點。四個有意義的語素的組合，在反映信息上有很大的容量。一個成語可以濃縮一個故事，可以講明一個哲理，運用成語得當，使得表達豐富而簡練，且具有各種修辭色彩。本文整理客話成語分為十類，分別明確指出其拼音、釋義、例句、典故由來、歷史沿革等加以分析詮釋。茲條述如下：

一　反映方位觀念的成語

1　上下二港

【拼音】：〔古國順總校訂，何石松、劉醇鑫主編：《客語詞庫》（臺北市：北市客委會，2007年），頁777〕

　　　　四縣音標：〔shong` ha ngi gong`〕

　　　　海陸音標：〔shong`+ ha` ngi+ gong´〕

【釋義】：指南北各地。到處各地。「上」是指構詞形式，「上」和「下」所指示的方位擴大：從具體物的位置到空間概念的延伸；「上」的意義從指示物在地面和地底的不同開始，標示了地面上和地底的方向性，甚至到鄰近空間都算，此時已脫出了垂直地面「上」和「下」的方向性概念，也從位置的高低類推在前後左右，甚至是東西南北，例如上下二港（指南北各地）、上迎下請（上、下，指到處各地）。[3]

3　參見賴玉英著：〈苗栗四縣客語「上」和「下」的構詞方式〉：「對這不對稱的現象並

【構詞形式】：上、下是名詞；二是數詞、港是名詞；組合情形：上＋
　　　　　　　下＋名詞；構詞類型：偏正關係：係指在合義詞中，前
　　　　　　　面的詞素會修飾或限制後面的詞素。形式：ABCD。

2 知上知下

【拼音】：〔古國順總校訂，何石松、劉醇鑫主編：《客語詞庫》（臺北
　　　　市：北市客委會，2007年），頁142〕

　　四縣音標：〔diˊ　song　diˊ　ha〕

　　海陸音標：〔di`　shong+　di`　ha+〕

【釋義】：此處的「上」和「下」，含有「尊卑、上級與下級及和前輩
　　　　與晚輩的意思，甚至把「對在上位者要注意的禮節」轉而
　　　　比喻「做事情的分寸、步驟」，或象徵「做人該有的應對進
　　　　退」。

【構詞形式】：上、下是名詞；知是動詞；組合情形：動詞＋上、動
　　　　　　　詞＋下；構詞類型：動賓關係：是由動詞和名詞所構
　　　　　　　成的，名詞作為該動詞的賓語。形式：ABAC。

綜合上述，從客語字辭典「上」、「下」的義項序發現其語義發展也是
從「空間方位」開始，透過隱喻和轉喻機制向外延伸語義。對照漢語
字辭典裡的義項，客語字辭典雖沒有列出「在上位者，地位高的」、
「送給上位者」等義項，其實在詞彙裡仍有這類意涵，如「知上知
下」，在客語中已把漢語字辭典裡「在上位者，地位高的」和「送給
上位者」的這兩個義項合而為一，變成了「知尊卑、「明辨倫理」，已

試圖予以解釋，認為距離眼睛能見到的標準較近者，多以身體較高部位來命名而分
攤了「上」和「北」的出現機率。另外大自然的自由落體現象，也牽繫著落葉歸根
的意象而偏向習慣用「下」來命名，還有因群居的地理環境中以「下」多平原與水
源，於是地名多命名「下」也合地理現象。」。hakka.ncu.edu.tw/...

把指稱的意涵抽象化了。另外，在語義和聲調關係上發現與漢語不同，客語「上」、「下」用三個聲調表示其不同的語義，這是特殊的。由此可見「上」和「下」的指示性的功用變大了，意義也就變得更廣了。整體而言，四縣客語「上」和「下」的雙音節複合詞構詞詞序以擺在第一位為主，以後加名詞（「上＋名詞和「下＋名詞」）的複合詞形式為主，其構詞類型以主從格為多，其次是動賓格和後補格，也有出現二種的並列格，所形成的複合詞詞類多為動詞，名詞次之。[4]

二　表示親情倫理觀念的成語

1　惜子連孫

【拼音】：〔古國順總校訂，何石松、劉醇鑫主編：《客語詞庫》（臺北市：北市客委會，2007年），頁904〕

　　四縣音標：〔xiag` zii` lienˇ sun´〕

　　海陸音標：〔siag4 zii´ lien sun`〕

　惜花連盆

【拼音】：〔古國順總校訂，何石松、劉醇鑫主編：《客語詞庫》（臺北市：北市客委會，2007年），頁904〕

　　四縣音標：〔xiag` fai´ lienˇ punˇ〕

　　海陸音標：〔siag fa` lien pun〕

【釋義】：客語：惜花連盆，惜子連孫。國語：愛屋及烏。

【出處】：【惜花連盆，惜子連孫】：這句客家俗諺如同「愛屋及烏」，親情的不斷延伸，是人生另一種幸福境界。

4　參見賴玉英著：〈苗栗四縣客語「上」和「下」的構詞方式〉。hakka.ncu.edu.tw/...

【構詞形式】：「子、孫」是名詞、「花、盆」是名詞；惜是動詞、連
　　　　　　是連詞。組合情形：動詞＋受詞、連詞＋名詞；構詞
　　　　　　類型：動賓關係。形式：ABCD。

能惜花連盆者，多會惜子連孫；能惜子連孫者，亦會惜花連盆。二者
是千年仁者的胸襟，民族遺愛的展現；是孝子不匱，永錫爾類的發
揚。於今社會遽變，家庭解體，在惜花連盆、惜子連孫之際，是否能
飲水思源，孝及父祖[5]，的確是值得發人深省的課題。

2 孝友傳家

【拼音】：

　　四縣音標：〔hau　iuˊ　conˇ　gaˊ〕

　　海陸音標：〔hauˇ　riuˋ　chon　gaˋ〕

【釋義】：以孝順父母、友愛兄弟的德範來傳給子子子孫孫。

【例句】：潘家古宅，大門上有門聯，橫聯題「孝友傳家」，左右聯為
　　　　　「孝行素孚人言無間，友聲卓著鄉譽攸同」，字跡工整，簡
　　　　　單樸素。書香門第氣息相當濃厚。據潘家子孫說，這「孝
　　　　　友」兩字正是他們傳家之寶。

【構詞形式】：「孝、友」是動詞、「傳家」是動賓關係。組合情形：
　　　　　　是「孝友」／「傳家」；構詞類型：動賓關係。形式：
　　　　　　ABCD。

【歷史沿革】

　　新竹縣新埔鎮位於和平街的「潘氏家廟」，俗稱潘屋，原為土造
第，咸豐十一年（1861年），由潘清漢、澄漢兄弟所建的四合院宅

5　參見何石松著：《客諺一百首》（臺北市：五南圖書出版公司，2001年），頁172。

第，基於房衛功能，在山門外又建了一道外牆，內牆山門刻有「孝友傳家」四字，乃因其先祖潘榮光、潘清漢父子曾被清廷封為孝子，並列「孝友祠」。臨正街洋房為潘錦河改建。所有古木建材，皆保持原貌，現列為三級古蹟。潘宅最早建於一八一五年，傳說潘宅位於風水上之「螃蟹穴」，因此建造成左右寬而前後短的形式，連屋頂也漆成藍色，以象徵生氣不息。潘宅的外牆有內、外兩道，內牆的牆門（院門），是用泉州白石建造的，門楣上橫批「孝友傳家」四個字，是因為潘家祖先潘榮光、潘清漢父子曾被清廷封為孝子，故以「孝友」之德行為家風。[6]

三　反映時令有關的成語

1 六月天公

【拼音】：〔古國順總校訂，何石松、劉醇鑫主編：《客語詞庫》（臺北市：北市客委會，2007年），頁538〕

　　四縣音標：〔liug` ngied tien´ gung´〕

　　海陸音標：〔liug ngied` tien` gung`〕

【釋義】：1. 六月天公，2. 喻忙得不可開交。

【例句】：好愁毋愁，愁該六月天公無大日頭。（諺）

【華語詞義】：該擔心的不擔心，擔心那六月天不出大太陽。（諺）

【構詞形式】：「六月」是名詞、「天公」是名詞。組合情形：名詞＋名詞；構詞類型：偏正關係：指在合義詞中，前面的詞素會修飾或限制後面的詞素。形式：AABB。

6　潘氏家廟簡介：新竹旅遊網，（http://emmm.tw/L3_content.php?L3_id=3365）。

【相關客諺】：

> 五月北風平平過，六月北風毋係貨，五六月天捉鰗鰍，想魚成
> 雙難上難，六月炙火囪，笑死老阿公。六月火囪難兼身，六月
> 牛眼—白核（囪），好愁無愁，愁六月天公無日頭。

炎夏六月，暑熱難當，大家對天上炙熱的日頭，避之唯恐不及，很少
人會為「六月天不出大太陽」而擔心。但是，仍有少數閒閒沒事做的
人，會杞人憂天，這就是客家諺語所說：「好愁毋愁，愁該六月天公
無大日頭。」的涵義。

2 半晝半暗[7]

【拼音】：〔古國順總校訂，何石松、劉醇鑫主編：《客語詞庫》（臺北
市：北市客委會，2007年），頁20〕
　　四縣音標：〔ban　zu　ban　am〕
　　海陸音標：〔banˇ　zhiuˇ　banˇ　amˇ〕
【釋義】：巳時申時；喻不早不晚。
【例句】：半晝半暗時節，大家大體無在。

7　參見楊燕國：〈有趣的客話時間詞〉，《國立中央大學客家學院電子報》第73期
　　（2008年2月5日出刊）：「古人以『日出為晝，日入為夜』，將太陽的出沒作為一天
　　時間劃分二段的依據，形成最早的二時制。在客話中仍延續『晝』為白天、『夜』
　　為晚上的時間詞用法，而且在時間劃分上已有時段概念。如：半晝邊仔、臨晝仔、
　　過晝、下晝頭，透夜仔、半夜仔。春秋時以一日二餐，第一次進餐在日出後不久，
　　稱為『朝食』；第二次進餐在日落以前，稱為『夕食』，用這個簡單概念劃分時段。
　　並且在遠古天象二時制的基礎上，更進一步利用進食時間把一天劃分為朝、晝、
　　夕、夜四個時段。在『朝』這個時段，又可因天色明暗變化分為：晨、曙、曉、
　　旦、明、早等。而在『夕』這個時段又可分為：晚、晦、暮、暝、昏、宵等。同樣
　　的，在客話中也是如此區分早上時間，如：朝晨頭、臨天光仔（曙）、天甫光仔
　　（曉）、天大光（明）、打早等。」

【華語詞義】：巳申時分，大家大都不在。

【構詞形式】：半是名量、「晝、暗」是名詞。

【相關詞語】：過晝缽〔go zu bat` lat`〕，過午時分的意思。組合情
　　　　　　　形：名量＋名詞；構詞類型：並列關係：有兩個詞義
　　　　　　　相同、相關或相反的自由詞。形式：ABAB。

在午後這段時間，客話中的時間詞表示為：臨暗頭、暗昏、半晝半暗
仔、暗晡頭、斷烏、七暗八暗、歸暗晡仔。另外，在先秦時也有十二
時制的記載。由十二個特定的時間名稱構成，其順序為：夜半、雞鳴
這些時間名稱的來源，一般來說有三種參照標的：一是自然現象
（如：夜半、平旦、日出、隅中、日中、日昃、日入、黃昏。）、二
是人類活動（如：食時、日中、晡時、人定）、三是動物活動（如：
雞鳴）。在客話裡面有關一天的時間詞，也是依據這三種參照標的來
描述時間的。在參照自然現象中有：光天白日、日時頭、朝晨頭、臨
天光仔、天甫光仔、天大光、打早、七早八早、臨晝仔、大半晝、日
心仔、過晝、半晝邊仔、下晝頭、半晝半暗仔、日落西山、暗昏、臨
暗頭、暗晡頭、斷烏、七暗八暗、歸暗晡仔、透夜仔、半夜仔、三更
半夜、大半夜等。

四　與原鄉墾殖有關的成語

1　崩崗石壁

【拼音】：〔古國順總校訂，何石松、劉醇鑫主編：《客語詞庫》（臺北
　　　　市：北市客委會，2007年），頁28〕

　　四縣音標：〔ben´　gong´　sag　biag`〕

　　海陸音標：〔ben` gong` shag biag〕

【釋義】：懸崖峭壁。

【例句】：莫再過行，頭前係崩崗石壁。

【華語詞義】：別再往前走，前面是懸崖峭壁。

【相關客話俗語】：「毋驚崩崗石壁」，崩崗石壁，陡峭的懸崖。指有
　　　　　　　　勇無謀的人，不避任何危險，對眼前的懸崖峭壁毫不
　　　　　　　　在意。

【構詞形式】：「崩崗」是名詞、「石壁」是名詞。組合情形：名詞＋
　　　　　　　名詞；構詞類型：並列關係。形式：ABAB。

【歷史沿革】：

> 石壁村位於福建省三明市寧化縣西，閩贛邊界武夷山的東麓，
> 距縣城二十五公里，現屬禾口鄉的一個行政村，是一片比較開
> 闊的盆地，歷史上森林茂密，從遠處望去，像一堵綠色屏障，
> 由此得名玉屏。唐中葉更名為「石璧」，五代再改「壁」，後又
> 改今用之「碧」。古稱「石壁」即指村落，又指地域，包括了
> 周圍的一些村落，石壁是個中心，是這一些區的代稱。[8]

中國歷史上，曾由於戰亂、饑荒、兵災以及政府的獎掖，安排，外地
經濟的引誘等因素，有大批的中原漢人南遷。這些南遷的漢人史稱客
家人。客家流遷始於東晉，但構成民系則在五代以後。五代以後流遷
的被稱為正宗的客家人，這些正宗的客家人在流遷中，大多經過寧華
石壁（今名「石碧」）。在石壁居住，繁衍生息數代乃至數百年後，又
陸續輾轉遷往閩西、廣東、廣西、四川、湖南及香港、臺灣、東南亞

8　參見賀晨曦編：《中華尋根祭祖勝跡》，中華姓氏尋根網，2008年6月2日。

各地。所以他們多稱一世祖出自石壁，石壁便自然地成為這些客家人的第二祖籍。[9]

2 咬薑啜醋

【拼音】：〔古國順總校訂，何石松、劉醇鑫主編：《客語詞庫》（臺北市：北市客委會，2007年），頁617〕

　　四縣音標：〔ngau´　giong´　cod`　cii〕

　　海陸音標：〔ngau`　giong`　cod　sii˘〕

【釋義】：啜：吮吸；啜飲。咬薑啜醋：指人刻苦耐勞，節衣縮食度日之意。有克勤克儉之意。

【例句】：咬薑啜醋个生活異辛苦。

【華語詞義】：咬薑啜醋的生活很辛苦。

【構詞形式】：「咬、啜」是動詞、「薑、醋」是名詞。組合情形：動詞＋名詞、兩個動賓結構並列；構詞類型：動賓關係。形式：ABCD。

【歷史沿革】：〈客家本色〉歌詞、詞曲，涂敏恆（1943-2000）創作[10]。

　　　唐山過臺灣，沒半點錢，剎猛打拚耕山耕田，咬薑啜醋幾十

9　參見賀晨曦編：《中華尋根祭祖勝跡》，中華姓氏尋根網，2008-06-02。

10　一九四三年，涂敏恆出生於臺灣苗栗縣大湖鄉，他創作了許多國語流行歌曲，其中最著名的一首詞曲創作是《送你一把泥土》，在四十歲那年，受到童年玩伴車禍死亡的刺激，立志要將下半生奉獻給客家歌謠，十幾年來，已經創作、整理出近三百首的歌謠，像是《客家本色》、《我是客家人》，幾乎已經成為客家人聚會必唱的歌曲。二〇〇〇年三月十四日臺灣客家音樂才子涂敏恆不幸車禍身亡，（tw.myblog.yahoo.com/paupau0816/article?mid=2267..）。

年，毋識埋怨。世世代代就恁樣勤儉傳家，兩三百年沒改
變，客家精神莫豁忒，永遠永遠。

時代在進步，社會改變，是非善惡充滿人間，奉勸世間客家
人，修好心田，正正當當做一個良善的人，就像恩的老祖先，
永久不忘祖宗言，千年萬年。[11]

這首由涂敏恆先生於一九八九年所創作的客家歌曲，雖然並不是第一
首客家流行創作，但其廣為流傳的程度絕對不是其他客家歌曲所能望
其項背的！這首歌是流行於約十幾年前，寫的是客家祖先——「唐山
過臺灣」的艱辛過程，不但塑造了臺灣客家人的內聚力，也開啟了臺
灣客家的新視野：面對臺灣多樣化的自然山川與多元、險惡的族群處
境，必須更加落實因地制宜的「移民本色」，因而得以全然不同於中
國原鄉的方式，打造了風貌殊異的客家新故鄉。臺灣客家先民因地制
宜之生存智慧，漸漸發展出來臺先祖未曾想像的客家新風貌。這首歌
訴說的客家祖先來臺時是身上沒有半毛錢，白手起家，努力打拼開山
種田，而且一代傳一代，節儉辛苦也不會埋怨，也希望這種吃苦耐勞
的精神會一直傳承下去，在客家家族裡，也強調了不要忘了祖先的辛
苦、不要忘了祖先的教誨、更不要忘了做個堂堂正正守本分的客家人。

---

11 （以下為解釋歌曲）唐山過臺灣，無半點錢（從大陸唐山來到臺灣，身上沒有半毛
錢）刹猛打拼耕山耕田，（努力打拼開山種田）　咬薑啜醋幾十年，毋識埋怨（咬
薑吃醋是比喻生活困苦，不曾埋怨過）　世世代代就恁樣勤儉傳家，（世世代代以
勤儉來傳家）　兩三百年無改變，（兩三百年來不曾改變過）　客家精神莫豁忒，
永遠永遠。（客家的精神別讓它斷掉，永遠永遠）　時代在進步，社會改變，是非
善惡充滿人間，奉勸世間客家人，修好心田正正當當做一個良善的人，就像恩的老
祖先（恩的＝我們的）　永久不忘祖宗言，千年萬年。

五　與宗教信仰有關的成語

1　伯公生鬚

【拼音】：〔古國順總校訂，何石松、劉醇鑫主編：《客語詞庫》（臺北
　　　　市：北市客委會，2007年），頁16〕

　　四縣音標：〔bagˋ　gung´　sang´　xi´〕

　　海陸音標：〔bag　gung`　sang`　si`〕

【釋義】：歇後語，老神（成）。謂做事老到，不慌不忙。

【例句】：農曆二月二日土地公生日，客家人特有的傳統「伯公」信
　　　　仰，在屏東縣花木蘭文化產業發展協會協助下推出麟洛鄉
　　　　特有的「生鬚伯公」公仔，代表麟洛鄉文化特色。

【構詞形式】：「伯公」是名詞、「生」是動詞、「鬚」是名詞。組合情
　　　　　　形：名詞＋動賓關係；構詞類型：偏正關係。形式：
　　　　　　ABCD。

【歷史沿革】：

　　　　屏東縣花木蘭文化產業發展協會理事長宋怡蕙說，麟洛是傳統
　　　客家庄，早期客家庄「庄頭庄尾都是土地公」，客家人都尊稱
　　　土地公為「伯公」。

　　　　宋怡蕙表示，客家先民開墾，有「祖在堂、神在廟」的習俗，
　　　早年為祈求開墾平安順利，都會找一個石頭或大樹祭拜。麟洛
　　　鄉的「生鬚伯公」，不同於一般土地公，原本是一顆石頭，但
　　　民眾發現石頭竟然長出鬍鬚，開始祭拜，後來搬遷放置在「伯
　　　公祠」祭拜，在伯公祠內，還有另外兩尊「伯公婆」與「小伯
　　　公」。

宋怡蕙解釋,「伯公婆」原是一尊將被丟棄的神像,但民眾又覺得丟棄太可惜,擲筊詢問「生鬚伯公」願不願意接納,後來伯公同意;另一尊「小伯公」是因為先前「生鬚伯公」被人偷走,居民擔心伯公祠內沒有伯公,於是再請來一尊伯公。後來有人歸還「生鬚伯公」,於是將三尊伯公一起供人祭祀。麟洛鄉還留存至少六尊伯公,每到農曆正月及伯公生日時,鄉民都會幫伯公祝壽。民眾若有興趣想收藏「生鬚伯公」公仔,可電洽:08-7215842。(客家新聞)[12]

2 三山國王

【拼音】:〔古國順總校訂,何石松、劉醇鑫主編:《客語詞庫》(臺北市:北市客委會,2007年),頁723〕

　　　四縣音標:〔sam´　san´　gued`　vong˅〕

　　　海陸音標:〔sam´　san´　gued`　vong〕

【釋義】:傳說甚多,有謂係廣東潮州府揭陽縣阿婆墟(今之饒平縣)獨山、明山、巾山三山神。

【構詞形式】:「三山」是名詞、「國王」是名詞。組合情形:兩個偏正結構並列;構詞類型:偏正關係。形式:ABCD。

---

12 〈悠遊屏緣〉:本來是在一顆大榕樹下供人膜拜的石頭,但因榕樹下的環境較陰涼潮濕,慢慢的這顆石頭就長出像鬍鬚一樣的絲狀物,所以稱為「生鬚伯公」,或稱「榕樹伯公」。在民國五十八年(1969年)麟洛鄉農會在此闢建市場,所以將大榕樹砍除,而原本在樹下的伯公就被安置在新建市場辦公室的樓上,也是麟洛鄉唯一住在樓上的伯公。參觀時,先從旁邊的小走道走到盡頭後右轉,再沿著樓梯走到樓上就可以看到生鬚伯公了!祠內有三座神像,分別為中間的鎮殿土地伯公像和兩旁的土地婆和土地公像,但原先被膜拜的石頭伯公已經不在了,換成從車城福安宮迎來的土地公神像。這裡使用的「博杯」刻有非常精緻的圖案,還有國泰民安、風調雨順的字樣。在祠旁邊還種有桂花、樹蘭、含笑、夜舍、山馬茶等植物。(2009-02-27ww.nownews.com/2003/06/03/386-1463601.htm)

【歷史沿革】：依據「霖田都三山國王顯靈史蹟」之記載：

三山國王，原米是有三個山的山神，因為顯靈，有過了庇民獲國的功績，而被朝廷封為護國公王。這三座山，一名為「巾山」，一名為「明山」，一名為「獨山」，簡稱為「巾明獨」三山，同是在廣東省潮州府揭陽縣霖田都一處地方，即今之揭陽躲屬河婆地方，河婆為霖田都內一個市鎮，以商業繁盛，人口集中，位於三山附近，故今人多通稱河婆即為國王發跡的所在……隋朝有三神人出現，狀甚奇偉，初出顯於「獨山」的石洞，自稱兄弟，受命於天，分鎮巾、明、獨三山。話完即不見，在其石洞前有一顆古楓樹生連花，苦紺碧色，大者盈尺，眾人往觀，忽又出現三神人，乘馬迎面而來，向一姓陳人，招之為其從徒，未幾陳與三神人，俱化不見，眾人乃知為有神，遂為膜拜，後於巾山、明山，亦時有出顯，既而降出乩童，言封陳為將軍，並示以巾山為其兄弟聚集之處（巾山位於三山的中間），眾人乃建一小廟，併陳合祀，自此聲靈日著，香火日盛，凡有水旱，疾疫災難求解者，無不應驗，地方奉為福神。[13]

---

13 參見徐素貞撰：〈三山國王〉：「及至唐代，憲宗元和十四年，韓文公任潮州刺使之時，逢霪雨害稼，韓公憂心，率眾乃禱於三山神，果然有應，韓公即以犧牲等祭品，並作文祭祀。到了宋朝，劉振據兩粵抗命，開寶四年（西元971年），韓國公潘美奉旨提師南討，潮守王侍監，懇請山神助佑，天果雷霆大作，風雨交襲，促賊兵大敗，南海告平。又宋太平興國四年（西元979年）太宗率兵親征劉繼元，軍到大原城下，見有金甲神三人，操戈馳馬，飛往助陣，宋師大捷，凱旋之夕，復見神於城上，雲中顯出旌旗，書曰：「潮州三山神」，所以上奏朝廷潮州揭陽二山神之神助，即獲下詔賜封為：

巾山為清化威德報國王　　明山為助改明肅寧國王　　獨山為惠威弘應豐國王並賜封廟額曰：「明貺，勅潮陽郡，廣增廟宇，歲時合祭，嗣於宋仁宗明道二年（1033年），再賜加廟額『靈廣』兩字，自此廣東潮、梅、惠、屬，均建有廟宇，隆重奉祀。」鄉親土更親文化導覽（http://cult.nc.hcc.edu.tw/BUT5.htm）。

臺灣人的先祖，決定移墾臺灣，就要選擇作為移墾地守護神，在客家人而言大部分都選擇三山國、觀音娘、媽祖婆等三神像帶來，或在家奉祀，或在臺灣的墾地建立寺廟奉祀，祈求賜予保佑，或為移民的精神支持力量。待至經濟力量許可時，便在僑居地建立家鄉式的寺廟作為回報奉祀。上文已提過，為了臺灣原住民的出草馘首習俗，因為「三山國王」是「山神」，「山神」定能夠制伏「山中之生番」的聯想之下，而來的選擇。早期客家人入墾的地方，建立不少奉祀三山國王的廟宇，例如彰化縣溪湖鎮的「霖肇宮」，相傳是明萬曆年間所創建。同縣員林的廣安宮是明永曆年間所建：永曆年間所創建的尚有高雄市楠梓區的三山國王廟、高雄縣橋頭的義安宮、屏東縣九如的三山國王廟。此外，康熙乾隆年間以前所建的：臺中縣豐原萬順宮、沙鹿保安宮、彰化縣員林廣寧宮、社頭鎮安宮、鹿港三山國王廟、埔心的霖興宮、霖鳳宮。臺南市三山國王廟。屏東市林邊忠福宮、佳東千山公侯宮、國玉廟、車城保安宮等。」如上述，乾隆年代以前已經有這麼多三山國王廟之存在，正可證明客家居民不少，且民有餘財，才會建立廟宇，由寺廟之建築與財產，可察知地方經濟之榮枯。[14]

---

14 參見徐素貞撰：〈三山國王〉：《諸羅縣志》（嘉義縣志）漢俗考所載：「自下加冬至斗六門，客莊、漳泉人相半……斗六以北客莊愈多，雜諸番而各自為俗」，「諸羅土曠，漢人間上草地……潮人尤多，名曰客，多者千人，少亦數百，號曰客莊『凡流寓』，客莊最多，漳泉次之，興化福州又次之」。《重修鳳山縣志》〈風土志〉亦載：「臺自鄭氏擘內地數萬人來居茲地，半閩之漳泉，粵之惠潮民」，可見乾隆早期以前來臺的漢人，客家人居半之情形躍於文獻上，才會如此建立這麼多座早期的三山國王廟。

不分年代的三山國王廟的座數如下：基隆市一、嘉義市一、臺南市一、高雄市三、臺北縣二、宜蘭縣二十四、新竹縣十三、苗栗縣四、臺中縣十二、彰化縣十八、南投縣四、雲林縣十、嘉義縣十一、臺南縣一、高雄縣十、屏東縣二十八、花蓮縣一、臺東縣一、澎湖縣無，一共一百五十五座，在於原鄉僅不過二至三座的三山國王廟，在臺灣之地建立了一百五十餘座的盛況，就能察知客家人移墾臺灣的大概情形。鄉親土更親文化導覽（http://cult.nc.hcc.edu.tw/BUT5.htm）。

六　與民俗文化有關的成語

1 鑿空鬥榫（鬥空鑿榫）

【拼音】：〔古國順總校訂，何石松、劉醇鑫主編：《客語詞庫》（臺北市：北市客委會，2007年），頁93〕

　　四縣音標：〔cog kung´ deu sun`（deu kung´ cog sun`）〕

　　海陸音標：〔cog` kung` deuˇ sun´〕

【釋義】：鑿，záo：器物上的孔，是容納枘（榫頭）的。榫眼；枘，榫頭。鑿：形聲字。從金，鑿（zuò）省聲。從金，表示與金屬製品有關。本義：凡穿物使通都稱鑿。比喻互相投合，有串通之意。

【例句】：佢兩儕長透就鑿空鬥榫害人，總有一日會分人捉去坐館仔。

【華語詞義】：他兩人經常狼狽為奸害人，總有一天會被人捉去坐牢。

【構詞形式】：「鑿、鬥」是動詞、「空、榫」是名詞；組合情形：兩個動賓結構並列；構詞類型：動賓關係。形式：ABAB。

【典故由來】：

　　　　《說文》〈金部〉：鑿，穿木也。
　　　　《儀禮》〈士喪禮〉：「重木刊鑿之。」〔宋〕沈括《夢溪筆談》：「皆是水鑿之穴。」（鑿，這裡是沖刷的意思。）
　　　　《鹽鐵論》〈非鞅〉：有文武之規矩，而無周（文王）呂（太公）之鑿枘，則功業無成。

鑿空鬥榫，又可用作「鬥空鑿榫」，在客語中的用法，往往是比喻為互相串通，相互勾結、狼狽為奸的意思。

2 前世無修

【拼音】：〔古國順總校訂，何石松、劉醇鑫主編：《客語詞庫》（臺北
市：北市客委會，2007年），頁702〕

四縣音標：〔qienˇ se moˇ xiuˊ〕

海陸音標：〔cien sheˇ mo siuˋ〕

【釋義】：上一輩子沒有修行好，這一輩子把兒子當作媳婦來使喚。
言外之意：用非其人。

【例句】：有一句客家俗諺這麼說：「前世無修，賴兒准心舅。」
通曉客家話的人都知道：客家人稱兒子為賴兒，稱兒媳婦
為心舅；准是當作的意思。整句話是說：因為前世沒有修
行，所以兒子當成媳婦，淨叫他做些女孩兒家的事。

【構詞形式】：「前世」是名詞、「無」是副詞、「修」是動詞。組合
情形：修飾關係；構詞類型：偏正關係。形式：
ABCD。

【歷史沿革】：

從前的農業社會，不像今天的工商社會，成就了許多的職業婦
女，男性居家，「洗手做羹湯」的大有人在。古時候，家庭的
分工很清楚，所謂「男耕女織」、「男主外女主內」就是很好的
說明。一般說來，過去的男子負責外出力田，女孩子則在家操
持家務，所以女孩兒家平常就是種種菜、績績麻、斲薪、養
豬、洗衣、畜雞鴨……然而，一個傳統的家庭裡，如果兒子一
直無娶，女兒又都出嫁了，不得已，做兒子的也得做起煮飯、
燒菜……等女工來。這在過去古老的觀念裡，男做女工，正是
「前世無修」的結果。

從前人們深信，不僅出家人要修行，匹夫匹婦也都得修行。因此現在民間還普遍流傳：「有錢施功德，無錢拈開笐。」的話語。古人認為，人的生死，循環不已。人生在世必得急公好義、多做好事，下輩子才有善的果報；倘若前生不積陰德，多行不義，來世必遭惡的報應。譬如：有人因瑕隙與人結怨，常會作這樣的解釋：「前生牽牛鬥到其（他的）墓頭」、「前生打爛其骨頭甕（陶製的瓶子，客家話說甕，裝人死後枯骨用的，稱圍金甕、賤稱則謂骨頭甕）」。將今生的一切不順遂，統統歸因於前世的「無修」。同時，俗話還勸人「前生修來後世用」呢？這些仍然存在當今阿公阿媽腦中的輪迴觀念，時下的年輕人，聽起來似乎極其遙遠。這就是人心不安、社會不寧的根本。為今之計，應使人心多一點同情、多一點愛，破除巧取豪奪的貪念，設法讓大家在今世中修持。看倌以為然否？[15]

七　與飲食文化有關的成語

1　四炆四炒

【拼音】：〔古國順總校訂，何石松、劉醇鑫主編：《客語詞庫》（臺北市：北市客委會，2007年），頁898〕

　　四縣音標：四炆四炒〔xi　vunˇ　xi　cauˋ〕

　　海陸音標：四炆四炒〔siˇ　vun　siˇ　cauˊ〕

【釋義】：四菜四湯。

【例句】：

　　　　1 客家菜　四炆四炒盡有名。

　　　　2 四炆四炒係客家菜。

---

15 參見涂春景著：《形象化客家俗語1200 句》（臺北市：五南出版公司，2004年）。

3 四炆四炒係客家人菜路个特色。

【構詞形式】：「四」是名量、「炆、炒」是動詞。組合情形：修飾關
　　　　　　係；構詞類型：偏正關係。形式：ABAC。

【歷史沿革】：

> 所謂「四炆」係指：鹹菜炆豬肚、炆爌肉、排骨炆菜頭、肥湯
> 炆筍乾；「四炒」則為：客家炒肉、豬腸炒薑絲、鴨血炒韭
> 菜、豬肺黃梨炒木耳（俗稱鹹酸甜），這八道菜色，無論菜質
> 與菜量、烹調與煮法，絕不舖張奢華，不僅色、味、香一應俱
> 全，菜色也多具有易保存及方便多次食用特性，而且食材多保
> 有客家人的節儉美德，盡情運用決不浪費。[16]

「四炆四炒」可說是客家菜的典型，它的起源是來自於過去客家人在
婚喪喜慶及酬神宴客時的八道標準菜色，客家人勤儉刻苦，平時省吃
儉用，只在年節宰殺豬、雞、鴨祭拜神明，或於農曆初一、十五準備
三牲（豬、雞、魷魚）拜土地公，為了在不浪費食材的考量下，並創
造出口感美味的料理，將妥善運用全豬、全雞之所有食材變成各式桌
上佳餚，因而有四炆四炒的產生。「炆」與「炒」，可說是客家菜的兩
大特色之一。客家人宴客的菜肴，給人的印象多是湯湯水水，但是其
中有幾道不可或缺的經典名菜，就是「四炆四炒」。「炆」是用大鍋烹
煮，「炒」是以大鍋快炒。這八道經典名菜，是客家人運用全豬來料
理的極致，不但豬身上的每一部分都不浪費，而且端上桌時還色香味
俱全。

　　「逢山必有客」客家族群因山居食材取得不易與惜福的生活觀，

16　文字來源：「客家美食嘉年華」（http://www.ihakka.net/2006food/index.htm）。

研發出各種醬料名菜，除了下飯、易保存外，也盡情利用生活周遭取得的菜蔬水果，隨著年節、四季盛產的山林產物的變化，從菜餚到點心零食，從主食到粄類，創造出客家多元的吃食文化。「鹹」、「香」、「肥」一直是傳統客家菜的特色，「鹹」是為了易於保存，不易腐壞，亦補充辛苦農作流汗後所需之鹽分；「肥」也是因為客家人粗重的工作，需要補充大量的體力，「香」則能增加食慾並耐飽，且客家菜食材多為硬料（如乾魷魚），所以在料理時特別重視香味的處理。為了配合頻繁的遷徙及保存食物與多元利用，勤儉的客家人，發明出各式各樣的醃漬品，從蔬菜、魚肉、醬料、紅麴、乾燥食材等，像菜脯、鹹菜乾等皆為客家人常吃的食品。同時客家族群也善用自然資源，創造出大量佐料醬料，如以酸桔子加工做成桔醬，具有濃郁果香的味道，可平衡客家菜原有的油膩感，也減少調味料的消耗。至於年節季節變化發展出的副食品及零食、粄仔，亦處處反映了客家族群勤奮堅苦，刻苦耐勞的生活哲學。[17]

2 「舂粢打粄」

【拼音】：〔古國順總校訂，何石松、劉醇鑫主編：《客語詞庫》（臺北市：北市客委會，2007年），頁994〕

　　四縣音標：〔zung´ qiˇ daˋ banˋ〕

　　海陸音標：〔zhungˋ ci daˊ banˊ〕

【釋義】：製作各種糕餅類的食品，形容熱熱鬧鬧準備慶典。〔徐運德編：《客話辭典》（ＸＸＸ：中原週刊社，1992年），頁618〕

【例句】：糯米舂粢粑，又軟又韌，當好食。

　　　　　過年過節舂粢打粄歸下仔包醬自家做：蒸甜粄、打菜包、

---

17 文字來源：「客家美食嘉年華」（http://www.ihakka.net/2006food/index.htm）。

　　　　褡粽仔、印紅粄、揉雪圓仔、舂粢粑做盡毋使求人。

【構詞形式】：「舂、打」是動詞、「粢、粄」是名詞。組合情形：兩
　　　　　　　個動賓結構並列；構詞類型：動賓關係。形式：
　　　　　　　ABAB。

【歷史沿革】：

　　　客家粢粑〈麻薯〉的由來，據說是古代客家人較窮無錢招待訪
　　　客，於是將剩飯搗勻加入花生粉、糖粉變成粢粑〈麻薯〉，目
　　　前在臺灣粢粑〈麻薯〉可說是客家人做的麻薯最好吃。你所不
　　　知道的客家「舂粢打粄」。說到客家點心，一般人最常想到的
　　　是什麼？一是粢粑，二是粄。客家話有句成語「舂粢打粄」，
　　　形容熱熱鬧鬧準備慶典。傳統客家遇婚喪喜慶、廟會拜拜，多
　　　半都會打粢粑，逢年過節、蒔田割禾，一定會打粄。打粢粑，
　　　帶有很強烈的我群意識，反映了客家內在的凝聚力，而且是從
　　　生活中落實了客家人團結的意識。[18]

早年客家有婚喪必會打粢粑，不僅當點心招待來客，也分送四鄰。臺
灣客家鄉間二、三十年前還經常看到這種打粢粑風俗，這是客家「幫
工」習俗。大家不是花錢來做，而是家族主動相互幫忙。負責打粢粑
的是莊頭夥房的年輕人，一來打粢粑頗費力氣，再者這也有成年禮的
味道，能被族裡長輩叫去幫忙打粢粑就表示長大成人，可以委以重
任。舂粢粑，通常是在一個大石臼裡倒入蒸好的糯米團，三人一組，

---

18 參見林陳鳳嬌：千年榕樹一條根，天下客人一家親；團結和諧崇正會，心手相連客
　　家人。
　　HAKKANÊS 第38期（2009年3月8日，巴西‧聖保羅PARA DISTRIBUIÇÃO
　　INTERNA客家親）

兩人各一杵一上一下舂打，另一人負責尋空檔以濕手翻轉糯米團。累了就換下一組上陣。這樣的舂粢粑，練的是技巧、默契和感情，大家同心，一旦遇有外侮很自然就一致對外，根本無須教條式的要求團結。現在打粢粑以機器取代人工，客家後生多已不解打粢粑的用意。客家粢粑不但風味依舊，還蘊藏有深厚的客家精神。[19]

3　五燥五濕

【拼音】：〔古國順總校訂，何石松、劉醇鑫主編：《客語詞庫》（臺北市：北市客委會，2007年），頁612〕

　　四縣音標：五燥五濕〔ng` zau´ ng` siib`〕

　　海陸音標：五燥五濕〔ng´ zau` ng´ shib〕

【釋義】：五種乾的和五種濕的供品

【例句】：過年敬天公，上界愛擺五燥五濕。

【國語詞義】：過年敬天公，上界要擺設五種乾的和五種濕的素供品。

【構詞形式】：「五」是名量、「燥、濕」是名詞。組合情形：修飾關係；構詞類型：偏正關係。形式：ABAC。

【歷史沿革】：

　　除夕：敬天公：選清早吉時祭拜（前日需齋戒沐浴，祭桌需分上下界）。上界祭品屬齋菓，五燥（五種糖菓）。五濕（香菇、金針、木耳、冬粉、筍干、腐干）。下界：香燈茶酒果品。紅叛。三牲或五牲。[20]

---

19 參見林陳鳳嬌：千年榕樹一條根，天下客人一家親；團結和諧崇正會，心手相連客家人。HAKKANÊS　第38期（2009年3月8日，巴西・聖保羅PARA DISTRIBUIÇÃO INTERNA 客家親）

20 參見陳運棟編：《臺灣的客家禮俗》（臺北市：臺原出版社，1990年）。

在客家地區，過年的氣氛從小年夜開始。在老一輩客家人的觀念中，年廿九晚上的敬（拜）天公，才是過年習俗中最為隆重的大事，甚至，比除夕圍爐吃年夜飯還來得重要。傳統的客家人一直秉持著虔敬天地的精神，出外的遊子再怎麼忙碌，也一定要趕在小年夜這晚返鄉敬天公。敬天公是禮敬天界最崇高的神明，敬拜時的規矩也特別注重，除了敬拜之前須先沐浴梳洗淨口淨身之外，敬拜的供品也很有學問，這五濕分別為赤（火）、青（木）、黑（水）、白（金）、黃（土）。五個顏色，有易理五行涵蘊其中。[21]

上界以「五燥五濕」敬天公，下界則以三牲或五牲禮拜其他神祇，供品中一定要有發粄（糕），取其發財、興旺的寓意，蘋果、橘子、棗子、哈密瓜當然就是平安、吉利、早生貴子、多子多孫，糖果中傳統的冬瓜糖、花生糖和桔餅，也是取其「瓜瓞連綿」、「子孫滿堂」和「大吉大利」的深意。此時，左右鄰居的鞭炮聲此起彼落，並將持續到深夜，客庄的小年夜，充滿著年節的氣氛，拜完天公馬上就要過新年了，客家人趕在過年前，以虔敬的心感謝天公一年來的庇佑，將感恩的心情，以敬拜天公的習俗，向上蒼表示無盡的謝意，同時也祈求來年順利安康。[22]「年到初二，食乘把膩膩；年到初三四，人客來來去；年到初五六，有酒又無肉；年到初七八，家家捧粥缽；年到初十邊，依舊同仙般；年到十五六，食了剩餘肉，耕的耕，讀的讀。」這首客家俗諺，生動描寫早年客家庄過年的情景，雖然時空環境變遷，但客家人過年的傳統習俗仍代代相傳。

---

21 客家有味：〈客庄小年夜敬天公〉，客庄小年夜敬天公（tw.myblog.yahoo.com/zoza-blog/article?mid=23669），2010年2月18日。

22 客家有味：〈客庄小年夜敬天公〉，客庄小年夜敬天公（tw.myblog.yahoo.com/zoza-blog/article?mid=23669），2010年2月18日。

八　與傳統農業有關的成語

1　秋霖夜雨

【拼音】：〔古國順總校訂，何石松、劉醇鑫主編：《客語詞庫》（臺北
　　　　　市：北市客委會，2007年），頁713〕

　　四縣音標：〔qiuˊ　limˇ　ia　iˋ〕

　　海陸音標：〔ciuˋ　lim　ria+　riˊ〕

【釋義】：霖，《說文》：「雨三日以往也。」形聲。從雨，林聲。本
　　　　　義：久下不停的雨。對農作物有利的雨。秋霖夜雨，肥過
　　　　　屎：比喻秋天夜晚下雨，比施肥料還要好。

【例句】：（打秋霖）老古人言：「秋霖夜雨肥過糞」，打秋霖卡贏日夜
　　　　　去淋水。
　　　　　〔打暗摸〕頭擺人盡省檢，阿太識講「有錢莫點雙盞火，
　　　　　莫得無油打暗摸」。（本意、喻意兩用的時序變化。）[23]

【構詞形式】：「秋霖」是主謂詞組、「夜雨」是主謂詞組。組合情形：
　　　　　　　兩個主謂結構並列；構詞類型：主謂關係。形式：
　　　　　　　ABCD。

【典故由來】：

---

23 參見徐翠真：〈臺灣四縣客家話「打」字三字格構詞研究〉：「由於某種修辭目的，
　使雙音節詞變為重疊式三字格。至於『打』字三字格以動賓式和偏正為最多，動賓
　式三字詞語因動詞搭配能力極強，而某些動詞在漫長的語言發展歷史中語意一再引
　申，成為具有多種意義的多義詞，所以極容易構成大批三字格詞語，使之成為『開
　放性結構方式』，換言之，動賓式三字格詞語是一種構成簡便、搭配靈活的構詞方
　式，因而也使這詞語不斷地豐富和多變。三字格的慣用語的形成，來自語言使用的
　傳播中，人們為了形象生動描寫事物、刻劃形象而採用比喻引申的方法，來賦予不
　同於構詞成分意義單一簡單而有相輔相成的深層意義」。

《書》〈大傳四〉注：「淫雨謂之霖。」

《左傳》〈隱公九年〉：「凡雨三日以往為霖。」

《漢書》〈高帝紀〉：「七月大霖雨者，人怨之所致。」

客家諺語：

立春天氣晴百物好收成

夏至西北風菜園一掃空

秋霖夜雨當過肥

三伏酷熱秋收必蝕

朦朧中秋月雨打下元宵

一日狂南三日雨三日狂南無點雨

「秋霖夜雨，肥過屎」[24]，是說明在立秋過後天氣仍熱，夜晚下雨對稻子幫助很大，生長快速，勝過施肥。二十四節氣是農業社會農民生活的進度表，一年四季一切耕稼，必須依據節氣運作，才有好收成。客家諺語中季節和農事、月份和氣候之間的關係，是客家人代代相傳。這是臺灣農業諺語或習俗。它累積了先人許多的經驗和文化，是後代子孫有所依尋，不會徒勞無功。儘管時代在進步，科技在發展，這些先民的智慧結晶，至今仍具有重要的文化價值。

2 四時八節

【拼音】：〔古國順總校訂，何石松、劉醇鑫主編：《客語詞庫》（臺北市：北市客委會，2007年），頁898〕

---

24 參見朱介凡編著：《中華諺語志》（臺北市：臺灣商務印書館，1989年），冊7，頁3291。

四縣音標：〔xi siiˇ badˋ jiedˋ〕

海陸音標：〔siˇ shi bad zied〕

【釋義】：四時，指春、夏、秋、冬四季。八節，指二十四節氣中的
八節，指立春、立夏、立秋、立冬、春分、秋分、夏至、
冬至八個節氣。四時八節泛指一年四季各節氣。「八節」也
可指（上元（元宵節）、清明、立夏、端午、中元、中秋、
冬至和除夕。

【構詞形式】：「四、八」是名量、「時、節」是名詞。組合情形：修
飾關係；構詞類型：偏正關係。形式：ABAB。

【典故由來】：

　　《周髀算經》卷下：「凡為八節二十四氣。」

　　趙爽注：「二至者，寒暑之極；二分者，陰陽之和；四立者，
生長收藏之始；是為八節。」

農耕八節即四時八節，指二十四節氣中的八個：立春、春分、立夏、
夏至、立秋、秋分、立冬、冬至。四時指春、夏、秋、冬。客家諺語：

　　立春天氣晴　百物好收成／夏至西北風　菜園一掃空

　　秋霖夜雨當過肥／三伏酷熱　秋收必蝕

　　朦朧中秋月／雨打下元宵

　　一日狂南三日雨　三日狂南無點雨

　　正月種芋　四月填芋　七月莫動　八月上碗公

　　二月二　百樣種子好落地

　　三月北風燥惹惹　四月北風水打叉

　　五月北風平平過　六月北風毋係貨

　　五月南風下大雨　　六月南風飄飄晴

　　六月吹北風　水浸龍王宮

　　七月露　水浸路

　　八月半　禾打扮

　　十月十五雨　寒風雨雪年下止

　　十二月雷公叫　谷種缸里漚

上述客家諺語中說明季節和農事、月份和氣候之間息息相關，農民們
會利用「四時八節」蒔田、挲草，煞猛打拚，期盼有禾仔好割。

3 蒔田挲草

【拼音】：蒔田〔古國順總校訂，何石松、劉醇鑫主編：《客語詞庫》
　　　　　（臺北市：北市客委會，2007年），頁752〕、挲（ㄙㄨㄛ）草
　　　　　〔古國順總校訂，何石松、劉醇鑫主編：《客語詞庫》（臺
　　　　　北市：北市客委會，2007年），頁772〕

　　四縣音標：〔sii　tienˇ　soˊ　coˋ〕

　　海陸音標：〔shi+　tien　soˊ　coˋ〕

【釋義】：插秧、除草。

【例句】：蒔田、挲草，煞猛打拚，正有禾仔好割。

【國語詞義】：要認真插秧、除草，才會有好的稻穀可以收割。

【構詞形式】：「蒔、挲」是動詞、「田、草」是名詞。組合情形：動
　　　　　　　賓關係；構詞類型：動賓關係。形式：ABCD。

　　花蓮詩人葉日松先生〈緊工時節介阿爸阿姆〉詩篇可以分享：

　　緊工時節介阿爸阿姆／像留聲機／像收音機／像風車／像機器

桶／一日到暗轉方停／／緊工時節介阿爸阿姆／從田　到禾埕
／走上走下／汗珠像落水／一儕管割禾／一儕管曬穀／／緊工
時節／阿爸忙蒔田／阿姆煞猛來挑秧／出門擎燈火／入門帶月
光／／緊工時節／係農人耕耘介時節／也係收成介時節／係阿
爸阿姆功課最冇閒介時節／也係佢兜最快樂介時節／／

「清明前，好蒔田；清明後，好種豆。」這個諺語，就是在說明清明
節前，春風解凍，雨水充足，是種田的好時機，清明節後，大地滋
潤，天清氣朗，就可以種植豆類。客家庄犁田、插秧、挲草、割稻，
都是群體參與，緊工時節（農忙時節）該下，不管是耕耘期的蒔田
（插秧）、挲草（除草），還係收成期的割稻、曬穀，客家族群男女分
工或鄉里親人間互相「交工」係非常盛行的工作方式，這也是消耗體
力的重活，因此上下兩晝，農婦必備點心。一來補充體力，二來稍作
休息。所謂飯做力，填飽肚子才有體力工作。早季較冷，以黏性糯米
做的圓粄為主，米糯黏稠以寓黏補禾頭。而二季炎熱收割或插秧以米
篩目或綠豆湯為主，工作稍息，大家不嫌品味，笑話解頤疲累頓消。

九　與生命禮俗文化有關的成語

1 阿公婆牌

【拼音】：〔古國順總校訂，何石松、劉醇鑫主編：《客語詞庫》（臺北
　　　　市：北市客委會，2007年），頁1〕
　　四縣音標：〔a′　gung′　po˘　pai˘〕
　　海陸音標：〔a`　gung`　po　pai〕
　　六堆音標：祖公牌〔zu`　gung′　pai˘〕

【釋義】：祖宗牌位。

【例句】：人死三年後，名仔就愛上阿公婆牌，正會有歸宗。

【國語詞義】：人死三年後，名字就要上祖宗牌位，這樣才能歸宗。

【構詞形式】：「阿公婆」是名詞、「牌」是名詞。組合情形：聯合關係；構詞類型：聯合關係。形式：ABCD。

【歷史沿革】：

> 客家人的祖先牌位稱家神牌、阿公婆牌，阿公婆龕上的擺設由內向外依序為香爐、茶架〈閩南稱「薦盒」〉，每日早晚上香，清晨換一次茶水，茶水為三杯，左右一對燭臺及花瓶等。此外，早期客家人在夥房內每天祭拜五種神明，分別是土地龍神、戶神、門神、井神和灶神，這是大陸中原傳統的「五祀」，也稱家神，夥房主人每天早上要在這五個地方點上馨香一柱，祈求家宅平安百事順利。[25]

大部分家庭客廳裡，都會陳列著「公媽牌」。看看自己家的神桌上，是否也有著「公媽牌」呢？「公媽牌」是福佬人的稱法，也有人稱呼為「神主牌」，而客家人則稱呼為「阿公婆牌」。其實指的都是歷代祖先的牌位，只是稱法不同，同樣都象徵漢人社會對祖先的慎終追遠。由上述可知祖先牌位（阿公婆牌）是客家文化淵源與生命關係之象徵。

2 百年歸壽

【拼音】：〔古國順總校訂，何石松、劉醇鑫主編：《客語詞庫》（臺北市：北市客委會，2007年），頁1〕

---

25 客家夥房的傳統文化探索：〈鄉土光影〉（www.tpg.gov.tw/web-life/taiwan/9512/9512-07.htm）。

四縣音標：〔bakˋ ngienˇ guiˊ su／bakˋ ngienˇ guiˊ sii〕

海陸音標：〔bak ngien guiˋ shiu+〕

【釋義】：百年歸壽是中文較婉轉的詞彙，也是禁忌語，與往生、過身、百年歸老同意。

【例句】：阿爸有吩咐，佢百年歸壽个時節，簡單就好，毋好勞攪人。

【國語詞義】：爸爸囑咐，他百年歸壽的時候，簡單就好，不要打擾人家。

【構詞形式】：「百年」、「壽」是名詞、「歸」是動詞。組合情形：偏正關係；構詞類型：偏正關係。

【典故由來】：

上壽百二十，中壽百年，下壽八十。——《文選詩》注引《養生經》

登崑崙兮食玉英，與天地兮比壽，與日月兮爭光。——《楚辭》〈涉江〉

《說文》：「禁，吉凶之忌也。」（禁忌避諱），「忌」原指先王的死日。

《周禮》〈春官〉〈小史〉：「若有事，則詔王之忌諱。」鄭玄注引鄭司農曰：「先王死日為忌，名為諱。」因禁忌而產生的委婉語形式，例如、客語去世的避稱：人老，過身，百年，百年歸壽，食祿滿，轉老屋，唐山（長山）賣鴨卵，無在咧，銷忒，橫光，畢業咧，上天堂等。[26]

---

26 參見賴文英：〈客語詞彙與文化：委婉與禁忌〉，新竹教育大學臺灣語言與語文教育所，客家文化講座，2006年10月11日。

綜合上述，可知禁忌語是一種語言迴避現象，在漢語中，各方言使用的禁忌語有所不同，反映次文化和地域心理狀態的差異。[27]禁忌語大部分都是產生於科學不技術不發達的地方，但當這些詞彙被沿用之後，其迷信色彩就會逐漸被人所忽略，而看作是自然的語言風俗來遵守。

九　與人生哲理有關的成語

1 六月芥菜

【拼音】：

四縣音標：〔liug` ngied gie coi〕

海陸音標：〔liug ngied` gai˘ coi˘〕

【釋義】：假有心（歇後語）。

【例句】：佢去看你，看係六月芥菜——假有心。

【國語詞義】：他去看你，我看是六月芥菜——假有心。

【構詞形式】：「六月」是名詞、「芥菜」是名詞。組合情形：聯合關係；構詞類型：聯合關係。形式：ABCD。

【歷史沿革】：

有句俗語就叫「十二月芥菜，有心」，用來比喻一個人的對人很有「心」、很有誠意。六月芥菜假有心，芥菜到冬天長成時，菜的中央內心新長出的內葉，會包結成緊緊的一團，叫芥菜仁或芥菜蕾，也叫「芥菜心」，主要是由厚厚的葉甲，一片一片的包成，不大有葉子。通常在農曆十二月長大的芥菜都會

---

27 參見汀瀅編輯：〈方言中的禁忌語〉，中國文化研究院，2007年3月21日。

結「心」。可是農曆六月長大的芥菜，因天氣濕熱的關係，葉子雖也長得豐碩，外表看來像有結「心」，實際上，裡面並沒有「心」，包結不起來，所以說「六月芥菜假有心」。無心卻又假裝有心，這句話是用來譏諷偽君子，假仁假義，表面仁慈關懷，其實是不懷好意。另外有一句相反的話「十二月芥菜，有心」，則是用來指一個人待人真心誠意。[28]

2 打卵見黃

【拼音】：〔古國順總校訂，何石松、劉醇鑫主編：《客語詞庫》（臺北市：北市客委會，2007年），頁123〕

　　四縣音標：〔da` lon` gien vong˅〕

　　海陸音標：〔da´ lon´ gien˅ vong〕

【釋義】：1. 打卵——就是把蛋打破的意思。

　　　　　2. 見黃：就是立即看見蛋黃的意思。喻：立竿見影。

　　　　　「打卵見黃」這句話是形容性情急躁的人。

【例句】：當他想做一件事時，他希望馬上完成；就好像蛋打破即刻看見蛋黃一樣。

【客家諺語】：打卵見黃，莫逗緊。是梅州客家人的諺語。意指辦事行動迅速快捷，並立見成效。政府也好，群眾也好，都能做到做事「打卵見黃」，那該多好呀！[29]

【構詞形式】：「打、見」是動詞、「卵、黃」是名詞。組合情形：兩個動賓結構並列；構詞類型：動賓關係。形式：ABAB。

28　臺灣文學網〈臺灣俗諺〉，臺灣文學網址（web.pu.edu.tw/~chinese/txt/epaper/94epaper.../a01.htm）。

29　【zdic.net 漢典網】。

客家大人責怪小孩「打卵見黃，莫逗緊」的口頭禪，就一家傳過一家，一代又一代的傳下來了。不一定大人看到小孩偷窺母雞下蛋，就是看到小孩做事太急躁，也會意有所指小孩「打卵見黃」，其實很多事情急呀急有什麼用，還是「莫逗緊」稍安勿躁才是做事的原則。《論語》書本不是說：「欲速則不達」嗎？「憨小人仔，打卵見黃，逗緊麼箇？」記住：「打卵見黃」的結果，常常變為一事無成。[30]

十　與傳統教育文化有關的成語

1　晴耕雨讀

【拼音】：

四縣音標：〔qiangˇ gangˊ iˋ tug〕

海陸音標：〔ciang gangˋ riˊ tugˋ〕

【釋義】：「晴耕雨讀」、「亦耕亦讀」是客家人祖訓。「晴耕雨讀」是客家先民在艱困貧瘠的土地中，為求生存，教育子弟在晴天時要耕田，才能賺取學費，分攤家計。而遇到雨天無法下田時，就要善用時間讀書求得知識、提高競爭力。這種善用時間、自立自強的觀念，正是現代「終身學習」、「知識經濟」的實踐。[31]

【構詞形式】：「晴、雨」是名詞、「耕、讀」是動詞。組合情形：兩個主謂結構並列；構詞類型：主謂關係。形式：ABAB。

---

30 參見曾喜城著：第三章〈臺灣客家人的語言〉，收入《臺灣客家文化研究》（臺北市：中央圖書館臺灣分館，1999年），頁97-98。

31 參見李志丰著：〈綠色生活可以是──「晴耕雨讀」〉，《臺灣客家電子報》，2008年12月15日。

【歷史沿革】：

> 六堆客家人自古即傳承祖先「晴耕雨讀」的遺訓，文風極盛。
> 在清雍正年間即在內埔（後堆）建造全臺唯一的韓文公廟（昌
> 黎祠）來祭祀；據《鳳山縣采訪冊》記載，清統治期間，鳳山
> 縣屬的舉人有二十八人，六堆士子考中舉人就有二十人、而考
> 中進士的有四人，六堆士子中占有進士三人；其他考上秀才、
> 貢生等更不計其數，成績十分優異。實受這種敦敦文風影響所
> 致，故提倡延續此命脈，乃每位六堆人士念茲在茲的課題。有
> 些作家已是新文學和漢詩兼創的二世文人。[32]

客家諺語上也說：「養子毋讀書，像人畜條豬。」他們體認到因為家
庭環境的困窘，使得自己無法就學的痛苦。並且認為一輩子的血汗，
全部都要灌注在靠天吃飯的農地上，如果遇到天時不佳的蟲荒水旱，
收成不好往往會影響全家的生計。因此一生辛勞的代價，都寄託在子
孫的身上，即使再辛苦，也要咬緊牙關，鼓勵孩子要趁年輕，努力讀
書，否則就像養一條豬一樣，只知飽食終日而無所事事，將來對國家
社會毫無幫助。並且常常以諺語：「人爭一口氣，樹爭一層皮。」勉
勵子女忍氣不如爭氣，就像樹掙脫一層皮一樣，才能夠昂首向上生
長，所以人也要爭一口氣，力爭上游，認真讀書，以改善自己未來的
命運，進而開創光明的未來。

2　惜敬字紙

【拼音】：字紙〔古國順總校訂，何石松、劉醇鑫主編：《客語詞庫》
　　　　（臺北市：北市客委會，2007年），頁748〕

---

32 參見邱春美撰：《六堆客家古典文學研究》（臺北縣：輔仁大學中國文學研究所博士
　論文，2005年）。

四縣音標：〔xiag` gin sii zii`〕

海陸音標：〔siag gin˘ sii+ zhi´〕

【釋義】：在重文風、崇聖賢的傳統影響下，客家文化中還有十分特殊的「撿字紙」風俗，以及「惜字亭」建築。這是由於客家人認為字紙是神聖的，身負傳遞知識的重責大任，不應被亂丟；而應交由專人收集起來、燒掉，其魂魄才能好好的回歸於天上。

客家原鄉時期居住環境的艱苦貧瘠，在惡劣的環境之下，客家子弟為求突破困境取得更佳的謀生出路，科舉考試也就成為重要途徑之一；「晴耕雨讀」之風於是形成。世代相傳，客家族群中的讀書人也就特別多，敬重文明的觀念便根深蒂固；因此，客家人對於文人或文明之神便特別尊敬，像孔夫子、制字先師倉頡、韓昌黎、文昌帝君等，也連帶養成「敬惜字紙」的古風，並發展出鐫刻文化的遺跡代表敬字亭。[33]

【構詞形式】：「惜敬」是動詞、「字紙」是名詞。組合情形：動賓關係；構詞類型：動賓關係。形式：ABCD。

【典故由來】：

敬惜字紙的傳統與文昌帝君信仰有密切關係，顯示出科舉社會中士大夫階層的重要地位。敬惜字紙的傳統在宋代已經出現。明清時期開始出現勸人敬惜字紙的勸善書，大多名曰《惜字律》，如清光緒十三年的刻本：《文昌帝君惜字律》以及《文昌惜字功過律》、《惜字新編》、《惜字征驗錄》等。其中結合佛教因果報應的理念，加傳言以舉例。如《惜字律》便分「敬字紙

---

33 文字來源「惜字文化」（http://www.ck.tp.edu.tw/online/teenager/106/k_god.html）。

功例」和「慢字紙功例」分述惜字紙的善報和怠慢字紙的惡
報。《文昌惜字功過律》則分「惜字功律二十四條」及「褻字
罪律二十九條」，如「平生偏拾字紙至家，香水浴焚者。萬功。
增壽一紀。長享富貴。子孫榮貴。」、「見人作踐字紙。能以素
紙換焚。或以他物換焚者。五十功。百病不生。轉禍為福。」、
「生平不輕筆亂寫，塗抹好書者。十功。永無凶事。」，「字紙
糊窗墊，褙屏表書者。定冤枉不明。」、「己身不敬字紙經書。
又不訓教子弟，遞相輕侮者。一百罪。惡瘡遍體。生癡聾喑
啞。」之後又有「惜字懨災」、「埋葬字灰子孫顯貴」、「污褻字
紙致遭兵燹」等各色事例，說明敬惜字紙之重要。[34]

文字的發明讓人類由史前原始的生活、躍進了光彩奪目的文明時代，
整個歷史大為改觀，為了紀念他的偉大貢獻，人們生出愛惜文字，敬
重字紙，不隨意丟棄有文字的字紙。於是在鄉間、城市都有專人撿拾
字紙，積攢一定數量，擇吉放入「聖蹟亭」內焚燒，過化存神，燒盡
的餘灰、集結後灑入水中，隨波逐流這個過程稱之為「敬惜字紙」。
客家人對教育的重視，當然對文字更不敢有任何褻瀆，於是惜字風俗
便成為客家人傳統特色之一，其精神充分表現在聖蹟亭的保存。儘管
惜字文化乃遍存於各族群文化之中，非客家人所獨有。但臺灣的聖蹟
亭其分布密度以客家庄內為最高，而龍潭更是擁有唯一完整庭園設計
之聖蹟亭，再加上這幾年客家人對於聖蹟亭的保存與維護不遺餘力，
部分地區甚至保留有燒字紙行聖蹟的傳統儀式，使得外界不免將聖蹟
亭與客家人畫上等號。[35]

---

34 〈敬惜字紙〉，維基百科（zh.wikipedia.org/wiki/）。
35 參見范佐勤整理：資料節取自〈高屏地區鄉土補充教材、客家文化會館網站〉，《中央大學客家學院電子》第28期（2005年4月12日）。

參 客話成語所蘊涵的客家傳統文化

　　客家人承繼儒家的人文傳統。在長期遷徙中，把中原漢族的宗法觀念，宗族傳統帶到他們的顛沛生活中。再把這種報本追遠的古老傳統轉化為具有活生生的客話成語中。[36]茲條列客話成語所蘊涵的客家傳統文化，如下：

一 忠孝傳家、晴耕雨讀的家風

　　客家人的忠義家風可以用「一等人忠臣孝子；兩件事讀書耕田」，這幅聯語來充分表達。忠義家風所要表現的就是在家要做一個忠臣孝子，在做事上要戮力於讀書、耕田兩件事上。這是因為客家人長期的顛沛流離，使他們更加深刻的體會到故園的可愛、鄉土的芬芳，從而益發眷戀中原故土。把孔孟之道尊為聖賢之道，將三綱五常視為處世為人的是非標準。在客家人的意識中最重「忠、孝、節、義」，把不忠、不孝、不仁和失節視為大逆不道；同時，也極重「仁、信、禮、智」，把不仁、不信、非禮、非智視為最大不端和缺德。這些都集中反映為客家文化意識中對為人處世的道德觀念和價值觀念。[37]

　　客家人具有比較重視教育的族群特質，傳統的理想生活境界是「晴耕雨讀」、「孝友傳家」，客家人的傳統觀念，認為讀書才能識理、明志，才能有出息。尤其到了近代，客家人所在地區人口膨脹，山多田少，生產力落後，經濟不發達，人們為了擺脫貧困，大量往外

---

36 參見湯天賜：〈關於客家人的信仰〉（苗栗縣：公館鄉，2007年11月19日），許素娥訪談記錄與整理。

37 參見南山著：〈論客家文化意識〉，原載《客家民俗》1986年第3、4期。

地和海外謀生，文化知識成為他們謀生的主要手段。他們認為耕田、做工，只是「賣死力」。有許多客家諺語就表達了這種意義，如「有子不讀書，不如養大豬」、「不讀書有眼無珠」等。[38]客家人珍惜文字，尊重有知識的讀書人，敬重文明，成了歷代相傳的古風。客家人是個遷徙的族群，由於長期生活在困苦的環境中，深知要改變現狀，最好的辦法就是讀書，求取功名以出人頭地。臺灣客家人在戰後六十年來，能夠憑其對教育的重視，以較高的教育成就來改善其社經地位，甚至在許多行業都有傑出的表現，即是最好的寫照。

二　敬惜字紙、敬重文明的習俗

　　客家人敬重文明，重要的表徵就是「敬惜字紙」的舊習；在傳統客家人心目中，造字不易，文字是聖神的化身，因此寫有文字的紙張不能隨便丟棄，必須集中收到專門燒字紙的「聖蹟亭」或「惜字亭」中焚燒，所以每逢初一、十五，都會有些老人自動到村中收集字紙。直到二十世紀中葉以來，印刷術已相當發達，字紙處處氾濫，但在屏東萬巒，仍有一位老人堅持著這項溫厚的古風，傳襲到二十世紀末葉。由於敬惜字紙，在民間信仰上也特別敬拜造字的倉頡。

　　龍潭聖蹟亭創建於清光緒元年（1875），至今已有二甲子，一百二十年的歷史了，比臺北的北門還老。臺灣傳承古風的敬字亭現存共有二十多座（自古以來密度就比大陸多），但大多數只有簡單的一座爐子而已，不像龍潭聖蹟亭是臺灣現存敬字亭中規模最大的，包括了建築群和完整的「聖人形」對稱空間的庭園，還有中軸線貫穿「三進」庭園的「朝聖之路」，表現出「小中見大，空靈莊嚴」的中國庭

38　參見南山著：〈論客家文化意識〉，原載《客家民俗》1986年第3、4期。

園藝術，是屬於世界級的文字崇祀古蹟。自古龍潭便是道地的客家庄，看看這座由客家人所創建的聖蹟亭上的對聯題字，更可見客家人特別重視文字、教育的古風：「鳥喙筆鋒光射斗，龍潭墨浪錦成文」；「文章到十分火候，筆墨走百丈銀瀾」；「文章炳於霄漢，筆墨化為雲」；「萬丈文光沖北斗，百年聖化炳東瀛」（東瀛指的是臺灣）；「自古能知化丙者，於今便是識丁人」（丙為火，化丙指焚燒字紙，識丁指識字）；「文運宏開」；「過化存神」（過化存神的意涵頗深：客家人深信，焚燒後的字紙，片片文字昇華化蝶，飛至天上向倉頡致意；而精神長存，滋潤人間⋯⋯）。再加上古時龍潭便成立了不少提倡文風的文會，像「文光社」、「拿雲社」、「崇文社」等[39]，可得知當時在龍潭的客家人中，文士頗多，文風鼎盛。

美濃鎮每年農曆正月初九舉辦的美濃「迎聖蹟・字紙祭」活動，已有百年歷史了。活動的進行是由專門為敬字而組成的「聖蹟會」主辦。根據文獻記載，漢人的惜字習俗在明代開始普及，清朝初年起有惜字組織，當時的惜字會多由士人設立，蘊含著很濃厚的積德思想。美濃鎮目前仍保有惜字組織「美濃聖蹟會」，創會以來一直維持約百人的會員數目，所有撿拾字紙者都是自願義務。美濃聖蹟會附屬於廣善堂，廣善堂草創於民國四年，是美濃地區的信仰中心，而這裡的聖蹟會也是目前全臺僅有，為了推廣惜字觀念而成立的組織，也因此字紙祭都由廣善堂主導辦理。每逢美濃「迎聖蹟・字紙祭」活動當天上午，在廣善堂前美濃河畔舉行祭典。來自美濃各地的老人家，聚集在廣善堂，時刻一到，在主祭者的帶領之下，向眾神明報告字紙祭即將開始，敬拜過開基伯公後，將敬字亭及廣善堂一年來收集到的金香灰及字紙灰，倒入河中，請海龍王將人間敬惜字紙的誠意轉報天公，祈

---

39 客家文化──敬字亭（http://www.ck.tp.edu.tw/online/teenager/106/k_god.html）。

求來年庇護河川的水量充沛，田園農作物豐收，也保佑地方人民幸福平安。[40]

三　儒家天人合一思想的體現

儒家文化提倡「天人合一」的天人觀，這種「天人合一」的觀念在客家文學、客家飲食、客家建築、客家民間信仰等諸方面都得到了典型的體現，反映了客家人在傳統社會追求人與自然和諧，協調人與人、人與社會關係方面的生存智慧。[41]從客話成語中所透視的「天人合一」思想。在農事方面，例如：「秋霖夜雨」「四時八節」等成語，是說明二十四節氣是農業社會農民生活的進度表，一年四季一切耕稼，必須依據節氣運作，才有好收成。客家諺語中季節和農事、月份和氣候之間的關係，是客家人代代相傳。這是臺灣農業諺語或習俗。它累積了先人許多的經驗和文化，是後代子孫有所依尋，不會徒勞無功。這些有關農事諺語或習俗將節令、物候、天氣等自然現象，同當地人民群眾的生產、生活緊密聯繫起來，使客家人能及時掌握自然規律，合理適時地安排各種農事活動和生活起居，有效地避免種種自然災害，減少損失，實現人與自然的和諧統一，充分體現了客家人「天人合一」思想。[42]

客家傳統飲食知識中的飲食習慣的季節性和「冷熱」的分類所呈現的「天人合一」思想。例如：「春桼打粄」客家人在不同的季節有不同的季節性食物，如清明節的艾草粄、端午節的粽子、傳統客家遇

---

40 行政院客家委員會（www.ihakka.net/hv2010/january/process.html）。

41 參見宋德劍：〈天人合一的天人觀──儒家生態文明的視野下的客家文化〉，《第五屆儒學國際學術研討會論文集》（臺北市：臺灣學生書局，2011年），頁251。

42 參見宋德劍：〈天人合一的天人觀──儒家生態文明的視野下的客家文化〉，《第五屆儒學國際學術研討會論文集》（臺北市：臺灣學生書局，2011年），頁251。

婚喪喜慶、廟會拜拜，多半都會打粢粑，逢年過節、蒔田割禾，一定會打粄等。以清明粄為例，當地民諺云：「清明節，百草好做藥」，每逢清明節前夕，家家戶戶都要從野外採集各種供食用的艾草，用來製作清明粄。其次，在客家傳統飲食觀念中，要維持人的體內的健康，最主要的是要注意「冷熱」的和諧，這主要表現在客家食物、藥物和補品的調理上。例如：「四炆四炒」可說是客家菜的典型，它的起源是來自於過去客家人在婚喪喜慶及酬神宴客時的八道標準菜色，客家人勤儉刻苦，平時省吃儉用，只在年節宰殺豬、雞、鴨祭拜神明，或於農曆初一、十五準備三牲（豬、雞、魷魚）拜土地公，為了在不浪費食材的考量下，並創造出口感美味的料理，將妥善運用全豬、全雞之所有食材變成各式桌上佳餚，因而有四炆四炒的產生。「炆」與「炒」，可說是客家菜的兩大特色之一。「逢山必有客」客家族群因山居食材取得不易與惜福的生活觀，研發出各種醬料名菜，除了下飯、易保存外，也盡情利用生活周遭取得的菜蔬水果，隨著年節、四季盛產的山林產物的變化，從菜餚到點心零食，從主食到粄類，創造出客家多元的吃食文化。

四　民間信仰增進族群間的融合

　　臺灣客家人的信仰趨向多元化，客家社會中眾多的神明，平日常拜的神明和閩南人類似，其中能夠為眾人所共同崇信的就是三山國王廟。所謂三山國王就是原鄉廣東省境內獨山、明山、巾山等三山之山神。唐朝開始有顯靈的傳說，韓愈在潮州因為屢屢顯靈，護國庇民，南朝、唐、宋、元、明、清歷代朝廷迭有賜封。凡有水旱疾疫災難求解者，無不應驗，地方奉為福神。與潮州毗鄰的大埔、豐順、揭西等縣的客家，也普遍接受三山國王信仰。這個區域性的神靈，更為離鄉

背井的客家遊子視為守護神。

　　有人認為三山國王的正統性主要來自於韓愈的祭祀和宋代皇帝的加封。從宋代開始，韓愈在潮州地區已被塑造成為一個在邊遠蠻荒地區教化作育百姓的先驅。宋朝皇帝詔封明山、巾山和獨山山神為國王，分別是：「明山為清化盛德報國王、巾山為助政明肅寧國王、獨山為惠威宏應豐國王。」影響所及，大陸各地充滿韓江、韓山、韓木、韓祠、以及其他一系列充滿神話色彩的傳說，都被當地士大夫當作教化已開，漸成「海濱鄒魯」的文化證據。所以〈韓昌黎集〉中〈潮州祭神文〉五首之一的〈祭界石神文〉也就被呈獻到三山國王座下，這一聯繫使三山國王有了文化上的依據。[43]

　　正史出現三山國王事蹟的時間晚至元朝，翰林國史院編修的江西廬陵人劉希孟，寫《潮州路明貺三山國王廟記》，明初被載入《永樂大典》──「明貺廟」是三山國王廟的尊稱，「明貺」兩字是宋太宗勒封三位神明為國王時所賜的廟額名稱。三山國王的發跡地，廣東潮州地區的三山國王廟不多，據說僅有兩間，但臺灣自清領迄今，彰化縣溪湖鄉的「霖肇宮」年代最久遠，於明萬曆十四年（1586）創建。當客家人渡臺之後，臺灣也有一百七十座三山國王廟。號稱有一半居民屬客家籍的桃園縣，卻未見三山國王廟。[44]由此可見，民間的傳統信仰，可以增進客家族群之間的融合，更推動整個社區的發展。

---

43 參見湯天賜：〈關於客家人的信仰〉（苗栗縣：公館鄉，2007年11月19日），許素娥訪談記錄與整理。

44 參見葉倫會演講摘要：〈關於三山國王和神明的故事〉，臺灣客家資訊網站（https://hakkah1.wordpress.com/zz4-3/zz4-3/）。

肆　結語

　　德國哲學家萊布尼茲說：「語言是人類文化活動的紀念碑」。漢語是世界上詞語最豐富、最有表現力和生命力的語言之一，成語更是中國語言文字的精華。客家文化是「中國傳統文化的活化石」，中國傳統文化的內核就是儒家文化，客家人的許多觀念和民俗，是和儒家文化一脈相承的。客話成語與客家生活息息相關，內涵非常豐富，是前人經驗的累積，也是前人智慧的表現，而且寓意深遠，充分展現出客家人的歷史文化、社會習慣、思想觀念、人生哲學、處世態度等，如果能讓後代客家子孫，透過對客話成語的認識，藉由生動有趣的內容，而更進一步的去了解客家族群，相信對於客家語言及文化的傳承，是居功厥偉的。

　　打開與探索的過程，讓後代子孫感受到「發現的歡喜」與「懷舊的感傷」。客家先民到處飄泊，四處為客，走進傳統客家村庄的四合院，腦海深處頓時有先民的跫音，在耳畔迴響著。尼采說：「生活的意義，便是把人生中各種遭遇化為火光。」儘管時代在進步，科技在發展，這些先民的智慧結晶，至今仍具有重要的文化價值。閱歷客家先民的原鄉情愁，後代子孫應有所感懷與悟念，在廣漠無際的大千世界中，人生最深沉的韻致，是以平靜平和的心靈，去觀照大自然飛躍的生命。因此身為客家人，要好好把握充滿客家鄉土情誼的家園，更要努力傳承優美的客家民族文化，如此才不會在時代的洪流中，迷失自我的方向，也不會讓客家民族的文化花果飄零。

參考文獻

一　近人論著（依作者姓氏筆劃排序）

1.朱介凡編著　《中華諺語志》　臺北市　臺灣商務印書館　1989年

2.竺家寧　《詞彙之旅》　臺北市　正中書局　2009年

3.何石松　《客諺一百首》　臺北市　五南圖書出版公司　2003年

4.徐運德編　《客話辭典》　臺北市　中原週刊社　1992年

5.涂春景　《形象化客家俗語1200句》　臺北市　五南圖書出版公司　2004年

6.崔山佳　《近代漢語詞彙論稿》　成都市　巴蜀書社　2006年

7.陳運棟編　《臺灣的客家禮俗》　臺北市　臺原出版社　1990年

8.常敬宇　《漢語詞彙文化》　北京市　北京大學出版社　2009年

9.曾喜城　《臺灣客家文化研究》　臺北市　中央圖書館臺灣分館　1999年

10.賀晨曦編　《中華尋根祭祖勝跡》　中華姓氏尋根網　2008年

11.錢玉蓮　《現代漢語詞彙講義》　北京市　北京大學出版社　2008年

12.橋本萬太郎　《客家語基礎語彙集》　東京　東京外語大學　1972年

13.羅香林　《客家研究導論》　臺北市　南天書局　1992年

14.羅肇錦　《臺灣的客家話》　臺北市　臺原出版社　1990年

15.羅肇錦　《客家話的字詞與音義析論》　臺北市　洪葉文化事業公司　1998年

16.古國順總校訂　何石松、劉醇鑫主編　《客語詞庫》　臺北市　北市客委會　2007年

17.何石松、劉醇鑫編 《現代客語實用彙編》 臺北市 北市客委會
　　2002年

18.程祥徽、田小琳 《現代漢語》 臺北市 書林出版公司 2009年

19.羅勇、林曉平、鍾俊昆主編 《客家文化特質與客家精神研究》
　　哈爾濱市 黑龍江人民出版社 2006年

二　學位論文（依作者姓氏筆劃排序）

1.邱春美 《六堆客家古典文學研究》 臺北縣 輔仁大學中國文學
　　研究所博士論文 2005年

2.黃瑞蓮 《臺灣海陸客話禁忌語的研究》 新竹市 新竹師院臺灣
　　語言與語文教育研究所碩士論文 2007年

3.劉春芬 《臺灣四縣客語的褒貶詞語研究》 新竹市 新竹師院臺
　　灣語言與語文教育研究所碩士論文 2008年

4.羅秀玲 《鍾理和全集之客語詞彙研究》 新竹市 新竹師院臺灣
　　語言與與語文教育研究所碩士論文 2009年

三　單篇論文（依作者姓氏筆劃排序）

1.古國順 〈客語的詞彙特色〉 臺北市立教育大學中語系碩博班上
　　課講義

2.汀　瀅 〈方言中的禁忌語〉 中國文化研究院 2007年3月21日

3.宋德劍 〈天人合一的天人觀——儒家生態文明的視野下的客家文
　　化〉 第五屆儒學國際學術研討會論文 2009年12月12-
　　13日 中國珠海・聯合國際學院

4.何石松 〈從客語詞彙看客家文化之內涵〉 《客家語言文字與教
　　育研討會論文集》 臺北市 民政局 1999年

5.何石松 〈客家諺語的智慧美——以氣象諺語為例〉 《第四屆語

言文學與思想國際學術研討會論文集》　臺北市　臺北市立教育大學語文教育學系編印　2005年

6. 李志丰　〈綠色生活可以是——「晴耕雨讀」〉　《臺灣客家電子報》　2008年12月15日

7. 林曉平　〈客家文化特質探析〉　收錄入羅勇、林曉平、鍾俊昆主編　《客家文化特質與客家精神研究》　哈爾濱市　黑龍江人民出版社　2006年3月

8. 林銘嬈　〈從帶有雞、猴的客家俗諺探觸客家人生活思想內涵〉　全球客家經貿平臺　2007年8月12日

9. 南　山　〈論客家文化意識〉　原載《客家民俗》　1986年第3、4期

10. 徐翠真　〈臺灣四縣客家話「打」字三字格構詞研究〉　桃園市　中央大學　客家學院客家語文研究所

11. 祝建軍　〈近代漢語動詞前綴「打」演變探析〉　《煙臺大學學報》（社會科學類）第16卷第4期　2003年10月

12. 范佐勤　資料節取自〈高屏地區鄉土補充教材、客家文化會館網站〉　中央大學客家學院電子第28期　2005年4月12日

13. 湯天賜　〈關於客家人的信仰〉　許素娥訪談記錄與整理　苗栗縣公館鄉　2008年11月19日

14. 楊燕國　〈有趣的客話時間詞〉　《國立中央大學客家學院電子報》第73期　2008年2月5日

15. 賴文英　〈客語中的方位詞〉　論文發表於「第五屆臺灣語文研究及教學國際學術研討會」　臺中市　靜宜大學＆臺灣語文學會　2004年5月22-23日

16. 賴文英　〈客語詞彙與文化：委婉與禁忌〉　新竹教育大學臺灣語言與語文教育所　客家文化講座　2006年10月11日

17.聞子慶　客家夥房的傳統文化探索　〈鄉土光影〉　《臺灣月刊》
　　　雙月電子報　2006年12月號
18.林陳鳳嬌　千年榕樹一條根，天下客人一家親　團結和諧崇正會，
　　　心手相連客家人　HAKKANÊS　第38期（2009年3月8日，
　　　巴西‧聖保羅 PARA DISTRIBUIÇÃO INTERNA 客家親）

四　網路資源

1.客家有味　〈客庄小年夜敬天公〉　客庄小年夜敬天公（tw.myblog.
　　　yahoo.com/zoza-blog/article?mid=23669）　2010年2月18日
2.客家文化──敬字亭（ http://www.ck.tp.edu.tw/online/teenager/106/
　　　k_god.html）
3.行政院客家委員會（www.ihakka.net/hv2010/january/process.html）
4.〈敬惜字紙〉　維基百科（zh.wikipedia.org/wiki/）
5.「惜字文化」（http://www.ck.tp.edu.tw/online/teenager/106/k_god.html）
6.【zdic.net 漢典網】
7.臺灣文學網〈臺灣俗諺〉臺灣文學網址（web.pu.edu.tw/~chinese/
　　　txt/epaper/94epaper.../a01.htm）
8.「客家美食嘉年華」（http://www.ihakka.net/2006food/index.htm）
9.徐素貞　〈三山國王〉　鄉親土更親文化導覽（http://cult.nc.hcc.
　　　edu.tw/BUT5.htm）
10.〈悠遊屏緣〉（ww.nownews.com/2003/06/03/386-1463601.htm）
　　　2009年2月27日
11.潘氏家廟簡介　新竹旅遊網（http://emmm.tw/L3_content.php?L3_id
　　　=3365）

12.葉倫會　〈關於三山國王和神明的故事〉　臺灣客家資訊網站
（https:// hakkahl.wordpress.com/zz4-3/zz4-3/）

13.賴玉英　〈苗栗四縣客語「上」和「下」的構詞方式〉（hakka.ncu.
edu.tw/...）

第四章
從客語釋音探討朱熹《論語集註》的語言現象

摘要

　　《大學》、《中庸》、《論語》、《孟子》這四部儒家典籍，是先秦儒家學者留下來的重要歷史文本，它們是以語言文獻的形態保存下來。朱熹在《四書章句集註》中的詮釋方法，就是要通過對「文獻」與「語言」的閱讀理解，而搭建連接這種時間性鴻溝的一座橋樑。本文的寫作方法，是利用我國古代經典材料和廣泛吸收前賢研究成果的基礎上，運用歷史文獻學、歷史語言學與社會語言學相互結合的研究方法，以朱熹《論語章句集註》中的注音原則為發展的基本線索，並以陳彭年的《廣韻》反切注音法，建構客語釋音的對應關係，從而探究古籍漢字中，客語的演變與發展的軌跡及語言現象。

關鍵詞：朱熹　《論語章句集註》　《廣韻》　客語

壹　前言

　　語言能反映一個族群的歷史文化，我國在先秦時代，就十分重視各地方言的統一，於是有「雅言」的出現。據史料記載，我國最早的「雅言」是以周朝地方語言為基礎，周朝的國都豐鎬（今西安西北）地區的語言為當時的全國雅言。《論語》〈述而篇〉記載：「子所雅言，《詩》、《書》、執禮，皆雅言也。」孔子（西元前552-前479年）是魯國陬邑（今山東曲阜）人，他平時大概說山東方言，但在讀《詩》、讀《書》、行禮的時候，則用當時的共同語「雅言」。清代劉臺拱在《論語駢枝》〈釋雅言〉有云：

　　　夫子生長於魯，不能不魯語。惟誦《詩》讀《書》執禮，必正言其音。

又云：

　　　昔周公著《爾雅》，釋古今之異言，通方俗之殊語。以西周王都之音為正。

劉寶楠《論語正義》云：

　　　夫子凡讀《易》及《詩》《書》執禮，皆用雅言，然後辭義明達。故鄭以為義全也。後世人作詩用官韻，又居官臨民，必說官話，即雅言矣。

語言有地方之殊，有時代之異，《詩》、《書》等五經皆先王典法，讀

音解義不能隨時隨地變遷，故讀《詩》、《書》，宣禮儀，皆以雅言，不用土音，務須正言其本音，音正然後義全，縱遇君親師長之名，亦不可諱。民族之統一，文化之保存發揚，皆賴乎是。漢語共同語往後發展，至漢代揚雄在《方言》裡稱之為「通語」，元代周德清在《中原音韻》裡稱之為「天下通語」，明代張位在《問奇集》裡稱之為「官話」，辛亥革命以後稱之為「國語」，現在稱之為「普通話」。由「雅言」、「通語」、「天下通語」到後來的「官話」、「國語」以至現在的「普通話」，其發展過程是一脈相承的，反映了漢語共同語在兩千幾百年間發展的大體過程。[1]

英國著名學者李約瑟（Joseph Needham, 1900-1995）在《中國科學技術史》中說：「漢語雖然存在著許多不同的方言和口語，可是全漢民族卻用古老的文言文作為統一的普通話……這種古老的文字，儘管字義很曖昧，卻有一種洗鍊、簡潔、和玉潔般的特徵，給人的印象是樸素而且優雅，簡練而有力，超過人類創造出來的表達思想感情的任何其他工具。」[2]說明在歷史的推演與遞變過程中，方言和口語追隨了書寫的命運，傳承文化的命脈。客家方言、閩方言乃至贛方言的形成和發展就跟中古以後發生的人口大規模集體遷移密切相關。根據歷史記載，客家先民第一次大規模的遷徙發生在西晉永嘉之亂以後，他們自河南并州、司州、豫州等地南遷，定居在江西中部一帶今贛方言區域；第二次大規模的遷徙發生在唐末和五代十國時期，黃巢起義的戰火迫使河南西南部、安徽南部的漢人以及已經南遷江西的移民繼續往南遷移，到達閩西及贛南一帶；第三次是在蒙古元人南下、宋室瀕亡之際，中原漢人隨著抗元義軍繼續南遷，到達粵東和粵北一帶，

1　參見許寶華、詹伯慧著：〈漢語方言〉（北京市：北大中文論壇，2006年3月8日）。

2　參見李約瑟著：《中國科學技術史》（上海市：上海科學普及出版社，2000年），頁88-89。

這三次中原漢人的大規模南遷，[3]社會語言學家認為這是形成漢語客家方言的主要原因。

客家方言使用人口占漢族總人口百分之四，是我國九大漢語方言之一，分布在廣東東北舊嘉應州屬的梅縣、蕉嶺、五華、興寧、平遠（四縣）及海豐、陸豐（海陸）一帶，福建西南、江南南部、湖南、四川、廣西也有一部分。在臺灣則以桃園、新竹、苗栗及臺中東勢、高雄美濃、屏東內埔、長治等處，以四縣話為通行話。東南亞印尼、馬來西亞、新加坡、泰國、越南、菲律賓僑民，都是客家話分布區。漢語方言區的劃分，主要依據各方言的口語特徵。至於書面語，各方言區一直流通著一種共通的形態，那就是以北方官話為基礎的普通話。臺灣的客家話有六種主要的次類：四縣、海陸、東勢、詔安、饒平及永定，其中以四縣及海陸為主流。[4]臺灣最多人講的客語是四縣，其次就是海陸話。由於主要海陸客話區的南北兩側都是講四縣，甚至其中不少家族也是祖籍嘉應州，所以「海陸人」往往會聽甚至會講四縣話[5]，經常性的密切接觸及長期生活在同一地區，四縣與海陸的接觸最頻繁，雙語人口也較多。學者早已注意到臺灣客家次方言之間，因接觸造成其語音特點或詞彙的改變或互相借用，而研究主要以四縣和海陸兩個腔調為主軸，也是初步的成果。[6]

3　參見許寶華、詹伯慧著：〈漢語方言〉（北京市：北大中文論壇，2006年3月8日）。

4　參見鍾榮富：〈四海客家話形成的規律與方向〉，《語言暨語言學》（臺北市：中央研究院語言學研究所，2006年），頁525。

5　邱彥貴、吳中杰：《臺灣客家地圖》（臺北市：貓頭鷹出版社，2001年），頁29。

6　謝職全著：〈新竹新豐四海話小稱詞尾的應用〉，「中央大學第八屆國際客方言研討會」，（桃園縣：中央大學，2008年11月22、23日），頁344。

貳　客家話與古漢語關係溯源

　　聲韻學是歷史語言學的一部分，它的研究對象是古代語音。古代語音是過去曾經存在過的一個事實，今天我們雖然無法親耳聽到古音，但是它卻留下許多痕跡在古書裡，以及現代方言裡。我們透過種種的證據，可以把這個真相找出來，根據語音學理，把古代語音重新擬構出來。[7]陳第說：「時有古今，地有南北，字有更革，音有轉移。」[8]更為後代音韻學家所津津樂道。語言的發展，隨著時地的變遷，而有所不同。因此今人讀古人所寫的書籍，常會因為語言的問題而難以明白。

　　從羅香林提出客家先民「五次遷移說」以來，一般學者皆認為客家話是從漢語單線地發展而成的，因此，對於客家話中一些可能來自於非漢語的語言成分往往忽略不究，但是，經過我們的研究，發現客家話中的確存在有苗瑤語、侗臺語有密切對應關係的詞彙、構詞和語法等現象，值得注意的是客家話中「有音無字」的基本詞彙，都顯示出與少數民族詞彙的密切對應關係，這些現象是否為近來一些學者所提出「客家話是在南方少數民族的語言基礎上形成的」的底層語言情況，我們認為這方面十分值得進一步再去探討。根據聲韻學學者研究客家話，有下述幾項特點：

（一）語音上多送氣音

　　古全濁聲母，不論平聲仄聲，今讀塞音、塞擦音時，大多變讀為送氣清音，這個原則，是客家方言的特徵。如：

7　參見竺家寧著：〈論近代音研究的方法、現況與展望〉，《漢學研究》第18卷特刊（2000年12月），頁175。

8　參見陳第著：〈自序〉，《毛詩古音考》（臺北市：廣文書局，1977年）。

「別、步、抱」多讀作〔p'〕,「地、大、弟」讀作〔t'－〕,
「在、字、坐」讀作〔ts'－〕,「舊、舅」讀為〔k'－〕。

(二) 輕唇之音客家方言,古讀皆為重唇[9]

錢大昕(1728-1804)云:「凡輕唇之音,古讀皆為重唇。」這話
的意思是說,凡後代發輕唇〔f(v)及(v)、(Ou)(無聲母合口
呼)〕聲母的字,在上古音裡都讀為重唇音或〔p〕或〔m〕,證之於
客家方言,如:

「斧、分、放、腹」唸〔p〕,「孵、訃」讀〔p'〕,「扶、肥、
飯」也唸〔p'〕「尾、蚊、亡」讀〔m〕。

(三) 古曉匣母合口字[10]

古代曉匣聲母(如「呼、虎、胡、戶」的聲母),在細音前顎化[11],
仍保留舌根及喉音〔k、k'h〕的讀法;大部分地區沒有撮口呼韻母,
撮口呼韻母混入齊齒呼韻母;古鼻音韻尾和塞音韻尾各地不同程度地
保留著。如:

---

9 古無輕唇音:錢大昕(1728-1804)云:「凡輕唇之音,古讀皆為重唇。今人所謂輕
　唇者,漢魏以前,皆讀重唇。」(錢大昕古聲母研究,見錢氏《音韻問答》,收
　入《潛堂文集》及《十駕齋養新錄》(上海市:上海書店,1983年)《音韻問答》)
　上古無今天語言學界所說的「唇齒音」(f,v)。

10 喻三歸匣,喻四歸定:陳澧將三十六字母的喻母分析為三等的「于」(或作「為」)
　和四等的「余」兩類。曾運乾提出,中古喻母三等上古與匣母同類,喻母四定上古
　與定母同類。《切韻》中匣紐正好沒有三等,說明喻三(于)是從匣紐分化出的。

11 見、溪、群、疑(牙音),影、喻、曉、匣(喉音);見系k、k'、X;精系ts、ts'、
　s,配細音→tɕ、tɕ'、ɕ,叫顎化。

客家話中多讀〔f〕聲母或〔v－〕，如「火、花」唸〔f－〕。

客家話聲母有〔tɕ〕，如「旨、張」，〔tɕ'〕，如「車、重、遲」，〔ɕ〕如「時、舌」，那些原來是「見系、精系」字。

（四）客方言古無舌頭舌上之分[12]

清代音學大師錢大昕《十駕齋養新錄》提到的「古無舌頭舌上之分，求之古音，則與端、透、定無異」，這話的意思是說，等韻三十六字母的舌上音，知、徹、澄在上古音裡，都是讀「端、透、定」即今人發「zh、ch、sh」後音聲母的字，在上古時有一部分讀為舌尖母 d 或 t 的音，客方言正符合這個規律。聲母，客方言無濁聲母〔dz〕、〔dʑ〕、〔dʐ〕、〔v〕、〔ŋ〕，只有塞擦音〔ts〕、〔ts'〕、和擦音〔s〕，在三十六字母中屬精、清、心聲母，無舌上音〔tɕ〕、〔tɕ'〕、〔ɕ〕，因此客家人說：

知為低（di）、「值得為抵得」、「話、黃、換」念〔v－〕等等都是屬於上古語音。

（五）客家方言沒有「日紐」[13]

章太炎（1869-1936）先生在《國故論衡》中說：「古音有舌尖泥

---

12 古無舌上音：《十駕齋養新錄》有「舌音類隔之說不可信。」認為中古的舌上音「知徹澄」是從上古的端透定中分化出來的。「古無舌頭舌上之分，知徹澄三母，以今音讀之，與照穿床無別也，求之古音，則與端透定無異。」如：直讀為特，竹讀為篤，陳讀為田。上古無今天語言學界所說的「捲舌音」（zh，ch，sh，r）。

13 娘日二母歸泥說：由章炳麟提出，認為上古的娘日兩紐歸入泥母（說見章太炎《國故論衡》）。舌上音即二三等的「娘」紐以及半齒音「日」紐，在上古讀作「泥」紐。「不義不昵」，《說文》引作「不義不（黍日）」，「涅而不淄」亦作「泥而不滓」。涅（日紐）泥（泥紐）。

紐，其後支別，則舌上有娘紐，半舌半齒有日紐，於古皆泥紐也。」
這話意思是說，今人讀「r」聲母的字，證之於客家話：

> 「汝（r）為你（n）」，讀「乳（r）為能（n ng）」，讀「接
> （ru）為挪（nu）」等等。

這些都說明客話沒有「日紐」，日紐在古音系統裡應屬三十六字母的
「泥紐」。

（六）完整的入聲韻尾〔－p〕、〔－t〕、〔－k〕

　　一般語言學家認為，客家方言繼承了較多古漢語的特性，如完整
的入聲韻尾〔－p〕、〔－t〕、〔－k〕。客家話和中古漢語（隋唐二代為
準）之間的承襲關係較為明顯。用客家話朗誦中古漢語的作品，如唐
詩、宋詞，韻律方面比官話、普通話要吻合得多。粵語同樣保留有中
古漢語的入聲〔－p〕、〔－t〕、〔－k〕。但比較起來，則是客家話比粵
語更趨古老、更接近中古漢語。如：給、十唸〔ip〕，骨唸〔ut〕，
石、白唸〔ak〕，有閉口韻〔m〕韻尾，也是一大特點，如「森、
林、金、琴、心、吟、禁、任」都唸〔m〕韻尾，這些是聲母〔
ŋ、f〕，不是入聲韻尾。

（七）聲調

　　我國漢語多數地區是六個聲調，少數地區有五個或七個聲調。閩
西長汀話，連城，清流都沒有入聲，剩下平聲分陰陽，去聲分陰陽，
上聲自成調共五個調。粵東客話平聲入聲分陰陽，上去不分陰陽。閩

西客家話的永定話，上杭話保留陰入陽入兩個聲調。[14]

　　國語有四聲，陰平、陽平、上、去，而四縣客語有六個聲調，海陸客語有七個聲調，差異在於去聲的分與合：四縣客語的去聲合流為一，海陸客語的去聲分為陰陽。其次兩種調型的升降高低恰好形成對比：四縣高平調，海陸就是低平調；四縣中降調，海陸就是低升調。根據羅肇錦教授的分析：

　　　　〔四縣指的是嘉應州梅縣附近的四個縣：興寧、五華、平遠、蕉嶺。〕梅縣的客家話一般而言是客語中最具代表性的，但和四縣腔略有不同。〔說四縣腔的地方主要是桃園縣的一部分、新竹縣的一部分、苗栗縣以及南部六堆地區。〕四縣腔可以說是臺灣所用的客語次方言中人數最多的一支了（約四分之三）。四縣腔的聲母最少，共十七個。變調只有陰平加去聲變陽平加去聲、陰平加陽入變陽平加陽入及陰平加陰平變成陽平加陰平三種，最容易學習。[15]
　　　　〔海陸指的是惠州府的海豐和陸豐，〕在大陸這兩縣是以說潮州話為主，部分說客語和廣東話。〔說海陸腔的地方主要是桃園和新竹的一部分地區。〕是臺灣客語次方言中使用人數第二多的，約四分之一。海陸腔在聲調上因為去聲分陰陽，所以比四縣腔多了一個聲調，變成七個聲調。此外它有舌尖面聲母存在，所以有的音聽起來略有一些捲舌的感覺。由於它的調值和

---

14 上古聲調至今還無定論，現在多數學者認為上古漢語已經產生四聲，體現《詩經》中「以平協平，以上協上」；用中古音逆推《詩經》中的上古音時有同調類相押的現象。清代學者顧炎武、江永等認為古四聲一貫，實際上認為古無聲調。黃侃認為上古有平、入兩調。段玉裁認為上古有平上入三聲，孔廣森認為有平上去三聲，王念孫認為有平上去入四聲。平分陰陽，入派三聲。

15 參見羅肇錦著：《臺灣的客家話》（臺北市：臺原出版社，1990年），頁62。

廣東話很像，學習廣東話很容易。[16]

由於海陸腔各聲調的調值和四縣腔差不多相反，也就是說四縣腔唸為高音的海陸腔唸為低音，四縣腔唸為低音的海陸腔唸為高音。所以在轉換上有規則可循。海陸腔和四縣腔間用的詞語略有不同。例如花生海陸腔講「地豆」，蚯蚓海陸腔講「蟲蜆」等。海陸腔由於有舌尖面聲母存在，聲母的個數比四縣多，這些舌尖面音主要是從中古的照三系而來。此外海陸腔有些無聲母的字會有擦音唸成類似ㄖ聲母。海陸腔的變調比四縣複雜。[17]其下將調號，調類、調值表列於下：

附表一：四縣（羅肇錦，1988）海陸（楊時逢，1953）

	調號	1	2	3	4	5	6	7
	調類	陰平	陽平	上聲	陰去	陽去	陰入	陽入
調值	四縣客語	24	11	31	55		2	5
	海陸客語	53	55	24	11	33	5	2
	國語	55	35	214	51			

從上表看來可以看出四縣客語、海陸客語和國語的差異：

1 跟國語比較起來，最特殊的是入聲

所謂入聲，看調值便知：收音短促，僅一拍。在唐朝以前，中古音一直保持平、上、去、入四聲，後三者叫仄聲，古文學家作詩填詞，特別重視平、仄的協調，所謂「前有浮聲，後有切響」浮聲便是平聲，切響便是仄聲。可是到了元朝，聲韻學家周德清為方便戲曲演

---

16 參見羅肇錦著：《臺灣的客家話》（臺北市：臺原出版社，1990年），頁62。
17 同上註，頁62。

唱起見，將拗口不便於演唱的入聲取消了，並派入其他各聲調裡。當時北方已無入聲，《中原音韻》加注「入聲作平聲」、「入聲作上聲」、「入聲作去聲」，表示這些字在古代唸入聲，不唸平、上、去，從此北方官話裡的入聲便消失了，倒是客家人於晉代五胡亂華，唐代黃巢之亂時遷徙華南各地，所以保存著入聲，也因此方便欣賞古詩詞散文。

2 除了入聲之外，四縣客語的聲調幾乎跟國語一樣

如「風調雨順」四個字，依國語來讀分別是：陰平、陽平、上聲及去聲；用四客語讀也一樣依序是這四聲，只是調值不同罷了；也可以這樣說，除了入聲字外，其他各字聲調可依國語的聲調來判斷，當然不是沒有例外，例如坐、企、在等字，國語都是去聲，而四縣客語則全是陰平。

3 入聲又分為陰入及陽入

陰入的調值是2，陽入則是5，因此同樣是入聲，可以用聲調的高、低來判斷，如鴿 gab6是陰入，而合 hab7是陽入，因為合的音調比鴿高；再如：識 sid6，食 sid7，兩字同音同樣是入聲，食的音調比識高，所以是陽入；而識音調較低，所以是陰入。讀者最好多用同音節的入聲字，來練習分辨，應該很容易進入狀況的。[18]

（八）「濁上歸去」是漢語音韻發展史上一條運用相當普遍的音變規律

根據何大安一九八八年的研究，「濁上歸去」，可以依照「次濁上」的走向，區別為官話型（即次濁上歸陰上）、吳語型（即次濁上

歸陽去）以及介於其間的過渡方言幾種類型（次濁上分入陰上、陽上（陽去））。而過去學者提出客家方言足以同其他的漢語方言區別的特點之一，就是次濁上歸陰平這條規律。[19]客語方話的情形似乎比較複雜，但是次濁上讀陰上的一點，卻是一致的。這顯然是北方話的型態，而與南方方言不同。其次，相當多數的方言次濁上又讀陰平；哪些字讀陰上，哪些字讀陰平，各地又大體相同。讀陰上的是「米、瓦、雨、卵、老、五」，讀陰平的，是「軟、馬、尾、冷、暖、買」。次濁上不分為兩類，都在江西省境內，可以算是北部客家的特點。我們可以說：早期客家次濁上有一部分入陰平，一部分仍然保持北方方言的特點，入陰上。北部客家受官話的影響，入陰平的次濁上聲字又讀回陰上。[20]客家方言次濁上歸去聲的現象較少。雖然閩南方言有次濁上歸陽去的現象，如：老、雨、五等字。但是這些字在客家話裡都不讀去聲。可見，現代客家話次濁上歸陰去的現象應與閩南語無關，因此，這個問題現在目前尚無一個較為令人滿意的解釋。[21]

參 朱熹《論語章句集註》釋音之方法

南宋理／儒學大師朱熹（1130-1200），徽州婺源（今屬江西）人，在福建長大，考取南宋進士後，曾任福建泉州主簿、漳州知府、潭州（今湖南長沙）知府，後拒朝廷官職在閩、贛、皖等地講學四十年，使閩南地區的漢人後裔繼續維持高水準的人文素養。一生主要精

19 參見謝豐帆、洪惟仁著：〈古次濁上聲在現代客家話的演變〉，《臺灣語言及其教學國際研討會論文集》（2005年）。

20 參見何大安著：〈「濁上歸去」與現代方言〉，《中研院史語所集刊》第五十九本（1988年），頁126。

21 參見謝豐帆、洪惟仁著：〈古次濁上聲在現代客家話的演變〉，《臺灣語言及其教學國際研討會論文集》（2005年）。

力用於聚徒講學，研究學問，廣注經籍，著作主要有《周易本義》、《詩集傳》、《四書章句集註》、《楚辭集注》等。

（一）朱熹詮釋《四書章句集註》之原則

朱熹的《四書章句集註》稱得上是朱子心血的結晶，在《朱子語類》中朱子一再對門人言及《集注》的重要。他說：

> 某所集注《論語》，至於訓詁皆仔細者，蓋要人字字與某著意看，字字思索到，莫要只作等閑看過了。（卷十）

朱熹的訓詁學是宋學的代表，他將義理與傳統訓詁學溶為一爐，克服了理學家空談義理的時弊，其《論語集註》是宋代《論語》註釋的代表作。而他著述的《四書章句集註》，備受推崇，數百年中被定為科舉考試的必備教材，成為有深遠影響力的儒家經典。章學誠（1738-1801）在《文史通義》開篇，即寫道：「六經，皆史也。」當然，經典是記載各時代的典章制度、社會活動、文化觀念的歷史文獻，從這個意義上說，「《六經》皆史」的說法是有一定道理的。歷史已經過去而不可復現，留下來的僅僅是「文獻—語言」的歷史文本。朱熹的《四書》學詮釋方法，首先就是要通過對「文獻—語言」的閱讀理解，而搭築連接這種時間性鴻溝的一座橋樑。他對如何詮釋儒家經典有一段精闢的論述，他說：

> 學者必因先達之言以求聖人之意，因聖人之意以達天地之理。（《朱子文集》卷42，《答石子重》）

朱熹認為詮釋活動是通過這樣三個環節構成的，即：先達之言 → 聖

人之意→天地之理。而這三個環節正是他通過對《四書》這一歷史文本的詮釋。朱熹那麼強調要忠於原典，忠於歷史，而反對將自己的主觀意思強加到經典文獻之中去，其目的是要尊重歷史的真實性，希望通過「文獻—語言」的途徑與方法，實現還原經典文獻所記載的歷史。[22]此的確是中肯之言。

（二）朱熹《論語章句集註》釋音之方法

　　黃焯先生在《經典釋文》的前言中指出：「因古代文字多以聲寄義，注音即等於注義。」陸德明在〈經籍舊音序錄〉一文中說：「古人比況作音，如聲近聲同、讀如讀若、長言短言、內言外言之等。」[23]說明古籍原來的注音方式是讀如、讀若法、譬況法和直音法。關於朱熹《論語章句集註》釋音之方法，略述如下：

（1）直音法：用一個字來注另一個同音字的音[24]，如：

> 子曰：「為政以德，譬如北辰，居其所而眾星共之。」（《論語》〈為政〉）
> 朱注：「共，音拱，亦作拱。」[25]

（2）紐四聲法：用聲韻相同的字來注音，並加注聲調，如：

22　參見朱漢民著：〈朱熹《四書》學的詮釋方法（二）〉（https://www.4way.tw/a/2617975.html），2006年8月1日。

23　〔唐〕陸德明著、吳承仕疏證：《經典釋文序錄疏證》（北京市：中華書局，2008年），頁159。

24　參見濮之珍著：《中國語言學史》（臺北市：書林出版公司，1994年），第四章〈南北朝至明代的語言研究〉，頁190。

25　〔宋〕朱熹撰：〈為政〉第二，《四書章句集註》（臺北市：鵝湖出版社，1998年），頁53。

有子曰：「其為人也孝弟，而好犯上者，鮮矣；不好犯上，而好作亂者，未之有也。君子務本，本立而道生。孝弟也者，其為仁之本與！」（《論語》〈學而〉）

朱注：「弟、好，皆去聲。鮮，上聲，下同。……與，平聲。」[26]

（3）反切法：大約興起於漢末，其原理是用兩個字拼出一個讀音，稱反切上字反切下字，反切上字取聲母，反切下字取韻母和調調，如：

子夏問曰：「『巧笑倩兮，美目盼兮，素以為絢兮。』何謂也？」

子曰：「繪事後素。」曰：「禮後乎？」子曰：「起予者商也！始可與言詩已矣。」（《論語》〈八佾〉）

朱注：「倩，七練反。盼，普莧反。絢，呼縣反。……繪，胡對反。」[27]

反切始見於東漢。大體上漢末出現反切，魏晉開始盛行。反切起於佛教傳入的東漢，固無疑義，但應劭注《漢書》已有反切，其時代早於孫炎。如《顏氏家訓》〈音辭篇〉說：「孫叔然（孫炎）創《爾雅音義》，是漢末人獨知反語。」又說：「至於魏世，此事大行」。[28]此所述音韻之學出於反語，而溯源於孫叔然所創，最為明確，後儒亦無異

26　〔宋〕朱熹撰：〈學而〉第一，《四書章句集註》（臺北市：鵝湖出版社，1998年），頁48。

27　〔宋〕朱熹撰：〈八佾〉第三，《四書章句集註》（臺北市：鵝湖出版社，1998年），頁63。

28　參見顏之推著，蔡宗陽新編：《顏氏家訓》（臺北市：國立編譯館，1992年）。

說。[29]大體上漢末出現反切，魏晉開始盛行。其實在漢以前就有反切現象的存在了，如「不可」為「叵」，「何不」為「盍」，「而已」為「耳」，「之乎」為「諸」，此為急讀、緩讀，並非反切。反切是中國古代漢字的一種注音方法，也是對漢字字音結構的一種分析方法。反切法使用兩個漢字來為一個漢字注音，前面的字稱為反切上字，後面的為反切下字（古代採用直行的書寫方式，故前字在上，後字在下）。在使用音標和字母注音之前，它是中國古代最主要和使用時間最長的注音方法。

綜合上述，可知朱熹在《論語章句集註》釋音的方法，受到中古音釋音方法的影響，以直音法、紐四聲法、反切方法釋音。

肆　從客語釋音探討朱熹《論語集註》的語言現象

語言隨著社會的產生而產生，隨著社會的分化而分化，隨著社會的統一而統一，也隨著社會的發展而發展。從古代漢語看客家方言的形成，我們知道梅縣客家話，是中國社會長期發展的必然結果。客家話是客家人，所操的語言。「客民本中原漢族」，既是中原漢民族，口音當然是中原音系，羅香林在《客家源流考》一書中認為「就種族遺傳說，客家民係是一種經過選擇淘汰而保留下來的強化血統」，這就說明了「客家人是中華民族最有力的一派」（《梅縣鄉土歷史讀本》）。足見客家人是中華漢族無疑，客方言不是一種獨立的語言，而是漢語的一個支派。欲探討客語語音的上古歸屬，必須觀察文獻古籍中的語音現象，尤其是經籍通假字的珍貴資料，其次是聲訓資料。研究方

---

29 參見濮之珍著：《中國語言學史》（臺北市：書林出版公司，1994年），第四章〈南北朝至明代的語言研究〉，頁197。

言，有兩個必須顧到的對象：其一為各該方言詞類，音讀，及語法的調查，與分析；其二為各該方言源流變革的辨證，與考釋。[30]

　　從春秋、戰國一直到秦漢時代，聲韻學上稱為「上古」。上古音主要有幾個特點：1. 無輕唇音：中古的輕唇音皆讀為重唇。所謂的輕唇就是ㄈ這個音，重唇就是ㄅㄆ。也就是說，上古漢語沒有ㄈ的音。2. 無舌上音：中古的「知徹澄」母讀法和「端透定」相同。例如ㄓ這個音在上古唸為ㄉ。3. 複輔音聲母：也就是一個字有兩個聲母。體（tl）、各（kl）。這就是為什麼「各」可以做「路」的聲符。而「體」和「禮」有相同的聲符。在漢代後，複輔音聲母消失，語音也漸變。從六朝到宋朝，聲韻學上稱為「中古」。它又可以前期和後期。其中最重要的是「廣韻」這本書。《廣韻》這本書，是陸法言《切韻》的增訂本，記載的是唐朝初年的語音，許多漢語方言都可以從這本書的音系來加以分析。[31]茲從客語釋音探討朱熹《論語集註》的語言現象，如下：

（一）一字多音多義

　　我們使用的漢語，屬於單音節的語言。要以有限的單音節來表示無限多的意義，可以用聲調區別意義，並造出不同形義的文字。[32]茲舉例說明如下：

　　例證：

30　參見羅香林著：《客家研究導論》（臺北市：南天書局，1992年）第四章〈客家的語言〉，頁125。

31　張凱揮著：〈客語及其次方言介紹客語及其次方言介紹〉（club.ntu.edu.tw/~hakka/about/hakintro.htm）。

32　參見古國順著：〈多音字的來源及種類〉，臺北市立大學上課講義，頁101。

1 「說」

出處：語出《論語》〈學而〉第一：

> 子曰：「學而時習之，不亦說乎？有朋自遠方來，不亦樂乎？
> 人不知而不慍，不亦君子乎？」
> 朱注：「說，悅同。」[33]

釋音：（1）《廣韻》：「失爇切又悅、稅二音」（〔宋〕陳彭年等著：《新
　　　　校廣韻》（臺北市：洪葉文化事業公司，2007年），頁
　　　　499.1），國語「ㄕㄨㄛ」，客語四縣音「siet⁴」、客語海陸音
　　　　「shiet⁴」。

　　　（2）《廣韻》：「戈雪切」（《廣韻》，頁498.8），國語「ㄩㄝˋ」，
　　　　客語四縣音「iiet⁸」、「客語海陸音「riet⁸」」。

　　　（3）《廣韻》：「舒芮切」（《廣韻》頁376.5），國語「ㄕㄨㄟˋ」，
　　　　客語四縣音「si³」、「客語海陸音「si³」」。

釋義：（1）《廣韻》：「告也，《釋名》曰：『說者，述也，宣述又意
　　　　也。』」

　　　（2）《廣韻》：「姓，傅說之後，又失爇始銳二切。」

　　　（3）《廣韻》：「說誘。」

2 「樂」

出處：語出《論語》〈學而〉第一：

---

33 〔宋〕朱熹撰：〈學而〉第一，《四書章句集註》（臺北市：鵝湖出版社，1998年），
　　頁47。

子曰：「學而時習之，不亦說乎？有朋自遠方來，不亦樂乎？
人不知而不慍不亦君子乎？」

朱注：「樂，音洛。子樂者，樂得英材而教育之。」[34]

釋音：(1)《廣韻》：「盧各切」(《廣韻》，頁505.5)，國語「ㄌㄜˋ」，
　　　客語四縣音「log⁸」、客語海陸音「log⁸」。

　　　(2)《廣韻》：「五角切」(《廣韻》，頁464.5)，國語「ㄩㄝˋ」，
　　　客語四縣音「ngog⁸」、客語海陸音「ngog⁸」。

　　　(3)《廣韻》：「五教切又岳、洛二音」(《廣韻》，頁416.10)，
　　　國語「ㄧㄠˋ」，客語四縣音「ngau⁷」、客語海陸音
　　　「ngau⁷」。

釋義：(1)《廣韻》：「喜樂，又五角、五教二切。」

　　　(2)《廣韻》：「音樂《周禮》有六樂，雲門、咸池、到韶、大
　　　夏、大濩、大武又姓。」

　　　(3)《廣韻》：「好也。」

3 「行」

出處：語出《論語》〈學而〉第一：

子曰：「父在，觀其志，父沒，觀其行，三年無改於父之道，
可謂孝矣。」朱注：「行，去聲。」[35]

---

34 〔宋〕朱熹撰：〈學而〉第一，《四書章句集註》(臺北市：鵝湖出版社，1998年)，
頁47。

35 〔宋〕朱熹撰：〈學而〉第一，《四書章句集註》(臺北市：鵝湖出版社，1998年)，
頁51。

釋音：(1)《廣韻》：「戶庚切」（《廣韻》，頁187.5），國語「ㄒㄧㄥˊ」，
客語四縣音「hang⁵」、客語海陸音「hang⁵」。

(2)《廣韻》：「胡郎切」（《廣韻》，頁182.7），國語「ㄏㄤˊ」，
客語四縣音「hong⁵」、客語海陸音「hong⁵」。

(3)《廣韻》：「下浪切」（《廣韻》，頁427.8），國語「ㄏㄤˋ」，
客語四縣音「hong³」、客語海陸音「hong⁷」。

(4)《廣韻》：「下更切」（《廣韻》，頁429.10），國語「ㄒㄧㄥˋ」，
客語四縣音「hen⁷」、客語海陸音「hen⁷」。

釋義：(1)《廣韻》：「行步也，適也，往也，去也。又姓。」

(2)《廣韻》：「伍也，列也。」

(3)《廣韻》：「次第。」

(4)《廣韻》：「景跡，又事也，言也。」

　　案：上述所引「說、樂、行」三字，從古至今皆有多種不同之音義，以客語釋音來驗證，皆符合一字多音多義之原則，且保持客語的一貫精神與形貌。

（二）文白異讀

　　客語的發展本有其異於其他漢語方言的特徵，而且讀書音與說話音大多相同。但由於讀書人為求功名，求得功名後還不免分派到外地做官，所以讀書時必須按當時流行的韻書，學習「正音」、「正字」，才能發音合轍，平仄諧調。因而形成一部分讀書音與說話音的差別。[36]茲舉例說明如下：

---

36 參見古國順著：〈多音字的來源及種類〉，臺北市立大學上課講義，頁102。

1 客語的舌上音

　　所謂舌上音是指中古知系字，今天國語唸捲舌音知ㄓㄔ，閩南語唸ㄉㄊ，客家話大都唸ㄗㄘ，少部分跟閩南話一樣唸ㄉㄊ。客語中，舌上音「知澈澄」保留舌頭音「端透定」的現象不很完整，比較常用的只有「中」唸 tung，「知」唸 ti。客家話仍保留舌頭音 t－ t'－。〈切韻〉時代，「端知」已分，客家話也是端知已分的語音現象，殘存的少數舌頭音，表示客家話形成於〈切韻〉之後不太久的時代。比起官話、贛語方言，完全沒有「舌上唸舌頭」的現象，更為早期。[37]

　　例證：

　　「知」，出處：語出《論語》〈里仁〉第四：

　　　　子曰：「不仁者不可以久處約，不可以長處樂。仁者安仁，知
　　　　者利仁。」
　　　　朱注：「知，去聲。」[38]

釋音：（1）《廣韻》：「陟離切」（《廣韻》，頁49.1），國語「ㄓ」，客語
　　　　　　四縣音「zii¹」、客語海陸音「zhi¹」。

　　　　（2）《廣韻》：「知義切」（《廣韻》，頁348.3），國語「ㄓˋ」，客
　　　　　　語四縣音「zii³」、客語海陸音「zhi³」。

釋義：（1）《廣韻》：「覺也，欲也。」

　　　　（2）《廣韻》：「之也，又姓。」

---

37 參見見羅肇錦編：第五章〈臺灣客家話的歷史〉第四節〈客語聲母的歷史〉，收入
　　《臺灣客家族群史》【語言篇】（臺北市：臺灣省文獻委員會編印，2000年11月30日
　　初版），頁181-182。

38 〔宋〕朱熹撰：〈里仁〉第四，《四書章句集註》（臺北市：鵝湖出版社，1998年），
　　頁69。

案：綜合上面的敘述，可知文讀音是讀書音，白讀音是說話音，但事
實上並沒有那麼單純。因為讀古文時固然要用文讀音，但在說話
中用到文言詞時，也必須使用文讀音。[39]客語「知」，文讀時音
「zii¹」，白讀時音「di¹」。符合錢大昕《十駕齋養新錄》有「舌
音類隔之說不可信。」認為中古的舌上音「知徹澄」是從上古的
端透定中分化出來的說法。「知」，古歸端透定等母，《廣韻》中
無「di¹」音，輕唇音起於唐中葉，舌上音起於六朝，可見客語
「知」為隋唐以前之音。

2 客語的舌尖音（精莊知章）

歷史語言學認為：方言之間可以進行橫向比較，從空間變異看語
言的演變序列。客話內部方言間橫向比較表明：客話的早期形式應是
知章組合一，莊組獨立（雖與精組合流，但與知章分立）的音韻格
局，這種格局正好與客方言形成的時代相符。[40]客話大致可以分為兩
種類型：

一種是古精組字與知莊章組字在今音合流，都唸成 ts－ts'－
s－，如梅縣、蕉嶺等，這種讀法分布的地區較廣。另一種是
古精組莊組合流，知章合流，精莊組字與知章組字對立，知組
章組唸舌尖面音 tʃ－tʃ'－ʃ－，如海豐、陸豐等地。[41]

這些都是上古諧聲時代的語言現象，臺灣竹東、閩西長汀等地保有上

---

39 參見見古國順著：〈多音字的來源及種類〉，臺北市立大學上課講義，頁115。

40 〈論客家方言的斷代及相關音韻特徵〉，北大中文論談網（www.literature.idv.tw/bbs/read.php?tid=5521）。

41 〈論客家方言的斷代及相關音韻特徵〉，北大中文論談網（www.literature.idv.tw/bbs/read.php?tid=5521）。

古音現象，而苗栗梅縣等地不管精莊知章統統變 ts－ts'－s－，是後期（宋代以後）的合流所造成的。[42]

　　例證：「適」

　　出處：語出《論語》〈里仁〉第四：

　　　　子曰：「君子之於天下也，無適也，無莫也，義之與比。」
　　　　朱注：「適，丁歷反。比，必二反。」[43]

釋音：《廣韻》：「都歷切」（《廣韻》，頁521.6），國語「ㄕˋ」，客語四
　　　縣音「did⁴」、客語海陸音「did⁴」。

案：客語「適」，文讀音「did⁴」，白讀音「shid⁴」。現今客語只剩下文
　　讀音「did⁴」。

　　依據黃侃提出，照系二等（莊、初、崇、生四母）上古音分別與
　　精、清、從、心四母同類；照系三等（照穿床（神）審禪）五母
　　上古與端系同類。

（三）濁音清化

　　古濁聲母（並奉定群從澄邪禪船崇匣等母），客語現在都都唸成
清的送氣音，語言史上叫作「濁音清化」[44]，例如：

---

42 參見羅肇錦編：第五章〈臺灣客家話的歷史〉第四節〈客語聲母的歷史〉，收入
　《臺灣客家族群史》【語言篇】（臺北市：臺灣省文獻委員會編印，2000年11月30日
　初版），頁183-184。
43 參見羅肇錦編：第五章〈臺灣客家話的歷史〉第四節〈客語聲母的歷史〉，收入
　《臺灣客家族群史》【語言篇】（臺北市：臺灣省文獻委員會編印，2000年11月30日
　初版），頁71。
44 參見羅肇錦編：第五章〈臺灣客家話的歷史〉第四節〈客語聲母的歷史〉，收入
　《臺灣客家族群史》【語言篇】（臺北市：臺灣省文獻委員會編印，2000年11月30日
　初版），頁174。

1 全濁上變陰平

例證：「道」

（1）出處：語出《論語》〈學而〉第一：

> 子曰：「道千乘之國：敬事而信，節用而愛人，使民以時。」
> 朱注：「道、乘，皆去聲。」[45]

（2）釋音：《廣韻》：「徒皓切」（《廣韻》，頁301.9），國語
「ㄉㄠˋ」，客語四縣音「to⁷」、客語海陸音「to⁷」。

（3）釋義：《廣韻》：「理也，路也，直也，眾妙皆道也。《說文》
曰：所行道也。一達謂之道。」

「道」

（1）出處：語出《論語》〈為政〉第二：

> 子曰：「道之以政，齊之以刑，民免而無恥。道之以德，齊之
> 以禮，有恥且格。」
> 朱注：「道，音導，下同。」[46]

（2）釋音：《廣韻》：「徒到切」（《廣韻》頁397.3），國語
「ㄉㄠˇ」，客語四縣音「to³」、客語海陸音「to³」。

（3）釋義：《廣韻》：「音導，導引也。」

---

45 〔宋〕朱熹撰：〈學而〉第一，《四書章句集註》（臺北市：鵝湖出版社，1998年），
頁49。

46 〔宋〕朱熹撰：〈為政〉第二，《四書章句集註》（臺北市：鵝湖出版社，1998年），
頁54。

案：閩客語也有部分全濁上變陰平的現象，客家話系統的最好辨別條
件，就是「全濁上變陰平」，例如現今「引導」、「指導」的「導」，
客語音「to¹」變為陰平，音「ㄉㄨˊ」。客家話聲母都讀成「k'—
p'—ts'—t」等音，（閩南話都唸成 k— p— ts— t……等音）。

2 全濁上歸去

古濁上字聲母和聲調的演變，漢語方言各有特色，全濁上字跟濁
去字合流的情況非常普遍，南方方言或多或少亦遭波及。[47]

例證：「大」，出處：語出《論語》〈八佾〉第三：

> 子語魯大師樂。曰：「樂其可知也：始作，翕如也，從之，純
> 如也，皦如也，繹如也，以成。」
>
> 朱注：「大，音泰。」[48]

釋音：《廣韻》：「唐蓋切」（《廣韻》，頁419.10），國語「ㄊㄞˋ」，客
語四縣音「tai⁷」、客語海陸音「tai⁷」。

釋義：《廣韻》：「小大也，《說文》曰：『天大、地大、人亦大，故大
象人形』，又漢複姓。」

案：濁音清化後大都全濁上歸陽去，此為所有漢語之趨向，例如前舉
客語「道路」的「道」音「to⁷」，必須送氣，是全濁上歸陽去之
例。

---

47 參見何大安著：〈「濁上歸去」與現代方言〉，《中研院史語所集刊》第五十九本（1988
年），頁126。

48 〔宋〕朱熹撰：〈八佾〉第三，《四書章句集註》（臺北市：鵝湖出版社，1998年），
頁68。

3 次濁上歸陰平

例證：「近」

出處：語出《論語》〈學而〉第一：

有子曰：「信近於義，言可復也；恭近於禮，遠恥辱也；因不失其親，亦可宗也。」

朱注：「近、遠，皆去聲。」[49]

釋音：《廣韻》：「巨靳切、巨隱切」（《廣韻》，頁397.3），國語「ㄐㄧㄣˋ」，客語四縣音「kiun⁷」、客語海陸音「kiun⁷」。

釋義：《廣韻》：「附也。」

案：現今客語「近」，音為「kiun¹」，是次濁上升變陰平之現象，而且各次方言並不一致，也是語言歷史現象遺留。

（四）複韻母

國語的複韻母有 ai（ㄞ）、ei（ㄟ）、au（ㄠ）、ou（ㄡ），客語也有 ai（ㄞ）、au（ㄠ）等音，但沒有 ou（ㄡ），國語的ㄡ韻字（如：豆、頭、透、樓、湊、溝、扣、後、走、愁），客語多數讀成 eu 韻；國語的ㄞ韻字，客語多數讀成 oi 韻（如：愛、背、代、臺來、蓋、開、害、菜、才）；這兩個特別的韻，許多人都發不好，常把 eu 讀成 io（此係受閩南語的影響，因為ㄡ韻字閩南語的文讀音即是 io），把

---

49 〔宋〕朱熹撰：〈學而〉第一，《四書章句集註》（臺北市：鵝湖出版社，1998年），頁52。

oi 讀成 ai（如：「來嫽」誤成「拉尿」），必須加強練習。[50]

　　例證：「材」，出處：語出《論語》〈公冶長〉第五：

　　　　子曰：「道不行，乘桴浮于海。從我者其由與？」子路聞之
　　　　喜。子曰：「由也好勇過我，無所取材。」
　　　　朱注：「桴，音孚。從、好，並去聲。與，平聲。材，與裁
　　　　同，古字借用。」[51]

釋音：《廣韻》：「昨哉切」（《廣韻》，頁99.9），國語「ㄘㄞˊ」，客語
　　　　四縣音「cai⁵」、客語海陸音「cai⁵」。
釋義：《廣韻》：「裁衣，材：木梃也。」

案：上述「材」為客語複韻母的實例。

（五）客語的輕重唇音（幫非系字）

　　客語的輕重唇音（分放……等字唸 f－）保持重唇（分放……等
字唸古音 p－）的現象。

　　例證：

1 「放」

　　出處：語出《論語》〈里仁〉第四：

50 張美煜著：〈淺談多元語文教育中的客語教學〉，《教師天地》第131卷（2009年7月9
　　日），頁15-25。
51 〔宋〕朱熹撰：〈公冶長〉第五，《四書章句集註》（臺北市：鵝湖出版社，1998年），
　　頁77。

子曰：「放於利而行，多怨。」

朱注：「放，上聲。」[52]

釋音：《廣韻》：「分网切。」（《廣韻》，頁313.1），國語音「ㄈㄤˋ」，
　　　客語四縣音「piong²」、客語海陸音「piong²」。

釋義：《廣韻》：「學也。」

2 「飯」

出處：語出《論語》〈述而〉第七：

子曰：「飯疏食飲水，曲肱而枕之，樂亦在其中矣。不義而富
且貴，於我如浮雲。」

朱注：「飯，符晚反。食，音嗣。枕，去聲。樂，音洛。」[53]

釋音：（1）《廣韻》：「扶晚切」（《廣韻》，頁281.10），國語音「ㄈㄢˇ」，
　　　　　客語四縣音「fan⁷」、客語海陸音「pon⁷」。
　　　（2）《廣韻》：「符万切」（《廣韻》，頁398.3），國語音「ㄈㄢˋ」，
　　　　　客語四縣音「fien⁷」、客語海陸音「pien⁷」。

釋義：《廣韻》：「餐飯。周書云：『黃帝始炊穀為飯』」

案：「放」音 piong[55]，都是上古重唇音保留下來，中古後都變輕唇音
　　的字，這些字，現在官話都唸 f-聲母。這種保留部分重唇古音的

---

52 〔宋〕朱熹撰：〈里仁〉第四，《四書章句集註》（臺北市：鵝湖出版社，1998年），
　　頁72。

53 〔宋〕朱熹撰：〈述而〉第七，《四書章句集註》（臺北市：鵝湖出版社，1998年），
　　頁97。

現象，正代表客家話是在重唇音時代過渡到輕唇音的時代才形成的。又如「飯」，無論粵語或國語都讀為「fan」，但客家話則讀為「pon」。尤其，〈切韻〉時代，尚未分輕重唇，而客家話輕重唇現象都有，可見客家話形成於〈切韻〉之後，宋人三十六母輕重唇判然兩分，客家話仍有部分輕重唇不分，可見客家話形成於宋代之前。與其他方言比較，它的時代一定比完全保持重唇的閩語後期，但比都變輕唇的官話和贛方言早。[54]可見客家話仍然大量保留了漢語「古無輕唇音」的狀態。

（六）異讀字

現代漢語中有很多破音字，有些讀音往往保留著古音的某些特徵。我們可從此角度對今讀 j、q、x 聲母的字的歸屬作一簡單的判斷。

例證：

1 「飲」

出處：語出《論語》〈八佾〉第三：

> 子曰：「君子無所爭，必也射乎！揖讓而升，下而飲，其爭也君子。」
> 朱注：「飲，去聲。」[55]

---

54 參見羅肇錦編：第五章〈臺灣客家話的歷史〉第四節〈客語聲母的歷史〉，收入《臺灣客家族群史》【語言篇】（臺北市：臺灣省文獻委員會編印，2000年11月30日初版），頁179-180。

55 〔宋〕朱熹撰：〈八佾〉第三，《四書章句集註》（臺北市：鵝湖出版社，1998年），頁63。

釋音：（1）《廣韻》：「於錦切」（《廣韻》，頁329.10），國語音「ㄧㄣˇ」，
客語四縣音「im^2」、客語海陸音「rim^2」。

（2）《廣韻》：「於錦切」（《廣韻》，頁441.3），國語音「ㄧㄣˋ」，
客語四縣音「im^3」、客語海陸音「rim^3」。

案：「飲」字，本音為上聲，於此讀為去聲。

2 「行」

出處：語出《論語》〈為政〉第二：

子張學干祿。子曰：「多聞闕疑，慎言其餘，則寡尤，多見闕
殆，慎行其餘，則寡悔。言寡尤，行寡悔，祿在其中矣。」
朱注：「行寡之行，去聲。」[56]

釋音：（1）《廣韻》：「下更切」（《廣韻》，頁429.10），國語「ㄒㄧㄥˋ」，
客語四縣音「hen^7」、客語海陸音「hen^7」。

（2）《廣韻》：「戶庚切」（《廣韻》，頁187.5），國語「ㄒㄧㄥˊ」，
客語四縣音「$hang^5$」、客語海陸音「$hang^5$」。

（3）《廣韻》：「胡郎切」（《廣韻》，頁182.7），國語「ㄏㄤˊ」，
客語四縣音「$hong^5$」、客語海陸音「$hong^5$」。

（4）《廣韻》：「下浪切」（《廣韻》，頁427.8），國語「ㄏㄤˋ」，
客語四縣音「$hong^3$」、客語海陸音「$hong^7$」。

案：「行」，一讀ㄒㄧㄥˊ hen^7（行走），又讀ㄏㄤˊ $hong^5$（銀行），又

---

56 〔宋〕朱熹撰：〈為政〉第二，《四書章句集註》（臺北市：鵝湖出版社，1998年），
頁58。

讀ㄒㄧㄥˋ hen⁷（言行）由 hen⁷ 音可以判斷「行」字屬於近古的「晛」母字。

綜合上述，可知臺灣語言的聲調現象歸類，由於濁音清化所造成的就有四種，包括平分陰陽、全濁歸去、去聲分陰陽、去聲分陰陽。聲調異化作用所造成的有國語新調、上聲變調、閩南語變調、四縣客語變調。其他，語族間的同化、詞尾成分失落造成的合音作用造成的新調，都只是少部分現象，看不出多清楚的規律，調類內部的調整和重構，是各方言都有的現象。總之，聲調的改變在臺灣語言中，由於濁音清化、內不異化作用產生的是主要原因，合音和失落是次要原因。而且濁音清化是歷史語言的演變，內部異化是聲調的內部調整，所以，產生新調都是濁音清化的結果，產生變調則是內部異化的結果。[57]

伍　從客語釋音探討朱熹《論語集註》的文化意涵

客語，是古老而優美的語言，有許多都是經典雅文，可說是語言的活化石。但是，客家歷史年深月久，源遠流長，除了五次南遷之外，向上的探源尚無定論，向下的發展又無窮盡，受到長期時間、空間的影響，客語本身亦產生不少的變化。

其實，客語有音大多有字，連橫云：「臺灣之語，無一語無字，則無一字無來歷。」臺灣客語，不只絕大部分有音有字，而且多有來

---

57 見羅肇錦編：第五章〈臺灣客家話的歷史〉第四節〈客語聲母的歷史〉，收入《臺灣客家族群史》【語言篇】（臺北市：臺灣省文獻委員會編印，2000年11月30日初版），頁172-174。

歷。[58]茲從客語釋音來探討朱《論語集註》的文化意涵：

（一）《論語》客語釋音，保留頗多古雅的詞彙

例證：

1 食：（客語四縣音）sit[8]（客語海陸音）shit[8]

出處：語出《論語》〈述而〉：

> 子曰：「飯疏食飲水，曲肱而枕之，樂亦在其中矣。不義而富
> 且貴，於我如浮雲。」
> 朱注：「飯，符晚反。食，音嗣。枕，去聲。樂，音洛。」

釋義：《廣韻》：「飲食，《大戴禮》：『食穀者智慧而巧』」，《古史考》
　　　曰：「古者茹毛飲血，燧人鑽火而人始裏肉而燔之，曰：『炮神
　　　農時方食穀加米，干燒石之上而食之，及黃帝始有斧甑火食之
　　　道成矣。』」[59]

例證：「食」。
出處：語出《論語》〈為政〉第二：

> 子夏問孝。子曰：「色難。有事弟子服其勞，有酒食先生饌，
> 曾是以為孝乎？」

---

58 見古國順著：《臺灣客家語記音訓練教材》（臺北市：行政院客家委員會出版，1997
　　年），頁239。
59 〔宋〕陳彭年等著：《新校廣韻》（臺北市：洪葉文化事業公司，2007年），頁525。

朱注：「食，音嗣。」[60]

釋音：《廣韻》：「乘力切。」（《廣韻》，頁525.3），國語有二音「ㄕˊ」、
　　　「ㄙˋ」，客語四縣音「sit^8」、客語海陸音「shit^8」。

釋義：《廣韻》：「飲食，《大戴禮》曰：「食穀者，智慧而巧。」

案：對基本詞古今變化的說解十分詳盡，以「食」字為例：食，本義
　　是名詞，引申為動詞，表示「吃」和「喝」的意思。換言之，
　　「食」主要指攝取固體食物，但也可用在液體食物。如食飯、食
　　茶。……自上古以迄晉、唐，皆言食而少說「吃」，今日古漢語
　　系，如閩南語、福州話、客家話、廣東話等，尚稱吃飯為「食
　　飯」。[61]語言，是文化的外殼，而方言，則是地域文化最重要的標
　　誌。語音中保留唐宋以前古音韻的成分很多。客家話裡面，仍然
　　在大量地使用古漢語的詞彙，並且有很多的單音節詞，有些雙音
　　節詞彙的詞序和現代漢語的詞彙相顛倒。客家話裡面最具代表性
　　的詞彙，是漢語中使用頻率最高，表示進食行為的動詞。這一行
　　為動詞，無論是在官話系統還是在漢語其他方言中，基本上都是
　　說「吃」，而客家話卻說「食」。客家人把吃飯稱作食飯，把喝茶
　　稱作食茶。客家話中的單音節詞很多，如把早晨稱作朝，把中午
　　稱作晝，把晚上稱作夜，這些單音節詞在現代漢語裡面，一般只
　　出現在書面語中，而客家人卻一直在日常口語中使用。他們把吃
　　早飯稱作「食朝」、把吃午飯稱作「食晝」、把吃晚飯稱作「食

60　〔宋〕朱熹撰：〈為政〉第二，《四書章句集註》（臺北市：鵝湖出版社，1998年），
　　頁56。
61　姚榮松：〈中華文化史的新視界——蘇（蘇清守）《人生基本活動語詞彙釋》一書讀
　　後〉，頁69。

夜」，把穿衣服稱為「著衫」。[62]由此可見，漢語方言都繼承了這個古雅的詞彙。

(二)《論語》客語釋音，保留著古音的某些特徵

例證：

1 無

出處：語出《論語》〈學而〉第一：

子曰：「君子不重則不威，學則不固。主忠信。無友不如己者。過則勿憚改。」
朱注：「無，毋通，禁止辭也。」[63]

釋音：《廣韻》：「武夫切」（《廣韻》，頁72.9），國語音「ㄨˊ」，客語
　　　四縣音「mo5」、客語海陸音「mo5」。

案：客語的「無、有」兩種詞性，一種為否定性質的實詞，另一種是
　　語氣詞。例如「無下無落、無日無夜、無打算、無共樣」等一百
　　五十七個以無為首的詞彙，這些詞彙裡「無」都是否定語素，表
　　示沒有的意思。[64]在四縣的音標記為「mo11」，海陸的音標記為
　　「mo55」。在語氣詞用法方面，將四縣的「mo11」歸為句末的疑

---

62 韓振飛著〈贛南的客家文化事象解析〉，收錄入羅勇、林曉平、鍾俊昆主編：《客家
文化特質與客家精神研究》（哈爾濱市：黑龍江人民出版社，2006年），頁312。

63 〔宋〕朱熹撰：〈學而〉第一，《四書章句集註》（臺北市：鵝湖出版社，1998年），
頁50。

64 何石松、劉醇鑫編：《現代客語實用彙編》（臺北市：臺北市客委會，2002年），頁
427、432。

問語氣詞，用來問存在的狀態。[65]可見上述破音字，仍保留著古音的某些特徵。

（三）《論語》一書中的辭彙，保留客語中的經典雅言

例證：

1 一日〔git8 zit4〕

出處：語出《論語》〈里仁〉第四：

> 子曰：「我未見好仁者，惡不仁者。好仁者，無以尚之；惡不仁者，其為仁矣，不使不仁者加乎其身。有能一日用其力於仁矣乎？我未見力不足者。蓋有之矣，我未之見也。」[66]

2 一言〔git8 zien5〕

出處：語出《論語》〈為政〉第二：

> 子曰：「《詩》三百，一言以蔽之，曰『思無邪』。」[67]

3 先生〔sin1 sag1〕

出處：語出《論語》〈為政〉第二：

---

65 羅肇錦著：《客家話的字詞與音義析論》（臺北市：洪葉文化事業公司，1998年），第六章，頁17。

66 〔宋〕朱熹撰：〈里仁〉第四，《四書章句集註》（臺北市：鵝湖出版社，1998年），頁70。

67 〔宋〕朱熹撰：〈為政〉第二，《四書章句集註》（臺北市：鵝湖出版社，1998年），頁53。

　　子夏問孝。子曰：「色難。有事弟子服其勞，有酒食先生饌，
　　曾是以為孝乎？」[68]

4 空空〔k'ug1 k'ug1〕

　　出處：語出《論語》〈子罕〉：

　　　　子曰：「吾有知乎哉？無知也。有鄙夫問於我，空空如也；我
　　　　叩其兩端而竭焉。」[69]

5 行行〔ho5　ho5〕

　　出處：語出《論語》〈先進〉第十一：

　　　　閔子侍側，誾誾如也；子路，行行如也；冉有、子貢，侃侃如
　　　　也。子樂。若由也，不得其死然。
　　　　朱注：「行行，剛強之貌。」[70]

6 堂堂〔t'o5　t'o5〕

　　出處：語出《論語》〈子張〉：

　　　　曾子：「堂堂乎張也，難與並為仁矣。」
　　　　朱注：「堂堂，容貌之盛。」[71]

---

68 〔宋〕朱熹撰：〈為政〉第二，《四書章句集註》（臺北市：鵝湖出版社，1998年），
　　頁56。
69 〔宋〕朱熹撰：〈子罕〉第九，《四書章句集註》（臺北市：鵝湖出版社，1998年），
　　頁110。
70 〔宋〕朱熹撰：〈先進〉第十一，《四書章句集註》（臺北市：鵝湖出版社，1998年），
　　頁125。

案：上述所引出現在《論語》中的辭彙，與今日客家方言引用的涵義
　　相同，足證客語保留有中古經典的雅言。

（四）從《論語》客語釋音，了解各方言間語言融合的情況

　　據古書記載，在秦代以前，北方話已經確立了漢語共同語的基礎
方言的地位，此外，吳方言、粵方言、湘方言也逐漸形成。在魏晉南
北朝社會急劇變動時期，先後形成了客家方言、閩方言、贛方言。至
此，漢語七大方言區基本形成。[72]研讀古代經典知識，不僅可以促進
對漢語方言的研究，還可以促進對漢語親屬語言的研究。漢語屬於漢
藏語系。其親屬語言有壯、侗、傣、苗、傜、藏、緬等。這些語言都
有聲調。這是不同於其他語系的一個特點。要從聲、韻、調方面調查
研究這些親屬語言跟漢語的關係，就非學習音韻知識不可。例如：

> 在詞彙語法方面，最明顯的是保留了不少古漢語詞語。如「禾
> （稻子），食（吃），索（繩子），面（臉）」。還有一些具有本
> 方言特色的詞，如「目珠（眼睛）目汁（眼淚）」等。在語法
> 上，常用一些如「老，公，子，哩，頭」等前綴、後綴；用一
> 些特定的助詞或詞語（如「黎、咧」等）表示動作時態；通過
> 變化指示代詞和聲調變化區分近指和遠指等等。[73]

---

71 〔宋〕朱熹撰：〈子張〉第十九，《四書章句集註》（臺北市：鵝湖出版社，1998年），
　　頁191。

72 七方言區是：官話方言（又稱北方方言）區、吳方言區、湘方言區、贛方言區、客
　　家方言區、粵方言區、閩方言區。漢語七大方言的語音系統各具特色。聯繫歷史發
　　展看，以北方話為基礎的官話方言音系比較簡單，反映了漢語語音從繁到簡的發展
　　趨勢；南方各大方言音系比較複雜更多地保存了古代語音的因素。

73 廣州客家論壇（http://www.gzkejia.cn）。

綜合上述，可知要具備聲音韻學的知識，才能夠更深入地研究和調查方言和少數民族語言，用前人總結出來的有關音韻方面的理論去說明方言中各種語言現象，這對於了解各方言之間的語言融合情況，都是極有意義的。從此透視出客話的構詞特點與古漢語有相通之處，並非偶然撮合，而是繼承和發展了古代漢語，藉以說明客家話在上古與中古早已形成。

陸　結語

語言是文化的外表，文化是語言的內涵。沒有語言，豐富的文化無從體現；沒有文化，則語言勢將流於單薄貧瘠；二者關係極為密切。是故母語教育絕不能抽離文化的本質，必須植根於本土文化，與鄉土歷史文化教育統整，才能收相輔相成之功。[74]臺灣的語言，有漢語及南島語兩種。屬漢語族的語言包括閩南語、客家話和北方官話三種。語音的發展，具有一定的規律。因此，來自共同祖語的相關語言之間，必然存在或多或少的對應規律。釐清這些對應規律，是探究共同祖語音韻和語音發展脈絡的重要基礎。就實用的角度而言，掌握相關語言間的對應規律，更可以作為相關語言教學的重要參考依據。由於方言種類的繁多，加上對應層面的廣泛，因此漢語相關語言間的字音對應規律研究，是一個浩大的工程。利用現代資訊科技，可以讓我們更有效率的處理這些課題。掌握了雙語（方言）之間的對應規律，就可以應用在第二語言的學習，以達到以簡馭繁的學習效果。[75]

---

74 參見張美煜著：〈淺談多元語文教育中的客語教學〉，《教師天地》第131期（2009年7月9日），頁15。

75 參見駱嘉鵬著：〈漢語方言、普通話與古漢語學習的交互運用──從現代華語、閩南話與中古漢語的聲母對應規律談起〉，《馬來西亞華語國際學術研討會論文集》（2009年），頁1。

　　從客語釋音探討朱熹《論語集註》的語言現象，讓我們了解客家方言的主要特徵為：1.客家話的字音，讀為送氣音的比較多。2.客家話中有一些輕唇字唸為重唇，表現了「古無輕唇音」的現象。3.中古的知組聲母字在客家話中已大多數變為舌尖塞擦音，也就是合入精、章組中，和精、章組讀同樣的聲母。但仍有少數的字保留舌頭音的讀法，如知字。這種讀法，反映了唐宋以後的讀音。4.中古曉、匣母合口字在客語唸為ㄈ聲母。客家話中有一個豐富而複雜的韻母體系，它保持著中古漢語中存在的「m、n、ng、p、t、k」六種韻尾，相當整齊。這也是客家話保存中古語音特點的一種表現。

　　客家人的祖根意識特別渾厚，他們認為客家話是他們南遷的祖先從中原古代漢語傳承下來的，永遠不能忘，忘了它就等於忘掉了老祖先，忘了客家的根。他們把客家方言同客家的祖根聯繫在一起，因此才有了「寧賣祖宗田，不忘祖宗言」的遺訓。所以客家諺語上說：「家鄉水甜入心，十年不改舊鄉音。」表現了客家人飲水思源，能夠尊重祖先及保留慎終追遠的美德。客家話語的推廣，多年來備受爭議的就是客語漢字書寫問題，以及採用音標的注音問題。由於客語之多元，於不同腔調間，因發音不同，用字也隨之改變，令學習者產生莫衷一是的感覺。早在唐朝，韓愈就意識到文字的傳載作用，提出「讀書宜略識字」。清人更是將這一思想深化，強調「讀書貴先識字」。這裡所說的識字，重在了解漢字形、音、義的關係。清李慈銘《越縵堂讀書記》：「文字所常用，制度所常著，有習見而人猝然不能辨者。」因此要結合文字、訓詁等知識，講清常用字詞的原委，才能夠激發青年學子學習客語古文的興趣。首先要堅持「古為今用」，避免脫離現實。闡發古人思想精華，使文言文貼近現實實際生活，其次要堅持循序漸進，避免揠苗助長，結合字詞、課文，講一些有關文言文的語音、文字、語法、古代文化等方面的常識，兩者相結合，以提升學習客語的動力，讓客語與客家文化傳承到千年萬代。

參考文獻

一 古籍（依時代先後排序）

1. 〔北齊〕顏之推著 蔡宗陽新編 《新編顏氏家訓》 臺北市 國立編譯館 1992年
2. 〔唐〕陸德明著 吳承仕疏證 《經典釋文序錄疏證》 北京市 中華書局 2008年
3. 〔宋〕朱 熹 《四書章句集註》 臺北市 鵝湖出版社 1998年
4. 〔宋〕陳彭年等著 《新校廣韻》 臺北市 洪葉文化事業公司 2007年
5. 〔明〕陳 第 《毛詩古音考》 臺北市 廣文書局 1977年
6. 〔清〕劉寶楠著 高流水點校 《論語正義》 北京市 中華書局 1990年

二 近人論著（依作者姓氏筆劃排序）

1. 古國順 《臺灣客家語記音訓練教材》 臺北市 政院客家委員會出版 1997年
2. 李約瑟 《中國科學技術史》 上海市 上海科學普及出版社 2000年
3. 楊時逢 《臺灣桃園客家方言》 臺北市 中央研究院歷史語言研究所單刊甲種之22 1957年
4. 古國順、羅肇錦等 《臺灣客語概論》 臺北市 五南圖書出版公司 2005年
5. 羅肇錦 《臺灣的客家話》 臺北市 臺原出版社 1990年
6. 羅香林 《客家研究導論》 臺北市 南天書局 1992年

7. 羅肇錦　《客家話的字詞與音義析論》　臺北市　洪葉文化事業公司　1998年

8. 羅肇錦編　《臺灣客家族群史》【語言篇】　臺北市　臺灣省文獻委員會編印　2000年

9. 濮之珍　《中國語言學史》　臺北市　書林出版公司　1994年

10. 何石松、劉醇鑫編　《現代客語實用彙編》　臺北市　北市客委會　2002年

11. 謝永昌　《梅縣客家方言志》　廣州市　暨南大學出版社　1994年

12. 羅勇、林曉平、鍾俊昆主編　《客家文化特質與客家精神研究》　哈爾濱市　黑龍江人民出版社　2006年

三　單篇論文（依作者姓氏筆劃排序）

1. 古國順　〈多音字的來源及種類〉　臺北市立大學上課講義

2. 何大安　〈「濁上歸去」與現代方言〉　《中研院史語所集刊》第五十九本　1988年

3. 竺家寧　〈論近代音研究的方法、現況與展望〉　《漢學研究》第18卷特刊　2000年12月

4. 朱漢民　〈朱熹《四書》學的詮釋方法〉（二）　國際儒聯網

5. 姚榮松　〈中華文化史的新視界——蘇（蘇清守）《人生基本活動語詞彙釋》一書讀後〉

6. 張美煜　〈淺談多元語文教育中的客語教學〉　《教師天地》第131期　2009年7月

7. 駱嘉鵬　〈漢語方言、普通話與古漢語學習的交互運用——從現代華語、閩南話與中古漢語的聲母對應規律談起〉　《華語國際學術研討會論文集》　馬來西亞　2009年

8. 謝職全　〈新竹新豐四海話小稱詞尾的應用〉　「中央大學第八屆

國際客方言研討會」　桃園縣　中央大學　2008年11月
22、23日

9.韓振飛　〈贛南的客家文化事象解析〉　收入羅勇、林曉平、鍾俊
昆主編　《客家文化特質與客家精神研究》　哈爾濱市
黑龍江人民出版社　2006年3月

10.鍾吉雄　〈與國語比較談四縣客家語的語音特色〉

11.謝豐帆、洪惟仁　〈古次濁上聲在現代客家話的演變〉　《臺灣語
言及其教學國際研討會論文集》　2005年

12.許寶華、詹伯慧　〈漢語方言〉　北京市　北大中文論壇　2006年
3月8日

四　網路資源

1.〈論客家方言的斷代及相關音韻特徵〉　北大中文論談網（www.
literature.idv.tw　/bbs/read.php?tid=5521）

2.張凱揮　〈客語及其次方言介紹客語及其次方言介紹〉（club.ntu.
edu.tw/~hakka/about/hakintro.htm）

3.廣州客家論壇（http://www.gzkejia.cn）

4.〈客家話與古漢語的關係〉（www2.nknu.edu.tw/thakka/item05/c5_21.
htm）

第五章
臺灣客家文學風情觀初探

摘要

　　打開與探索的過程，讓後代子孫感受到「發現的歡喜」與「懷舊的感傷」。走過臺灣客家文學的蹊徑，我們尋根探源，不僅見到臺灣客家傳統文化「宗廟之美，百官之富」的堂奧，更了解到傳統文化與先民的生活經驗相輔相成，具有發皇歷史、綿延民族命脈的功能。客家先民到處飄泊，四處為客，走進傳統客家村莊的四合院，腦海深處頓時有先民的跫音，在耳畔迴響著。追溯先民在臺灣開疆拓土的跫音，像輕叩窗櫺的細雨，不斷撥動著每個鄉親的心弦，他們用全部的生命，來耕耘家鄉這塊土地。他們猶如「燃燒自己，照亮別人」的燭光，照亮臺灣的光明遠景，使我們可以在自由的天地馳騁；在文化的鄉土上，游息流連，安身立命。

　　本論文以臺灣客家文學中的詩歌、山歌、諺語為觀照對象，分別敘述桐花情、茶山情、耕讀情、客語情、鄉土情、美食情、民俗情等七種客家風情，一道感情的洪流，撞擊人們顫動的心扉，幻化成「人生有情淚霑臆」的生動故事；他們奮鬥努力的悲歡歲月，又像涓滴不停的細流，流入鄉親的心扉深處，讓思鄉思親的愁懷，凝結成感人肺腑的詩篇。尼采說：「生活的意義，便是把人生中各種遭遇化為火光。」身為客家人，不可不知客家事。先民們辛勤的耕耘，豐足我們的衣食，為我們編織絢爛的未來；先民們在這塊土地上披荊斬棘所流的血汗，灌溉了臺灣的沃野，潤澤了臺灣純樸的鄉土文化。因此引發

個人寫作之動機，及一發思古之幽情。緬懷千古，和創業艱辛的先民
心志相通。

關鍵詞：桐花情　耕讀情　客語情　鄉土情　美食情

壹　前言

　　時間是亙古的傾聽者，一個回眸值得一世的等待，在山巔水涯，四季的嬗遞，見證客家先民的辛勞。踏過歷史的軌跡，先民們胼手胝足，深入窮鄉僻壤墾殖田園，在無邊的綠色大地，一畦畦的稻田，一樹樹的茶園，伴隨著先民成長。日出而作，日入而息，鑿井而飲，耕田而食。寒來暑往，日復一日，他們翹首雲天，默默不語，即使「鋤禾日當午，汗滴禾下土」，也毫無怨言。金黃色成熟的稻穗迎風搖曳，看在先民們的眼裡，不禁流露出欣慰的笑容，經年累月的辛勞，頓時化為雲煙。

　　追溯先民在臺灣開疆拓土的跫音，像輕叩窗櫺的細雨，不斷撥動著每個鄉親的心弦，他們用全部的生命，來耕耘家鄉這塊土地。一道感情的洪流，撞擊人們顫動的心扉，幻化成「人生有情淚霑臆」的生動故事與傳唱的歌謠；他們奮鬥努力的悲歡歲月，又像涓滴不停的細流，流入鄉親的心扉深處，讓思鄉思親的愁懷，凝結成感人肺腑的詩篇與生活經典的諺語。本論文以臺灣客家文學中的詩歌、山歌，諺語為觀照對象，分別敘述桐花情、茶山情、耕讀情、客語情、鄉土情、美食情、民俗情等七種客家風情，潤澤了臺灣純樸的鄉土文化，讓客家文化能夠永遠傳承下去。

貳　臺灣客家文學的定義與內涵

　　開啟臺灣客家文學的堂奧，由日治時期的日文寫作到華文寫作，歷經民間鄉土文學、古典文學、現代文學三個階段，其中所呈現的時代風格、族群意識與生活情境的描寫，是客家人在長期的人生經驗與歷練過程中，逐漸累積、創造而成，是耐人探索與玩味的。

一 臺灣客家文學的定義

臺灣客家文學顧名思義，是指生活在臺灣的客家人所創造的文學而言。羅肇錦教授在〈何謂「客家文學」〉中說：

> 舉凡創作時用客家思維（包括用客家話寫作；或部分用客家特定特有詞使用客家話，其他用國語，都是客家話思維的創作），而寫作時情感根源不離客家社會文化，這樣的作品就是「客家文學」。[1]

又說：

> 一個客家人自然表達的語文形式是「國語」，且字裡行間可以看出是以客家話來思考，所寫的又都是與客家事物有關，那麼這類作品也應當歸入「客家文學」。[2]

鍾肇政先生在〈客家文學是什麼〉中說明臺灣客家文學的定義，臚列如下四點：

> 一、任何人種或族群，只要擁有「客家觀點」或操作「客家語言」寫作，均能成為客家文學。
>
> 二、主題不以客家人生活環境為限，擴充為臺灣的或全中國的

1　參見黃恆秋編：〈前揭書〉，《客家臺灣文學論》（苗栗縣：苗栗文化中心，1993年），頁9。

2　參見羅肇錦：〈何謂客家文學〉，收入《客家歷史文化縱橫談》（南寧市：廣西教育出版社，1993年），頁189。

　　或世界性的客家文學，均有其可能性。

三、承認「客語」與「客家意識」乃客家文學的首要成分，因
　　應現實條件的允許，必然以關懷鄉土社會，走向客語創作
　　的客家文學為主流。

四、文學是靈活的，語言與客家意識也將隨時代的腳步而變
　　動，所以不管使用何種語言與意識型態，只要具備客家史
　　觀的視角或意象思維，均是客家文學的一環。[3]

　　從上述二位學者專家的引文可知，「臺灣客家文學」是以徙居臺灣的客家人，在臺灣三百多年來的臺灣經驗為軸心、發展出來的文學作品，都屬於臺灣客家文學的範疇。這裡沒有族群的問題，他可能是客家人，也可能是福佬客、客福佬或其他族群的人所寫的作品，也可能是以客語或其他的語言書寫的。葉石濤提出：「沒有土地，哪來文學」的觀點[4]，土地是臺灣客家運動反思的起點，以臺灣的土地為基點的思考，就是臺灣客家人的思考。所以，「臺灣客家文學」的定義，它可以往上伸展到客家民間文學的在地化、本土化、臺灣化，也可以延伸到所有客家作家或非客家作家，存在作品裡的客家意識。[5]正說明了「臺灣客家文學」的涵義是寬廣而周延的。

3　參見鍾肇政：〈客家文學是什麼〉，收錄於黃恆秋著：《臺灣客家文學史概論》（：客
　　家臺灣文史工作室，1998年），頁1。

4　參見葉石濤：《沒有土地哪有文學》（臺北市：遠景出版社，1985年）：「只要臺灣文
　　學能繼續有力地反映臺灣居民的共同意願，描畫了臺灣居民豐富又深刻的人性，不
　　背叛臺灣居民的抵抗精神，那麼臺灣文學始終能茁壯地繼續生長，踏入世界文學之
　　林。這真是沒有土地，哪來文學呢？」

5　參見陳寧貴：〈臺灣客家文學的定義和範圍〉，（http://lit.hakka.gov.tw/_gcomment/gcom
　　ment03.htm）。

二　臺灣客家文學的發展

　　客家文學在臺灣的發展，源遠而流長。臺灣客家族群有不同的客家腔調，儘管日本據臺五十年（1894-1945），客家人之語言、文化仍然傳承著，許多客家人對「原鄉和文化」仍聚有根源意識。[6]中華民國政府收回臺灣後，以光復大陸為首要國策，一面戮力於臺灣的經濟政治建設；另一方面又戮力於推動臺灣「中華文化」的教化政策，把臺灣視為中華文化之正統繼承者，再次將漢人傳統文化源源不斷的輸入臺灣。此一時期，臺灣許多客家人開始發展漢文學中的客家文學，如民國三十六年（1947）由廣東梅縣來臺的謝樹新，在苗栗創辦《中原》雜誌；民國六十二年（1973）鍾壬壽編輯出版的《六堆客家鄉土誌》；民國六十四年（1975）邱秀強、邱尚堯編輯出版《梅州文獻》；陳運棟在民國六十七年（1978）出版的《客家人》。這些客家人的作品、內容上都是書寫與傳承客家意識，期間有關客家民間文學、客家籍文學家的介紹相當多；也有不少新的具有客家意識的文學作品創作產生。[7]

　　根據彭瑞金（1947-）〈從族群特性看客家文學的發展〉一文指出，「客家文學」一詞出現在臺灣文學界，就得追溯到西元一九八二年張良澤受紐約「臺灣客家聯誼會」邀請，演講〈臺灣客家作家印象記〉時，提到「客家文學」一詞，他口中「客家文學」，所指「客籍作家作品」，列舉龍瑛宗（1911-1999）、呂赫若（1914-1951）、吳濁流（1900-1976）、鍾理和（1915-1960）等四十位客籍作家參與或活躍

6　參見劉煥雲、黃尚煒、張民光：〈臺灣客家文學與客家學之發展研究〉，《文學新鑰》第5期（2007年），頁57。

7　參見劉煥雲、黃尚煒、張民光：〈臺灣客家文學與客家學之發展研究〉，《文學新鑰》第5期（2007年），頁58。

於日治時代的臺灣文壇。[8]因此，自日治時代以降，龍瑛宗的短篇、吳濁流的《亞細亞的孤兒》鍾理和的《笠山農場》、鍾肇政（1925-）的《臺灣人三部曲》、李喬（1934-）的《寒夜三部曲》、杜潘芳格（1927-）的詩作，不僅是臺灣客家文學的入門書，也是「經典」。[9]這些客籍作家的文學作品，蘊涵豐厚的客家意識，更是推動臺灣客家文學發展的源頭活水。

三　臺灣客家文學的類型

「臺灣客家文學」是生活在臺灣的客家人所創造的文學定義而言，書寫的範圍，可以略分為：「臺灣客家民間通俗文學」及「臺灣客家創作文學」二大類。

（一）臺灣客家民間通俗文學

有下述幾個面向[10]：

1 歌謠

山歌詞、民謠、童謠、兒歌、勸世歌。

2 民間故事

傳說故事，歷史掌故。有取材於歷史人物事件者，有為達勸俗諷世目的編造之故事，也有為憑添生活趣味之傳奇，客人所謂之「講古」。

8　參見王幼華：〈闡釋、發展與推廣——臺灣的客家文學〉，「文化創意產業行銷國際學術研討會」論文（苗栗縣：聯合大學舉辦、苗栗縣文化局委辦，2006年11月）。

9　參見彭瑞金：〈臺灣客家文學素描〉，（archives.hakka.gov.tw）客庄主題。

10　參見彭瑞金：〈臺灣客家文學素描〉，（archives.hakka.gov.tw）客庄主題。

3 俗語文學

有俚語、諺語、謎語（鈴仔），歇後語（師傅話）、笑話、聯語（四句）、白頭帖（大字報）、禱詞（即請神文）、對仔（對句）、燈謎、花燈詩等。

4 戲文（劇本）

傳仔（即客家人的說唱藝術）、採茶戲文、戲棚頭（俗稱敲仔板，即採茶戲裡之口白）。

從上述分類，可見客家先民，傳承客家獨特的文化，將豐富的生活經驗，與客家族群勤儉樸實的特質，經由智慧的結晶，運用客家語言，寫成啟人深省與教育意涵的民間通俗文學，這些作品，幾經社會的變遷、政治的更迭，仍是歷久不衰。

（二）臺灣客家創作文學

根據羅肇錦教授的研究，臺灣客家文學書寫性質，可區分為二大類：[11]

1 傳統漢文文學

包括：詩歌、散文、傳仔、山歌、民間故事、童謠、諺語、古漢文書……等。傳統漢文文學的時限，始自清代以來以漢字書寫流傳在臺灣客家族群的山歌、採茶戲文、童謠、諺語、民間故事……等等。這些具有獨特色彩的書寫內容，最能代表客家族群的特色。

---

11 參見羅肇錦：〈民間文學的選項與客家〉，《客家文化月第一屆臺灣客家文學研討會論文集》（苗栗縣：苗栗縣文化局，2001年），頁28。

2 現代客家文學

包括：口語客家詩、山歌、散文、小說、戲劇、說唱藝術等。客家人參與臺灣新文學運動的情形，包括客籍作家在臺灣新文學運動扮演的角色，作品呈現的客家特質等。

綜上所述，可知臺灣客家創作文學，承繼了傳統的漢文化，又融合現代的新文化，與新的詞彙用語，使得臺灣客家創作文學的內容，展現新的風貌與獨特的客家特質。

參　臺灣客家民間文學所蘊涵的風情觀

傳統的臺灣客家民間文學，其情感根源不離臺灣社會文化，不會因為它的庶民性格，或屬於俚俗文化，而讓部分人認為客家文學難登大雅之堂，它們都具有深厚的客家文學價值。[12]本篇論文是以臺灣客家文學——山歌、諺語、詩歌為觀照對象，分別敘述桐花情、茶山情、耕讀情、客語情、鄉土情、美食情、民俗情等七種客家風情，如下：

一　桐花情

客家桐花祭活動緣起二〇〇二年，於苗栗縣公館鄉北河一處桐花林蔭下之百年伯公石龕設壇，本會以客家族群過去在山林間賴以維生的香茅油、樟腦、木炭、番薯、玉米、生薑、茶……等向土地、山神、天神祝禱祭告，一方面是對山林大地的感激與崇敬，一方面也提醒依偎山林而居的客家子弟再造鄉土與人文的榮景，因此每年桐花祭

---

12 參見劉煥雲、黃尚煒、張民光：〈臺灣客家文學與客家學之發展研究〉，《文學新鑰》第5期（2007年），頁64。

的舉行，於開幕活動期間以簡單祭儀精誠致意，以蘊涵客家文化傳統、蕭穆、潔淨、虔誠、祈福的精神，故以「祭」字為用，而策劃了「客家桐花祭」這個活動。[13]〈桐花詩〉，是新竹教育大學范文芳教授以簡練貼切的客家語文，描寫懷鄉的作品，意象鮮明生動，耐人尋味。

> 三四月間，油桐開花，花白如雪；
> 八九月間，油桐落葉，葉黃如土；
> 阿爸在世，滿山種桐，桐子商人買；
> 阿爸過身（去世），滿山桐花，桐花詩人惜
>
> ——范文芳〈桐花詩〉

每次吟誦這首〈桐花詩〉，腦海深處就洋溢著先民們辛苦種植油桐樹的情景；桐花迎風搖曳，以雪白的芳姿，訴說著客家人顛沛流離的前塵往事，讓後代子孫興起無限的懷想與悲憫的情懷；「梧桐一夜落，天下盡知秋」，讓我們更能夠深刻的體會到桐花飄落地上，揮灑出「質本潔來還潔去」的形貌，令人萬分疼惜。就如同先民們無力改善周遭環境，而產生萬般無奈的感傷與落寞情懷。在臺灣的春末夏初，油桐花妝點滿山的白，不僅憑添大自然的詩情畫意，更委婉道出客家人勤勞開墾山林，堅忍剛毅，共生共存的歷史軌跡。當油桐子豐收時，就賣給商人以改善家裡的經濟；在〈桐花詩〉中，描寫父親杳如黃鶴時，桐花迎風搖曳，依舊佇立在大地上，令人不禁興起「樹欲靜而風不止，子欲養而親不在」的悲嘆。

「桐樹開花白過雪，可比青山著衣裳」，這兩句詩描寫了桐花盛開的景象，雪白的美麗芳蹤，更展現了客家村清幽寧靜的純樸風華。回溯到日據時代，由於桐木質硬體輕，適用於製成木屐、抽屜，而桐

---

13 參閱行政院客委會桐花主題館網站（http://tung.hakka.gov.tw/Tung/）。

子油則是防水塗料、油漆的主要原料，因此日本人鼓勵苗栗地區客家聚落的居民，以種植油桐樹為產業經濟的原動力。在不斷的努力耕耘下，滿山遍野的油桐花，妝點了客家族群樸實的生活；桐子油增添了客家族群的生產經濟，這一切努力的背後，卻是流下無數的血汗與清淚換來的。而桐花祭更成為客家文化的傳統指標，因此二〇〇二年開始，由行政院客家委員會的大力推動，「客家桐花祭」成為跨縣市的民俗活動，桐花祭活動的主要區域以臺三線沿線的歷史為主軸，使文化創意與產業結合，更讓每位參與桐花祭的人們，油然而生思古的幽情，以及血濃於於水的鄉情。

二　茶山情

　　勞動的形象是客家婦女的一大特色，北臺灣的客家聚落分布地區，其代表性的產業，如：新竹的茶業、苗栗地區的蠶絲業及帽蓆業，客家婦女投入相當多的人力。在農村工業化前，這些產業也為過去的客家婦女——農村中的隱藏性失業人口提供很好的工作機會，客家婦女經濟能力與經濟地位也隨之改變。[14]黃振南的〈客家山歌〉這首山歌所描寫的內容，可以說是臺灣早期客家婦女一生的寫照。

> 勤儉姑娘，雞啼起床。梳頭洗面，先煮茶湯。灶頭鍋尾，光光端端。煮好早飯，剛剛天光。灑水掃地，擔水滿缸。吃完早飯，洗淨衣裳。上山撿柴，急急忙忙。紡紗織布，唔離房間。唔言是非，唔敢荒唐。愛惜子女，如肝如腸。有米有麥，曉得

---

14 參見何素花：〈採茶婦女——客家勞動婦女的一個面相〉，收入賴澤涵主編：《客家文化學術研討會論文集——語言、婦女、拓墾與社區發展論文集》（臺北市：行政院客委會出版，2002年），頁495-534。

留糧。就無米煮，耐雪經霜。撿柴出賣，唔蓄私囊。唔怨丈
夫，唔怨爺娘。此等婦人，正大賢良。人人說好，久久留芳。
——黃振南〈客家山歌〉

轉載自范姜明華教授作品

　　從嫁作人婦開始，就像兩頭燒的蠟燭，清晨在天剛破曉時分，就
要離開溫暖的被窩，到廚房準備全家人的早餐，打理好廚房的工作，
就要灑掃庭除，餵食家禽、家畜。然後背著一竹籃全家人換洗的衣
服，到溪邊或河邊洗滌衣服，在此起彼落的擣衣聲中，夾雜著婦女們
叨叨絮絮的話語家常，以舒緩一下緊繃的心弦，這種場景也是客家村
莊中與眾不同的風貌。如果遇到「春耕、夏耘、秋收、冬藏」的農忙
時期，也要加入田園的工作。在農閒的時候，就要上山砍柴，捆綁成
一個個的草結，以方便大灶生火使用。

　　客家人從大陸輾轉遷徙來臺，大半住在靠山的窮鄉僻壤，除了種
田外，另一項謀生的方式，就是在蜿蜒起伏的山坡上，種植了一簇簇
的茶樹。每當收成時，婦女們頭戴著斗笠，穿梭在茶樹間，彎著腰以
專注的眼神，俐落靈活的雙手採摘著嫩綠的茶葉，丟入背著的竹簍
內。她們與大地一起呼吸，隨著時間的沉浮，不曾流露出絲毫的悲

情，取而代之的是吟唱著客家山歌，高亢嘹亮的歌聲，如空谷回音，在山坡上盤旋著、盤旋著，到了夕陽餘暉映照在茶樹上，婦女們才拖著疲憊的身軀踏向回家的路上。

　　客家諺語：「學會三尾好嫁人。」客家話，三尾指「針頭線尾」、「灶頭鑊尾」以及「田頭地尾」。意即女孩子未出閣前，在父母家，必須先學會三尾。將來嫁人後，首先要先能夠縫補衣裳、繡花做鞋等女紅。其次還能夠燒火煮飯，烹調膳食等事。再次，也要能夠操作農事，鋤田耕種等。三尾學好，便是好兒女之謂[15]。正說明了客家婦女具備了傳統賢淑的美德，是勤勞節儉、任勞任怨的典型。她們成功的扮演為人母、為人妻、為人媳的稱職角色，對全家人無怨無悔的付出，猶如春暉般耀眼迷人，溫暖了全家人的心，更照亮了家庭中的每一個角落。從傳統客家婦女的身上，我們學習到了謹守本分與承擔責任的處世態度，一路走來，始終如一的精神，令人歎為觀止。也慶幸自己身為現代的客家婦女，可以擺脫家庭如此多的枷鎖，更可以努力追尋自己理想的人生目標。

三　耕讀情

　　客家先民，從唐山以赤手空拳飄洋過海到臺灣，進入窮鄉僻壤墾殖荒地，為穩定家族命脈而吃苦耐勞。由於遷移過程中經過千辛萬苦，內憂外患，輾轉飄泊歷經艱困，所到之處地瘠民貧，飽受謀生的艱困，因而養成了「勤儉奮鬥、刻苦耐勞」之精神，並且以「耕讀傳家久，詩書繼世長」的理念，來教導子孫們要認真讀書。客家人的忠義與晴耕雨讀[16]的風範，可以用下述諺語來充分表達。

---

15 參見徐運德編：《客家諺語》（中原週刊出版社，1993年），頁127。
16 參見邱春美撰：《六堆客家古典文學研究》（臺北縣：輔仁大學中國文學研究所博士

一等人忠臣孝子，二件事耕讀傳家。

〈客家諺語〉

　　客家諺語說：「但留方寸地，留與子孫耕。」先民世代以務農為業，每天早出晚歸，耕田又耕圃，做到兩頭烏。所以常常勉勵子孫做事要腳踏實地，做人要光明磊落，並且心存善念來待人接物。人們的心田，猶如農人種植的田地，要經過插秧、播種、除草、施肥等工作，才有豐收的一刻到來。因此人人要好好耕耘心田，讓這塊善心福地，不要受到紅塵的污染，要永遠保持赤子之心，更不可以做傷天害理的壞事，讓心靈的天空更寬廣亮麗。客家諺語說：「為老不尊，教壞子孫。」又說：「樹頭若企乎正，不怕樹尾做風颱。」這些諺語說明上樑不正，下樑歪的意涵。因此為人長輩，要以身作則，教導子孫做人要循規蹈矩，謹守本分，不可以為非作歹。並且規勸子孫做事要心存善念，頭頂青天，腳踏實地，去做好自己分內的工作，不要妄想一步登天，如此吃苦耐勞，盡忠職守，才可以開創璀璨光明的未來。可見先民用善知識引導子孫向光明的人生邁進，使他們在潛移默化中，能夠牢記庭訓，將來長大做個俯仰無愧、堂堂正正的客家人。

論文，2005年1月）：「六堆客家人自古即傳承祖先「晴耕雨讀」的遺訓，文風極盛。在清雍正年間即在內埔（後堆）建造全臺唯一的韓文公廟（昌黎祠）來祭祀；據《鳳山縣采訪冊》記載，清統治期間，鳳山縣屬的舉人有二十八人，六堆士子考中舉人就有二十人、而考中進士的有四人，六堆士子中占有進士三人；其他考上秀才、貢生等更不勝其數，成績十分優異。實受這種敦敦文風影響所致，故提倡延續此命脈，乃每位六堆人士念茲在茲的課題。有些作家已是新文學和漢詩兼創的二世文人。」。

四　客語情

　　語言是文化的載體，文化是族群團體自我認同的核心所在，透過語言，可以了解族群的文化，發現族群的生活智慧、態度、哲學……，因此要保存文化，語言的遺失，將是最大的障礙。根據歷史的記載，客家人不停的遷徙，造就了客家人堅苦、勤儉的生活習性。客家人這種種生活習性，表現在語言裡，這類語句，包括客話成語、客家俗諺、師傅話等，一方面可以了解祖先的生活習性，一方面也是客家人的特色傳承。後代子孫或可領略到其中傳承文化、積極入世、可貫穿時空、化育民心、啟蒙教育、啟發智慧、通曉自然等功能。[17]「寧賣祖宗田，不忘祖宗言。」是客家人琅琅上口的客家俗諺。

　　　　寧賣祖宗田，不忘祖宗言。寧賣祖宗坑，不忘祖宗聲。

　　　　　　　　　　　　　　　　　　　　　——〈客家俗諺〉

　　這句客家俗諺，說明了祖先所遺留下的話語，是最寶貴的文化遺產，也是延續民族命脈的基石。因此，鼓勵每位客家子民，即使遇到山窮水盡的時候，寧可賣掉祖先遺下來的田地，絕對不可以遺忘自己的母語，不但要好好保存，要將它傳承下去，並且加以發揚光大，所以客家諺語上說：「家鄉水甜入心，十年不改舊鄉音。」表現了客家人飲水思源，能夠尊重祖先及保留慎終追遠的美德。

　　客家祖先發源於中原，就是現在的河南及山東西部，河北、山西的南部，陝西東部，地居華廈之中；客家人因幾經戰亂，流離播遷數萬里，歷經數朝代，所到之處聚族而居，始終保留其原有語言、風俗

17　參見林銘嬈：〈從帶有雞·猴的客家俗諺探觸客家人生活思想內涵〉（全球客家經貿平臺，2007年8月12日）。

習慣、未被當地人同化。在臺灣客家人目前所使用的母語，以嘉應州（梅縣）四縣和海陸豐二種腔調為主流，另外有饒平、詔安、大埔及東勢等多種腔調，應用的人較少。在多元化的現代，客家話是延續客家文化的當務之急。根據行政院客家委員會在一九九五年所統計，能將客家話琅琅上口的年輕人比例只有百分之十一點六，這些現象不禁令人憂心不已。有人說住在都會區的客家人，猶如隱形人，出外都說國語或閩南語，不敢說自己的家鄉話，怕被別人笑。長此以往，客家語快被其他語言所同化了，這的確是不容掉以輕心的嚴重問題。身為客家子孫，如何讓客家語復甦，是責無旁貸且刻不容緩的重要工作。

五 鄉土情

　　客家鄉親原係黃河流域中原地區漢民族的一支，因為戰亂避禍，或擴展延續生命的版圖，不得不南遷長江流域。[18]至明末清初兩千多年間，由於內陸人口的膨脹，以及戰亂的因素，輾轉遷徙到廣東中部以及沿海地區，有些更飄洋過海至臺灣北部的桃、竹、苗地區，以及南部的高雄、屏東一帶墾殖荒地。從〈客家本色〉歌詞中，我們能深切體認到客家人離鄉背井，到異鄉打拼的艱辛。

　　　　唐山過臺灣，沒半點錢，剎猛打拚耕山耕田，咬薑啜醋幾十
　　　　年，毋識埋怨。世世代代就恁樣勤遣儉傳家，兩三百年沒改
　　　　變，客家精神莫豁忒，永遠永遠。
　　　　時代在進步，社會改變，是非善惡充滿人間，奉勸世間客家

---

18 參見羅香林：第二章〈客家的源流〉，《客家研究導論》（臺北市：南天書局，1992
　　年），頁64-65。

人，修好心田，正正當當做一個良善的人，就像恩的老祖先，
永久不忘祖宗言，千年萬年。

——涂敏恆〈客家本色〉

這首由涂敏恆先生於一九八九年所創作的客家歌曲，至今仍被大家傳
誦著。內容是描寫客家祖先——「唐山過臺灣」的艱辛過程，不但塑
造了臺灣客家人的內聚力，也開啟了臺灣客家的新視野：面對臺灣多
樣化的自然山川與多元、險惡的族群處境，必須更加落實因地制宜的
「移民本色」，因而得以全然不同於中國原鄉的方式，打造了風貌殊
異的客家新故鄉。臺灣客家先民因地制宜之生存智慧，漸漸發展出來
臺先祖未曾想像的客家新風貌。這首歌奉勸所有客家人要飲水思源，
無論社會如何改變，不要忘記祖先開墾的艱辛，要秉承先人的教訓，
做個良善的人。走過風雨飄搖的動盪歷史，目前全臺灣約有四百多萬
客家人，起初先民都是依山而居，赤手空拳來開創自己的家園，以種
植稻田、茶樹維生，所以養成吃苦耐勞、委曲求全的精神。他們流血
流汗的辛勤耕耘，為後代子孫開闢了安身立命的鄉土家園；一枝草、
一點露的耕讀精神，讓客家文化的薪火能夠永遠傳承下去。

　　客家人安身立命的憑藉是什麼？就是堅忍、勤儉、吃苦、耐勞的
人生哲學。客家人堪稱為最懂得環保的族群，從先民們的生活作息與
飲食習慣，就可以了解箇中真味。從節儉的向度來觀察，他們愛惜資
源與物力，不糟蹋任何可以食用的東西，例如：酸菜、覆菜、蘿蔔
乾、梅干菜……等，因為應景新鮮的青菜吃不完，就把它醃製起來，
不但收藏較久，也可以節省物資，而不會暴殄天物。平日也將洗米的
水、洗菜的水、洗衣服的水，留下來洗碗、澆菜澆花。可見先民生活
簡樸，省吃儉用，不浪費任何可以利用的資源。

六　美食情

　　「逢山必有客」客家族群因山居食材取得不易與惜福的生活觀，研發出各種醬料名菜，除了下飯、易保存外，也盡情利用生活周遭取得的菜蔬水果，隨著年節、四季盛產的山林產物的變化，從菜餚到點心零食，從主食到粄類，創造出客家多元的吃食文化。[19]〈客家勞動歌〉是大家耳熟能詳且充滿和樂與豐收的歌謠。

　　　　挨礱丕泡，打粄唱歌，打著三斤米粄無幾多，

　　　　掇凳人客坐，坐著濃雞糕。……

　　　　　　　　　　　　　　　　　　　──〈客家勞動歌〉

　　「挨礱丕泡」，是說明先民在收割稻穀後，將稻穀碾製成純白的精米，然後磨成米漿，炊製成客家人愛喜愛吃的各種粄粿的勞動過程。挨礱丕泡，打粄唱歌，雖辛苦而快樂[20]，以慰勞大家一年來的辛勞，並且訓勉子弟們「一粥一飯，當思來處不易；半絲半縷，恆念物力維艱。」的道理。農民耕耘雖然辛苦，但卻蘊涵著豐收的喜悅，借著歌聲來傳遞謝天謝地的情懷。在充滿和樂慶祝豐收的客家勞動歌中，大家享受含淚播種，歡呼收割的美好時刻。

　　客家人逢年過節，喜歡用米食來做成各種不同的糕點，來祭拜天地、神明與祖先，例如、過年蒸年糕、發糕表示步步高陞、年年發財；蒸菜頭粿、菜包，取吉祥好彩頭的寓意。清明節祭祖的艾草粄、紅龜粿，來保佑子孫賺大錢。端午節包肉粽、粄粽、鹹粽等，來祭拜

19　文字來源：參閱「客家美食嘉年華」（http://www.ihakka.net/2006food/index.htm）。

20　參見何石松著：〈民俗傳說〉，《客諺一百首》（臺北市：五南圖書出版公司，2003年），頁208。

神明、祖先。中元節以糯米搗成糍粑（麻糬），沾花生粉來食用，非常香甜爽口，令人垂涎三尺。嫁婆新娘、冬至或元宵節都要煮湯圓來宴饗賓客，表示圓滿和樂的意趣。

「鹹、香、肥」一直是傳統客家菜的特色，為了讓菜餚不易腐壞，因此客家人在烹調食物時，習慣加多一點鹽，使菜餚鹹一點，並且可以補充因為勞動時所排出大流的汗，所需要的鹽分。例如、客家人常用的食材：梅干菜、酸菜、覆菜、金桔醬、醬冬瓜、蘿蔔乾、筍乾、豆豉、鹹豬肉等，都是用大量的鹽去醃製的；「香」就是用蔥、薑、蒜泥加上豬油或花生油去爆香，使得青菜更加爽口，例如、鵝腸炒韭菜、薑絲炒大腸，或者用魷魚乾、肉絲、豆腐乾炒蔥的客家小炒；「肥」就是用肥肉來伴煮各種菜餚，例如、梅干扣肉、筍乾炒爌肉、客家封肉等，都是令人齒頰留香的美食。[21]身為客家子弟，感念先民的苦心孤詣，讓我們能夠徜徉在客家美食的天地中，品嚐到如此香甜可口的家鄉味食物，心中洋溢著滿滿的溫馨與濃濃的感激。

七　民俗情

客語因生活而存在，生活使客語更為充實，尤其是在民俗生活，極有意義的年節假日中，可以發現：客語與民族文化緊緊契合，一部人類的歷史，可說是客家語言史，隨時隨地都有客語的真跡，這無畏日炙雨淋的活化石，使客家文化散發其特有的光芒。[22]例如：「天穿日」天穿日是目前極少民族保有此種特殊節日。

---

21 文字來源：參閱「客家美食嘉年華」（http://www.ihakka.net/2006food/index.htm）。

22 參見何石松：〈從客語詞彙看客家文化之內涵〉，《客家語言文字與教育研討會論文集》（臺北市：臺北市民政局，1999年）。

有做無做，聊到天穿過；有賺無賺，總愛聊天穿。

—— 客家俗諺

這首俗諺，是源自上古時代女媧煉石補天的神話故事而形成「天穿日」的節日，客家人至今仍保有這一習俗，為紀念女媧努力不懈的辛勞工作，所以在正月廿日「天穿日」，傳說是：「天穿地漏」的壞日子，經過一整年的奔波辛勞，這一天必須要休息一天，也是全家歡樂休息的日子。記得小時候每次遇到天穿日，媽媽就會煎年糕給我們吃，並且要用平底鍋煎平，以紀念女媧補天的辛勞，表現了客家人敬天法祖的美德。

一莊一俗是客家人耳熟能詳的話語，所謂俗就是民俗，從先民遺留下的文化資料，可以進一步了解各鄉鎮的風俗是什麼？客家民俗在節慶方面，除了傳統中的節慶外，更有獨特的民俗節慶，除了「天穿日」，還有「掛紙」，就是掃墓祭祖的意思。在農曆正月十五日以後，一直到清明節，都可以見到客家人返鄉祭祖的蹤跡，由長輩帶領全家大小，準備了三牲、發粄、紅龜粄、水果等祭品，到祖墳祭拜祖先，有許多家族的「祖塔」，不但供奉血緣相承的五代、四代、三代的祖先，甚且供奉來臺開闢家園的祖先，讓後代子孫了解飲水思源的重要，更要發揚慎終追遠的美德。

肆　結語

回顧從前種種，物換星移幾度秋。在有如萍聚的人生中，尋訪客家風情的歷史扉頁，先民用「喜、怒、哀、樂」譜出的生命組曲，令人有「醲肥辛甘非真味，真味只是淡」的感觸。回首先民向來蕭瑟處，在歲月的更迭，與現實生活的歷練中，所烙印下腳踏實地的履

痕，不禁令我們油然而生懷舊的感傷。傳統客家婦女，一生所扮演含蓄溫婉與世無爭的淒美角色，以及任勞任怨、無怨無悔的精神，恰似澎湃的浪潮，衝擊著人們悸動的心弦，不禁令人感同身受而潸然淚下。驀然回首，這一切歷歷往事，隨著男女平權時代的變遷，已奏下休止符，也漸漸成為客家鄉親塵封的歷史記憶。

追溯先民在臺灣開疆拓土的跫音，像輕叩窗櫺的細雨，不斷撥動著每個鄉親的心弦，他們用全部的生命，來耕耘家鄉這塊土地。他們猶如「燃燒自己，照亮別人」的燭光，照亮臺灣的光明遠景，使我們可以在自由的天地馳騁；在文化的鄉土上，游息流連，安身立命。走過臺灣客家文學的蹊徑，我們尋根探源，不僅見到臺灣客家傳統文化「宗廟之美，百官之富」的堂奧，更了解到傳統文化與先民的生活經驗相輔相成，具有發皇歷史、綿延民族命脈的功能；而現代客家文學應與傳統客家文學融合，二者兼容並蓄，以創造更多元的客家精緻文學，這是每位臺灣客家子民應接受的挑戰。

參考文獻

一 專著書籍（依作者姓氏筆劃排序）

1. 古國順總校訂 何石松、劉醇鑫主編 《客語詞庫》 臺北市 北市客委會 2007年

2. 何石松 《客諺一百首》 臺北市 五南圖書出版公司 2003年

3. 何石松、劉醇鑫編 《現代客語實用彙編》 臺北市 北市客委會 2002年

4. 涂春景 《形象化客家俗語1200句》 臺北市 五南圖書出版公司 2004年

5. 徐運德編 《客話辭典》 苗栗縣 中原週刊社 1992年

6. 陳運棟編 《臺灣的客家禮俗》 臺北市 臺原出版社 1990年

7. 曾喜城 《臺灣客家文化研究》 臺北市 中央圖書館臺灣分館 1999年

8. 黃恆秋編 《客家臺灣文學論》 苗栗縣 苗栗文化中心印行 1993年

9. 葉石濤 《沒有土地哪有文學》 臺北市 遠景出版社 1985年

10. 羅香林 《客家研究導論》 臺北市 南天書局 1992年

11. 羅肇錦 《臺灣的客家話》 臺北市 臺原出版社 1990年

12. 羅勇、林曉平、鍾俊昆主編 《客家文化特質與客家精神研究》 哈爾濱市 黑龍江人民出版社 2006年

二 單篇論文（依作者姓氏筆劃排序）

1. 王幼華 〈闡釋、發展與推廣——臺灣的客家文學〉 「文化創意產業行銷國際學術研討會」論文 苗栗縣 聯合大學舉辦、苗栗縣文化局委辦 2006年11月

2.古國順　〈客語的詞彙特色〉　臺北市立教育大學授課講義

3.何石松　〈從客語詞彙看客家文化之內涵〉　《客家語言文字與教育研討會論文集》　臺北市　臺北市民政局　1999年

4.何素花　〈採茶婦女──客家勞動婦女的一個面相〉　賴澤涵主編《客家文化學術研討會論文集──語言、婦女、拓墾與社區發展》論文集　臺北市　行政院客委會出版　2002年

5.李志丰　〈綠色生活可以是──「晴耕雨讀」〉　《臺灣客家電子報》　2008年12月

6.林曉平　〈客家文化特質探析〉　收入羅勇、林曉平、鍾俊昆主編《客家文化特質與客家精神研究》　哈爾濱市　黑龍江人民出版社　2006年3月

7.林銘嬈　〈從帶有雞、猴的客家俗諺探觸客家人生活思想內涵〉　全球客家經貿平臺　2007年8月

8.南　山　〈論客家文化意識〉　原載《客家民俗》　1986年第3、4期

9.鍾肇政　〈客家文學是什麼〉　收入黃恆秋　《臺灣客家文學史概論》　客家臺灣文史工作室　1998年6月

10.羅肇錦　〈民間文學的選項與客家〉　《客家文化月第一屆臺灣客家文學研討會論文集》　苗栗縣　苗栗縣文化局　2001年

11.羅肇錦　〈何謂客家文學〉　收入《客家歷史文化縱橫談》　南寧市　廣西教育出版社　1993年

12.劉煥雲、黃尚煃、張民光　〈臺灣客家文學與客家學之發展研究〉　《文學新鑰》第5期　2007年6月

三　學位論文（依作者姓氏筆劃排序）

1.邱春美　《六堆客家古典文學研究》　臺北縣　輔仁大學中國文學研究所博士論文　2005年
2.羅秀玲　《鍾理和全集之客語詞彙研究》　新竹市　新竹師院臺灣語言與語文教育研究所碩士論文　2009年

四　網路資源

1.行政院客家委員會（www.ihakka.net/hv2010/january/process.html
2.行政院客委會桐花主題館網站（http://tung.hakka.gov.tw/Tung/）
3.臺灣文學網　〈臺灣俗諺〉　臺灣文學網址（web.pu.edu.tw/~chinese/txt/epaper/94epaper.../a01.htm）
4.客家美食嘉年華（http://www.ihakka.net/2006food/index.htm）
5.陳寧貴　〈臺灣客家文學的定義和範圍〉（http://lit.hakka.gov.tw/_gcomment/gcomment03.htm）
6.彭瑞金　〈臺灣客家文學素描〉（archives.hakka.gov.tw）客庄主題

第六章
從堂號與宗祠聯語探究臺灣客家文化的蘊涵
——以新竹縣湖口鄉張昆和宗祠為例

摘要

　　中華民族的姓氏源遠流長，數量繁多，古今姓氏達一萬多個，這些姓氏歷經數千年的傳承與發展，血緣相續，薪火相傳，成為中華民族團結的根源，更是後代子孫尋根溯源的基石。木有本、水有源，木本水源是說明每一姓氏發祥的過程，也是每個子孫慎終追遠的根據。數千年來，歷經朝代的更迭、自然環境的發展、社會結構的變遷，即使在海角天涯，中華民族沒有一家忘了他們的根源。這種倫理精神的凝結，深受「堂號」的催化影響。每個姓氏都以堂號、宗祠聯語敘述著宗族的源起與衍播，更是凝聚宗族團結的原動力。我們尋根探源，不僅見到臺灣傳統客家文化「宗廟之美，百官之富」的堂奧，更了解到傳統文化與先民的生活經驗相輔相成，具有發皇歷史，綿延民族命脈的功能。隨著二十一世紀科技文明的日新月異，臺灣客家文化的保存與發揚，已面臨嚴峻的挑戰與考驗。幸好臺灣的客家族群，仍肩負著傳承歷史文化的使命，他們用全部的生命，來耕耘家鄉這塊土地，潤澤了臺灣純樸的鄉土文化。本論文透過文獻史料的搜集、考證資料，探究新竹縣湖口鄉張昆和宗祠堂號聯語、家族史的風貌，進而闡述客家宗祠堂號聯語的文化意涵，並期望藉著相關內容的研究與文獻

探討，使年輕的一代也能緬懷千古，了解臺灣客家文化的蘊涵。

關鍵詞：新竹縣湖口鄉　張昆和　宗祠　堂號　聯語

壹　前言

　　宗祠即是祠堂，是供奉祖先和祭祀的場所，更是凝聚宗族團結的象徵。宗廟制度產生於周代。上古時代，士大夫不敢建宗廟，宗廟為天子所專有。《禮記》〈王制〉記載：「古代天子建七廟，諸侯五廟，大夫三廟，士一廟。」宋代朱熹提倡家族祠堂，每個家族建立一個奉祀高、曾、祖、禰四世神主的祠堂四龕。為保持祠堂的整潔和香火有期，各家族對宗祠都有一套管理規則。宗祠體現宗法制家國一體的特徵，歲時節慶由族長率領族人共同祭祀祖先。在中國傳統的民族文化裡，宗祠文化是一項不可蔑視的姓氏宗族文化，宗祠成了宗族拜阿公婆（祭祀先祖）、舉辦宗族事務、修編宗譜、議決重大事務的重要場所，所以，客家人又稱「宗祠」為「公廳」。

　　「堂號」乃是中國姓氏的一大特徵，盱衡世界各國，無一民族有此特徵。但是此一特徵卻逐漸在消失，如今在中華民族各族群當中，保留「堂號」最完整的只剩下客家人與閩南人而已。至於「堂號」是怎麼來的呢？據說是先民們為了記載自己姓氏發源而設的標誌。客家人從中原南遷的歷史應該可以追溯到秦始皇時代，不過一般認為大量南遷是在東晉元帝時代，即西元三一七年（五胡亂華）之際，以及南宋淪亡之後。先到安定地區的客家人在自己的中堂掛上「堂號」，使晚到的移民可以辨認自己的宗親，以便得到暫時的照顧。久而久之，「堂號」自然變成了姓氏宗親聯誼的媒介。不過由於通婚、遷移等因素，並非所有姓氏只用一個「堂號」，有的姓氏在不同地區可能有幾個「堂號」。[1]客家人家屋門楣上常見的「堂號」代表了家族的源流。

1　百家姓堂號的來源，取自：（http://tw.myblog.yahoo.com/History-Bell/article?mid=433 &prev=437&next=385）。

筆者身為張家的媳婦，不可不知張家事，因此期許自己能深入探究新竹縣湖口鄉張昆和堂號、宗祠聯語的意涵，讓後代子孫能夠飲水思源，而不會數典忘祖。

貳　新竹縣湖口鄉張昆和宗祠堂號與聯語的源流

　　「堂號」為我國各姓氏早期祖先發祥之地，是各氏族根源之標記，亦有因先祖之德望、功業、或取義吉利祥瑞、或取義訓勉後人奮發向上，所以堂號不全屬郡望，但今日臺灣地區所見堂號，絕大多數就是郡號。傳統上「堂號」的產生多半以早期中原地區「郡號名稱」為基礎演變發展而成。本文舉新竹縣湖口鄉的張昆和宗祠的堂號與堂聯為例，並敘術其源流。

一　張姓源流

　　根據臺灣省新竹縣湖口鄉張昆和派下族譜考所記載，張家的先祖由來，如下：

東漢應劭《風俗通》一書指出：

　　張、王、李、趙等四大姓，為黃帝賜姓。

宋朝歐陽修、宋祁《新唐書》〈宰相世系表〉曰：

　　張氏出姬姓，黃帝子少昊青陽氏第五子揮為弓正，始製弓矢，

子孫賜姓張氏。[2]

清乾隆朝重修《張氏族譜受姓淵源考》：

張氏出自黃帝軒轅氏，生少吳金天氏，又號青陽氏，第五子揮
始製弓矢，官為弓正，主祀弧星，世掌其職，賜姓張氏。[3]

從上述文獻可知，揮為張氏得姓祖，其得姓實因為官名之「弓正」，
亦稱「弓長」，其後人以官名二字合一，遂成張氏。《說文》：「張，施
弓弦也」，說明揮的得姓與發明弓矢、弓弦有密切關係，這也是不容
懷疑的歷史事實。根據古書上記載黃帝的孫子揮創製出弓箭，這在當
時對社會確實有很大貢獻，因此被賜姓張。由黃帝直接傳下來的張
姓，最初的發源地，是在現在的山西省太原一帶。[4]張家後代子孫茁
壯成長，在各行各業均有優秀表現。

新竹縣湖口鄉住有兩張，由於血統不同，避免混淆，分稱字號，
北勢張號稱「六和」，波羅汶張號稱「昆和」。[5]「昆和」即以團結合
作為家訓，期勉後代子孫，兄弟間要發揮手足之愛，和睦相處，團結
合作，共存共榮。[6]緬懷張家先祖，從一世的揮公，一脈相承到十四
世善文公，飄洋過海，從原鄉來臺灣開創基業，他們奮鬥努力的悲歡

2　〔宋〕歐陽修、宋祁撰：〈宰相世系表〉，《新唐書》（臺北市：鼎文書局，1987年），
　　卷72下，表第12下，頁2675。

3　取自：中華姓氏大觀園（blog.hexun.com.tw/）。

4　參見張秋滿、張錦謹主編：《張氏族譜》（新竹縣：張昆和宗親會，1997年8月），頁
　　4。

5　張昆和祭祀公業編印：《認識客家原鄉及先祖移民史與近代史》（新竹縣：張昆和祭
　　祀公業編，2015年），頁22。

6　張昆和祭祀公業編印：《認識客家原鄉及先祖移民史與近代史》（新竹縣：張昆和祭
　　祀公業編，2015年），頁25。

歲月，又像涓滴不停的細流，流入鄉親的心扉。歲月悠悠，至今以傳承至二十一世，後代子孫應該要飲水思源，並常懷感恩的心，來發揚祖德，讓張昆和之德業風華再現。

新竹縣湖口鄉張昆和公廳

二　張姓堂號源流

張氏的堂號，流傳至今有二說：一是「清河堂」，一是「金鑑堂」。

（一）「清河堂」

清河指的是今天河北省的清河縣及山東省清平縣一帶，漢朝時設清河郡。

關於河北清河張氏，從郡望的角度講，它確實是張氏族中聲望最高，影響最大的一支，但從張氏族系發展、演變的角度講，它卻是枝而不是根，是流而不是源，因此不能說它是最早的郡望。

《新唐書》〈宰相世系表〉記載：

> 清河東武城張氏。本出漢留侯良裔孫司徒歆。歆弟協字季期衛
> 尉，生魏太山太守岱，自河內徙清河。[7]

按張歆為張良十一世孫，張岱為張良十三世孫。張岱由河內遷至清
河，已是三國曹魏時期，這當然說不上是張姓中最早的郡望。據此可
知，河北清河張氏，只是張氏族姓中張良系的分支。但在這一分支中
北魏以後人才輩出，高官榮爵代不乏人。張岱十一世孫張文瓘在唐高
宗朝任宰相，張岱十二世孫張錫在武則天、韋后當政時，兩任宰相，
清河張氏遂成為張氏族姓中的望族，其後人遂以「清河世澤，唐相家
聲」（清河張氏堂聯）相標榜，成了最為顯赫的郡望。

（二）「金鑑堂」

　　今濮陽市區張儀村，另外還有一個堂號「青錢第」，據說是清朝
時張姓族人私自發行「青錢」使用，後以為小堂號。

　　據唐代典籍記載，唐玄宗開元年間，群臣為玄宗祝壽，多獻奇異
珍寶，只有宰相張九齡獻上一部名為《金鑑千秋錄》的書籍。他在書
中詳細論述了古今興亡的教訓，居安思危，永保社稷。事後，玄宗對
他這份貴重的禮品十分珍視，還專門下詔進行彰表。因此，張九齡的
族人也引以為榮，開始「青錢世第，金鑑家聲」，以金鑑為堂號。

　　根據臺灣省湖口張昆和派下宗祠堂號為「金鑑堂」，堂聯為「公
藝家風垂百忍，九齡金鑑耀千秋」，是融入漢代留侯張良「百忍為
家」與唐代張九齡「睦族之道」，二位張家先祖賢達的德澤而成，以
作為後代子孫的典範，其用意深遠，值得後人省思。

7　〔宋〕歐陽修、宋祁撰：〈宰相世系表〉，《新唐書》（臺北市：鼎文書局，1987年），
　　卷72下，表第12下，頁2711。

湖口張昆和宗祠堂號「金鑑堂」

三 張家宗祠聯語

　　張家宗祠座落於新竹縣湖口鄉波羅村五鄰二十四號。茲羅列張家宗祠聯語如下：

（一）門對

　　　金友玉昆看一代宗支盛會
　　　鑑前迪後卜萬年子姓繁昌

1 金友玉昆

【典故由來】
　　〔明〕程登吉：《幼學瓊林》，卷二：

玉昆金友，羨兄弟之俱賢。

【釋義】：玉昆金友：友、昆：指兄弟。對他人兄弟的美稱。

2 金鑑、宗支盛會、萬年子姓繁昌

【典故由來】

（1）《晉書卷一〇一》〈載記第一〉：

張氏先據河西，是歲，自石勒後三十六年也，重華自稱涼王。[8]
……
是我祖宗道邁三王，功高五帝，故卜年倍於夏商，卜世過於姬
氏。[9]……

（2）《後漢書》〈竇融列傳〉：

其萬年子子孫孫永保用[10]

（3）《全後漢文》，卷六十四：

果繁昌之福。可降而致也。[11]

---

8 〔唐〕房玄齡：〈載記第一〉，《晉書卷一〇一》（臺北市：鼎文書局，1987年），頁
2644。

9 〔唐〕房玄齡：〈載記第一〉，《晉書卷一〇一》（臺北市：鼎文書局，1987年），頁
2649。

10 〔劉宋〕范曄撰、〔唐〕李賢等注：〈曾孫憲〉〈竇融列傳第十三〉，《後漢書》（臺北
市：鼎文書局，1987年），卷23，頁817。

11 〔清〕嚴可均輯：《全後漢文》，卷64，取自：讀書網（www.dushu.com），2006年。

（4）宋代歐陽修、宋祁撰《新唐書》〈列傳五十一〉〈張九齡〉云：

> 初，千秋節，公、王並獻寶鑑，九齡上「事鑒」十章，號《千秋金鑒錄》，以伸諷諭。[12]

【釋義】：唐玄宗時，張九齡獻治國方略《千秋金鑑》一書，為皇帝祝壽，並受玄宗賜書褒揚，族人就以「金鑑」為堂號。

綜合上述，可知門對聯語的意涵，張家的先祖傳承優良的家風，兄弟間和睦相處，為開創家業而胼手胝足，攜手合作為子子孫孫奠定永恆的基業。

門對

---

12 〔宋〕歐陽修、宋祁撰：〈張九齡〉〈列傳五十一〉，《新唐書》（臺北市：鼎文書局，1987年），卷126，頁4429。

（二）簷柱對

昆季並賢能喜對雲蒸霞蔚
和同原一氣來游水遠山長

1 昆季

【典故由來】

《新唐書》〈列傳九〉〈李密〉：

> 伯當曰：「昔日蕭何舉宗從漢，今不昆季盡行，以為愧。豈公一失利，輕去就哉？雖隕首穴胸，所安甘已。」[13]

【釋義】：昆季：兄弟；與「伯仲、昆仲、昆玉、手足」意同。

2 雲蒸霞蔚

【典故由來】

〔清〕顏光敏《顏氏家藏尺牘》〈馮溥〉：

> 且海內文人，雲蒸霞蔚，鱗集京師，真千古盛事。[14]

【釋義】：雲蒸霞蔚：形容事物蓬勃興起，蔚為大觀。

3 和同

【典故由來】

---

13 〔宋〕歐陽修、宋祁撰：〈李密〉〈列傳九〉，《新唐書》（臺北市：鼎文書局，1987年），卷84，頁3685。

14 取自：漢語詞典在線查詢（http://cidian.xpcha.com/）。

《漢書》〈吾丘壽王傳〉：

今漢自高祖繼周，亦昭德顯行，布恩施惠，六合和同。[15]

【釋義】：和同：和睦同心。

4 原一氣

【典故由來】

《莊子》〈知北遊〉：

人之生，氣之聚也，聚則為生，散則為死。若死生為徒，吾又
何患！故萬物一也，是其所美者為神奇，其所惡者為臭腐；臭
腐復化為神奇，神奇復化為臭腐，故曰「通天下一氣耳。」聖
人故貴一。[16]

【釋義】：原一氣：莊子認為「氣」是宇宙和自然現象的實體，它
可以是有形的，可以是無形的，它的確包含了所有的現
象。天下事物的起落，終歸於「一氣」之流通。

5 水遠山長

【典故由來】

〔宋〕辛棄疾〈臨江仙〉：

---

15 〔漢〕班固著，〔唐〕顏師古注：〈吾丘壽王傳〉〈列傳三十四上〉，《漢書》（臺北市：鼎文書局，1987年），卷64，頁2798。

16 黃錦鋐註譯：《新譯莊子讀本》（臺北市：三民書局，1974年），頁253-254。

憶得舊時攜手處，如今水遠山長。

【釋義】：水遠山長：形容路程遙遠，山川阻隔。

綜合上述，可知簷柱聯語的意涵，張家的先祖跋山涉水，兄弟間同心協力以開創家業，攜手合作使家業穩固茁壯。

簷柱對

（三）棟對

清者忠和者孝忠孝傳家之本
河出圖洛出書圖書澤世方長

1 清河

【典故由來】

　詳見頁一八二，張氏「清河堂」堂號源流所敘述。

2 忠和、忠孝

【典故由來】

　《大戴禮記》〈衛將軍文子〉：

> 孔子曰：孝，德之始也；弟，德之序也；信，德之厚也；忠，
> 德之正也。[17]

《孝經》：

> 孝為天之經也，地之義也，人之行也。天地之經，而民是則
> 之。則天之明，因地之利，以順天下，是以其教不肅而成，其
> 政不嚴而治。[18]

《中庸》：

> 和也者，天下之達道也。[19]

　【釋義】：《禮記》〈大學〉中說：「治國必先齊其家，家齊而後國

17　〔清〕王聘珍撰，王文錦點校：《大戴禮記解詁》（臺北市：漢京文化事業公司，
　　2004年），頁110。

18　〔唐〕唐玄宗注、北〔宋〕邢昺疏：〈三才章〉，《孝經》（臺北市：藝文印書館，
　　1998年），頁28-1。

19　〔宋〕朱熹：〈中庸章句〉，《四書章句集註》（臺北市：鵝湖出版社，1998年），頁18。

治。」治理國家以道德教化為基礎，道德教化以孝行為根本，故孝道既行，天下自然垂拱而治。〔清〕金蘭生先生編述：《格言聯璧》（齊家類）：「勤儉，治家之本。和順，齊家之本。謹慎，保家之本。詩書，起家之本。忠孝，傳家之本。」正說明忠和、忠孝是維繫家庭和樂之根本道德基石。

3　河圖洛書

【典故由來】

《周易》〈繫辭上〉：

河出圖，洛出書，聖人則之。[20]

【釋義】：河圖與洛書是中國古代流傳下來的兩幅神秘圖案，歷來被認為是河洛文化的濫觴。河圖洛書是漢族文化，陰陽五行術數之源。最早記錄在《尚書》之中，其次在《易傳》之中，諸子百家多有記述。河圖洛書，在先秦西漢的典籍中有其文字記載。《論語》〈子罕〉子曰：「鳳鳥不至，河不出圖，吾已矣夫！」《周易》〈繫辭上〉：「河出圖，洛出書，聖人則之。」認為八卦乃據河洛推演出來。漢人多宗此說，以河洛解釋八卦來源。[21]

綜合上述，可知棟對聯語的意涵，張家的先祖以清和、金鑑為堂號，

20　〔魏〕王弼著，〔晉〕韓康伯注，〔唐〕孔穎達正義：〈繫辭上〉，《周易正義》（臺北市：藝文印書館，1998年），卷7，頁157-1。

21　取自：百度百科（baike.baidu.com/subview/102528/5066107.htm）。

並期勉後代子孫能承先啟後以忠孝傳家,以勤讀書為教育子女之良方,使張家優良祖德永遠傳承下去。

棟對

參　臺灣客家姓氏堂號與宗祠聯語的文化蘊涵

　　木有本、水有源,木本水源是說明每一姓氏發祥的過程,也是每個子孫慎終追遠的根據。數千年來,不論政治領域的擴張、天災人禍的遷徙、經濟環境的發展,即使海角天涯,中華民族沒有一家忘了他們的根源。這種倫理精神的凝結,宗族觀念的團結,深受「堂號」的催化影響。茲述臺灣客家姓氏堂號與宗祠聯語的文化蘊涵如下:

一　緬懷祖先彰顯孝道

　　客家人重視祖先的堂號，認為堂號是姓氏的根源，祖先創業的標記。緬懷先祖篳路藍縷創業的艱辛，而思報本尋根，裕後光前。長期的遷徙流離，到處飄泊無依的處境，造就了客家人強烈的報本尋根意識。客家每個姓氏的譜牒，開宗明義都會書寫「樹有本，水有源」這則諺語，每個客家堂號、堂聯都不厭其煩的敘述氏族的源起與衍播。在客家諺語中敘述：「富貴不離祖，遊子思故鄉」，說明無論貧富貴賤，男女老少，誰都不忘會記自己根本之所在，正所謂「摘瓜尋藤，念祖尋根」。對祖先的崇拜，一方面固然是報本，一方面是感恩。在強烈的報本尋根意識催化下，讓客家人堅守自己的語言「離鄉不離腔」，對客家人來說，那真是走遍天下，鄉音依然。崇拜祖先是飲水思源，也是孝道的具體表現。

二　刻苦耐勞遵守祖訓

　　族譜是先民開創祖業之歷史記載，蘊藏了先人的生活經驗與智慧，值得後代子孫學習與傳承。在史料價值方面，除了可提供民族學、人類學之研究利用外，還可以提供給歷史學、民俗學、社會學、人口學、生醫學等不同學科領域的研究與利用。基本上，一部具有嚴謹體例之姓氏族譜，它不但保存了家族史料，同時也可提供編纂地方史的資料採集，這些族譜都應受到大家的重視與肯定才對。[22]客家人重視生命本源，鍥而不捨修譜的情狀，亦頗感人。客家人因自身的顛沛流離，在時時為客、處處為客的窘境中，深切地體會到故土的可

---

22 參見廖慶六：〈論始遷祖：從胡適的一篇譜序談起〉，收錄於《臺灣源流》第33期（臺灣省各姓淵源研究學會，2005年12月31日），頁9。

貴，在客家諺語中，反映客家人愛鄉情懷的內容俯拾皆是：「家鄉水甜入心，十年不改舊鄉音」、「樹高不離土，葉落仍歸根」，這是對家鄉的深情。在客家人的文化中，充分表現出濃厚的移墾社會痕跡，刻苦耐勞、遵守祖訓，探究生命本源，承續傳統文化與風俗，因而形成客家民族特有的民族性。

三　團結合作宣揚祖德

客家人最重視宗族倫理觀念因此勤修族譜，在住宅正廳門楣上標示堂號，堂號內供奉祖先牌位之外，多不祭祀其他神位，並告誡子孫：「寧賣祖宗田，不賣祖宗言，寧賣祖宗坑，不忘祖宗聲。」以表示要飲水思源，不可以忘本。客家人大都掛起祖先的堂號，視為光榮的標記。如、張姓的「金鑑堂」，在客家庄裡，仍然保留了豐富的匾聯，而這些匾聯記錄著祖先遷臺的過程、先祖大陸的原鄉、來臺墾殖的艱辛，乃至於對於後代子孫的訓勉與祝福等。客家文化是以「耕讀傳家」為核心主軸而發展，誠然，這項文化特質，顯然也與客家人長期遷徙有著密切的關係，於是在性格上，客家人勤勞節儉、刻苦耐勞；在人倫關係上，客家人敬祖睦宗、長幼有序；在社會意識上，客家人團結、要求與人和睦相處、能忍讓；在品德操守上，要求人品氣節更勝於富貴，並且敬愛自然萬物。這是值得每一位客家子弟，念茲在茲的偉大精神。

四　重視宗族飲水思源

客家人重視祖先與宗族意識，因為祖先是每個人的血緣生命與文化淵源。孔子說：「慎終追遠，民德歸厚矣」（《論語》〈里仁〉），客家

人相信天地創生萬物，是一切生命之始，而祖先則是我們生命的淵源。所以祖宗的恩德，是可以和天地相提並論的。祭祀天地和祖先，同樣是客家人「報本反始」、「慎終追遠」的精神。客家人認為生命是可貴的，祭祀祖先，是一種非常肅穆的傳統，和《禮記》〈大傳第十六〉所謂：「上治祖禰，尊尊也。下治子孫，親親也。旁治昆弟，合族以食，序以昭繆，別之以禮義，人道竭矣。」已經十分相似，所謂階序關係大致等於即尊尊；世代連續近似於親親，而尊尊與親親向來被視為周代宗法制度的兩大精神支柱，也是客家人重視宗族觀念的表徵。[23]或許有人認為，客家人注重「敬祀祖先」乃是一種「祖先崇拜」。其實，「齋明盛服，以承祭祀」（《中庸》第十六章）、「祭如在，祭神如神在」（《論語》〈八佾〉），這都是客家人把家族與宗族生命，寄託在這種對生命與源遠流長文化淵源的虔誠尊敬，以及對未來子孫成龍成鳳的無限期盼上面，世世代代承續傳統，顯示客家生命的無窮無盡。

在宗祠祭祀祖先

23　參見莊英章、羅烈師：〈家族與宗族篇〉，收錄於徐正光主編：《臺灣客家研究概論》（臺北市：行政院客家委員會‧臺灣客家研究學會合作出版，2007年），頁102。

肆 結語

　　本研究透過文獻史料的搜集、考證資料，探究新竹縣湖口鄉張昆和宗祠堂號、家族史的風貌，進而闡述客家宗祠堂號聯語的文化意涵。從姓氏文化方面說「客家姓氏，根在中原」的歷史資料，是信而有徵的。如果從文化的淵源來研究客家精神，仍然可以追溯到河洛文化淵源。《周易大傳》的名言代表了發源於河洛文化的文化根性精神：「地勢坤，君子以厚德載物。」客家文化是移民文化，不斷面臨新的挑戰，在新舊文化的兼容並蓄下，展現出客家人「崇本報先，啟裕後昆」的文化觀。[24]儒家文化是中國文化的主導文化，客家先民來自於中華腹地，深受儒家文化薰陶，而所遷居的福建地區閩學盛行，其文化必然直接影響客家。

　　客家人重視傳統，不忘本源，他們將其宗族之淵源以及其先人南遷的概況，鄭重其事地寫進祠堂的楹聯，以昭示後代。這些楹聯，一方面成為人們研究客家民南遷及客家民系形成的重要資料，另一方面，流露出客家人重傳統、重宗族、重本源的觀念，表現出客家文化之移民文化特質。直到今天，幾百上千年過去了，客家後裔仍對他們的祖居地念念不忘。在祠堂、祖屋的大門口都要掛上貼上姓氏堂號及堂聯，以寄託自己對祖先、故土的思念；同時啟發後人奮發進取，不要忘本。而在故國鄉土形成的忠義家風也成了他們戰勝種種艱難困苦的精神支柱。因此大家應心懷感恩，感謝祖先的庇佑，讓我們能享受如此多的福澤。生於斯，長於斯的臺灣客家子民，應該牢記創業維艱，守成不易的至理名言，不可以數典忘祖，應該發揮生命共同體的理念，傳承先民的生活經驗與努力的成果。

24　參見廖開順：〈論河洛文化的根性精神及客家文化的根性精神〉，收錄於《歷史月刊》第244期（2008年5月），頁55。

參考文獻

一　古籍（依時代先後排序）

1.〔漢〕班　固　《漢書》　臺北市　鼎文書局　1987年

2.〔漢〕許慎撰　〔清〕段玉裁注　《說文解字注》　臺北市　蘭臺書局　1971年

3.〔漢〕應　劭　《風俗通》　臺北市　中華出版社　1985年

4.〔魏〕王　弼　〔晉〕韓康伯注　〔唐〕孔穎達正義　《周易正義》　臺北市　藝文印書館　1998年

5.〔劉宋〕范　曄　《後漢書》　臺北市　鼎文書局　1987年

6.〔唐〕房玄齡等　《晉書》　臺北市　鼎文書局　1987年

7.〔唐〕唐玄宗注　〔北宋〕邢昺疏　《孝經》　臺北市　藝文印書館　1998年

8.〔宋〕歐陽修、宋祁撰　《新唐書》　臺北市　鼎文書局　1987年

9.〔宋〕鄭　樵　《通志》　上海市　中華書局　1987年

10.〔宋〕朱　熹　《四書章句集註》　臺北市　鵝湖出版社　1998年

11.〔清〕王聘珍撰　王文錦點校　《大戴禮記解詁》　臺北市　漢京文化事業公司　2004年

二　近人論著（依作者姓氏筆劃排序）

1.徐正光　《臺灣客家研究概論》　臺北市　行政院客家委員會、臺灣客家研究學會合作出版　2007年

2.黃錦鋐註譯　《新譯莊子讀本》　臺北市　三民書局　1974年

3.張昆和祭祀公業編　《認識客家原鄉及先祖移民史與近代史》　新竹縣　張昆和宗親會　2002年

4.劉還月　《臺灣的客家族群與信仰》　臺北市　常民文化出版
　　1999年

5.羅香林　《客家研究導論》　臺北市　南天書局有限公司　1992年

6.張秋滿、張錦謹　《張氏族譜》　新竹縣　張昆和宗親會　1997年

三　碩士論文（依作者姓氏筆劃排序）

鄧佳萍　〈屏東六堆地區客家祠堂區聯文化內涵研究〉　屏東縣　屏
　　東教育大學中國語文學系碩士論文　2007年

四　單篇論文（依作者姓氏筆劃排序）

1.柳秀英　〈內埔地區客家宗祠區聯文化研究〉　九十二年度行政院
　　客家委員會獎助專題研究　2003年

2.陳運棟　〈源流篇──臺灣客家的原鄉〉　徐正光主編　《臺灣客
　　家研究概論》　臺北市　行政院客家委員會‧臺灣客家研
　　究學會合作出版　2007年

3.廖慶六　〈論始遷祖：從胡適的一篇譜序談起〉　《臺灣源流》第
　　33期　臺灣省各姓淵源研究學會　2005年12月31日

4.廖開順　〈論河洛文化的根性精神及客家文化的根性精神〉　收錄
　　於《歷史月刊》第244期　2008年

5.莊英章、羅烈師　〈家族與宗族篇〉　徐正光主編　《臺灣客家研
　　究概論》　臺北市　行政院客家委員會‧臺灣客家研究學
　　會合作出版　2007年

五　網路資源

1.百家姓堂號的來源　取自（http://tw.myblog.yahoo.com/History-Bell/
　　article?mid=433&prev=437&next=385）

2.百度百科　取自（baike.baidu.com/subview/102528/5066107.htm）

3.漢語詞典在線查詢　取自（http://cidian.xpcha.com/）

4.〔清〕嚴可均輯　《全後漢文》　取自讀書網（www. dushu.com）
　　　　　2006年

第七章
客家三獻禮的文化意涵
——以新竹縣張昆和宗祠祭典為例

摘要

古禮源於風俗民情，最可考見當時社會現狀，追溯我國的禮制，是起源於對天地神明與祖先崇敬的祭拜儀式。孔子說：「安上治民，莫善於禮。」（《禮記》〈經解〉）可見禮與人生的關係密切不可，更是人們安身立命的圭臬。數千年來，歷經朝代的更迭、自然環境的發展、社會結構的變遷，客家祭典中的三獻禮，無論是禮儀形式與行禮內容，多遵循傳統禮制，不僅具有教孝感恩、報本反始的意涵，更是凝聚宗族團結的原動力。我們追思祖先，不僅見到臺灣傳統客家祭典文化「宗廟之美，百官之富」的堂奧，更了解到傳統禮俗與先民的生活經驗相輔相成，具有發皇歷史，綿延民族命脈的功能。隨著二十一世紀科技文明的日新月異，臺灣客家文化的保存與發揚，已面臨嚴峻的挑戰與考驗。幸好臺灣的客家族群，仍肩負著傳承歷史文化的使命，他們用全部的生命，來耕耘家鄉這塊土地，潤澤了臺灣純樸的鄉土文化。本研究旨在探究客家祠堂祭祖三獻禮活動及其文化意涵，為達成研究目的，首先透過文獻史料的搜集、考證資料，闡述客家三獻禮的源流、內容、特色及其意義，其次以新竹縣張昆和宗祠秋季祭祀與清明祭祖三獻禮為例，探究三獻禮的禮儀形式、儀注用詞、行禮內容，進而闡述客家宗祠三獻禮的文化意涵，並期望藉著相關內容的研究與文獻探討，使年輕的一代也能飲水思源，了解臺灣客家宗祠祭典

禮儀的教化意義。

關鍵詞：三獻禮　新竹縣張昆和宗祠　客家三獻禮　祭禮

壹　前言

　　禮教，乃是人生安身立命的要道，更是推展人文教育的基石。從禮的字義上來說，有「宜乎履行」，「合乎道理」、「體乎人情」三種。[1]禮教，可以培育人具有恭儉莊敬的美德，這是為人處世、立身於世的根本。維繫人倫關係的禮制，雖然會隨著作時代的變遷而改異，但是某些必須共同遵守的行為準則和道德規範，卻不會因為朝代的更迭而改弦易轍，仍然是人人必須遵守的。追溯我國的禮制是起源於對天地神鬼的祭拜儀式，《禮記》〈禮運〉上說：「是故夫禮，必本於天、殽於地、別於鬼神。」為了趨吉避凶，於是想出各種祭拜的方式，以表達虔誠敬畏與服從。因此《禮記》〈祭統〉也說：「凡治人之道，莫急於禮；禮有五經，莫重於祭。」《周禮》〈大宗伯〉進一步解說：「以吉禮事邦國之鬼神祇，以凶禮哀邦國之憂，以賓禮親邦國，以軍禮同邦國，以嘉禮親萬民。」五禮涵蓋了政治制度、社會制度、社會習俗、宗教儀式，日常生活規範等層面。吉禮，為祭祀的禮儀，分為祭天神、祭地祇和祭人鬼三個方面。它是文化傳統的代表，內容包蘊宏富，也是傳承中華文化道統的原動力。

　　客家人舉行宗祠祭祀的時間，較為普遍的是春、秋二季的祭祀。目前臺灣客家祭典所採行的「三獻禮」，簡而言之，是推選數位主祭者向神明行三跪九叩禮，並以三獻牲禮（酒、肉等供品），再讀祭文、燒金紙等表達尊祖敬宗的祭祀儀禮。「三獻禮」多用於敬神祭祖的時候，特別是客家人，其在拜神祭祖時多會舉行「三獻禮」這樣隆

1　參見高明：《高明孔學論叢》：「孔子所論，吉禮為詳，凶禮次之；吉禮以祭祀為主，凶禮以喪葬為主，軍、賓、嘉禮僅略及之，可知孔子所重在喪、祭也。」（臺北市：黎明文化事業公司，1978年）頁179。

重的儀禮。[2]而這祭祀活動，最主要的目的是，向土地伯公為首的諸神明祈求並感謝其保佑居民風調雨順，牲畜平安、農作豐收，並祈求祖先庇佑子孫闔家平安、吉祥如意。孔子說：「祭如在，祭神如神在。」（《論語》〈八佾〉）《禮記》〈大傳〉也說：「親親故尊祖，尊祖故敬宗，敬宗故收族，收族故宗廟嚴，宗廟嚴故重社稷，重社稷故愛百姓。」說明祭祀禮儀之功能，在發揮人們仁民愛物的天性，由親愛親人，推而上之，及於尊重先祖，由尊重先祖擴而充之，至於尊敬宗族，繼而團結族人，推衍至社會國家，使得人人能安居樂業。

貳　臺灣客家三獻禮的源流與意義

宗祠即是祠堂，是供奉祖先和祭祀的場所，讓後代子孫懂得尊祖敬宗，更是凝聚宗族團結的象徵。歲時節慶由族長率領族人共同祭祀祖先，在中國傳統的民族文化裡，宗祠文化是一項不可蔑視的姓氏宗族文化，宗祠成了宗族拜阿公婆（祭祀先祖）、舉辦宗族事務、修編宗譜、議決重大事務的重要場所，所以，客家人又稱「宗祠」為「公廳」。客家三獻禮於初喪或祭典時使用，本文舉新竹縣湖口鄉的張昆和宗祠的秋季祭祀與清明祭祖三獻禮為例，並敘述其源流與意義。

一　三獻禮源流

客家喪、祭三獻禮，源遠流長，傳承至今已有千百年的歷史。有關三獻禮的記載，可以溯源自《儀禮》、《禮記》二書的記載，茲條列如下：

2　參見張廖家廟：〈客家文化、客家禮俗與儀典〉（www.chang-liao.url.tw/100years_lista_05.html）。

《儀禮》〈士虞禮〉:「賓長洗繶爵,三獻,燔從,如初儀。」[3]

《儀禮》〈特牲饋食禮〉:「主人洗角,升酌,酳尸。主婦洗爵于房,酌,亞獻尸。賓三獻,如初(獻)。」[4]

《禮記》〈禮器篇〉:「郊血,大饗腥,三獻燗,一獻孰。⋯⋯一獻質,三獻文,五獻察,七獻神。」[5]

上述引文,記載了周朝時期士虞階層的喪葬禮儀,祭祀時籌備好佐酒的菜餚,進行三次獻酒。古代祭祀時獻酒三次,即初獻爵、亞獻爵、終獻爵,合稱「三獻」,祭祀時三獻禮為主要之禮儀,代表對祖先崇敬之意。根據《儀禮》〈特牲饋食禮〉所述,由主人初獻、主婦亞獻、賓客三獻,可以看出三獻之禮已隱約成形,只是當時尚未有「三獻禮」的名稱。「三獻燗(一ㄢˋ)」的意思,是指三獻時,用滾開水燙過的半生不熟的肉來祭拜。根據漢代經學家鄭玄注解:「一獻,是祭群小祀;三獻,是祭社稷五祀;五獻,是祭四望山川;七獻,是祭先公。」[6]舉行一獻之禮的祭祀就顯得質樸簡略;三獻之禮,比較有文采;五獻,明審細緻;七獻,就簡直是面向神明了,明確的指出祭諸神獻數之取義各有差別。而歷朝史書的禮樂志,或談禮專書,亦有記載三獻禮的概況,茲臚列如下:

3　〔漢〕鄭玄注,〔唐〕賈公彥疏:《儀禮注疏》(臺北市:藝文印書館,1998年),卷42,頁499。

4　〔漢〕鄭玄注,〔唐〕賈公彥疏:《儀禮注疏》(臺北市:藝文印書館,1998年),卷45,頁532-533。

5　〔漢〕鄭玄注,〔唐〕孔穎達正義:《禮記正義》(臺北市:藝文印書館,1998年),卷24,頁467、473。

6　〔漢〕鄭玄注,〔唐〕孔穎達正義:《禮記正義》(臺北市:藝文印書館,1998年),卷24,頁473。

《後漢書》〈百官志〉：「光祿勳，卿一人……郊祀之事，掌三獻。」[7]

《宋書》〈禮志〉：「『郊祀之事，太尉掌亞獻，光祿掌三獻。太常每祭祀，先奏其禮儀及行事，掌贊天子。』無掌獻事。」[8]

《隋書》〈禮儀志〉：「講畢，以一太牢釋奠孔父，配以顏回，列軒懸樂，六佾舞。行三獻禮畢，皇帝服通天冠、絳紗袍，升阼，即坐。宴畢，還宮。」[9]

《舊唐書》〈禮儀志〉：「禮成於三，初獻、亞、終，合於一處。」[10]

由上述引文，可知有完整的「三獻禮」施行的敘述，首見於《宋書》〈禮志〉。「三獻禮」名稱之出現，則始於《隋書》〈禮儀志〉。由皇帝行「初獻禮」，太常行「亞獻禮」，光祿行「終獻禮」。若皇帝無法親祀，則由三公行事。三獻禮適用於各項祭拜活動，可能因場合性質之不同，而有表面詞令上的些許變化，但其基本禮式架構，由「初獻」、「亞獻」、「終獻」所組成，是始終不變的。《禮記》〈禮器篇〉說：「禮時為大，順次之，體次之，宜次之，稱次之。……天地之祭，宗廟之事，父子之道，君臣之義，倫也。」[11]說明制禮之要點，最重大者是根據時代環境，其次是順應倫理分際，再其次是祭祀之主體，再其次是注意事理之所宜。更強調天地之祭，宗廟之事，蘊涵尊

7　〔劉宋〕范曄撰，〔唐〕李賢等注：《後漢書》（臺北市：鼎文書局，1987年），頁3574。

8　〔梁〕沈約撰：《宋書》（臺北市：鼎文書局，1987年），卷16，頁428。

9　〔唐〕魏徵、令狐德棻：《隋書》（臺北市：鼎文書局，1987年），卷9，頁180。

10　〔後晉〕劉昫等：《舊唐書》（臺北市：鼎文書局，1987年），卷23，頁898。

11　〔漢〕鄭玄注，〔唐〕孔穎達正義：《禮記正義》（臺北市：藝文印書館，1998年），卷24，頁450。

卑長幼、父子君臣的倫理作用，是不容輕忽的。三獻禮跟眾多禮儀一樣，儼然成為當代社會典章制度的一部分，是朝野所共同遵循奉行的，這也是傳統禮儀所隱含的重要意義。

二　三獻禮之意義

從古籍經文之記載，可知三獻禮具有二種意涵：

（一）獻酒三次

《儀禮》〈聘禮〉：「薦脯醢，三獻。」[12]《廣雅》：「獻，進也。」古代祭祀時籌備好佐酒的菜餚，進行三次獻酒，即初獻爵、亞獻爵、終獻爵，合稱「三獻」。

（二）三種祭品

〔宋〕沈括《夢溪筆談》〈辯證一〉：「祭禮有腥、燗、熟三獻。」可知，三獻含三種祭品之義，就是生肉、煮得半熟的肉、完全熟的肉。

綜合上述，可知第一次進獻統稱「初獻」。進獻儀品以「酒」為主，「饌」或稱「祿」次之。進獻時主祭持酒、與祭奉饌，或左（以神位為準）主祭持酒、右主祭奉饌。傳統祭禮實際上是一連串的活動，祭祀儀式末節「進熟」時，方進行初獻、亞獻、終獻之進獻儀式。祭儀中因具初、亞、終三獻之特徵而有「三獻禮」之名稱，語云：「禮成於三，無三不成禮」，「三獻禮」也因其特色而成為世代遵循、永續不

12　〔漢〕鄭玄注，〔唐〕賈公彥疏：《儀禮注疏》（臺北市：藝文印書館，1998年），卷23，頁275。

絕的禮儀範本。其次，還可了解三獻禮在古代，無論朝野官民皆遵循奉行，不但國家祭典、家廟時享，連庶民歲祭節令，皆遵行三獻禮，皆以行三獻禮為表示崇高之敬意。[13]可見三獻禮是傳統祭儀的主要部分，亦是傳統禮儀的精華所在。

參　傳統客家祭祀活動中的三獻禮

　　本研究所要探究的三獻禮，是客家族群在祭祀儀式上所使用的三獻禮。祭祀三獻禮，通常是在祭祖禮儀或客家地區宮廟祀神之禮上使用。茲舉新竹縣張昆和宗祠秋季與清明祭祖三獻禮為例，以探究三獻禮的禮儀形式、儀注用詞、行禮內容。

一　禮儀形式

　　行禮時宣唱節目或執行禮儀程序者，通稱「禮生」。三獻禮禮生，主要包括「通」一人、「引」一人，有些地方尚設有「讀文生」一人。通者，有如現今的司儀；引者，負責導引主祭、與祭人員行禮；讀文生主要任務，為讀祭文，有些地區尚兼主持告神，未設讀文生者則由通或引代讀。另外，於場上襄助禮儀進行者，稱為「執事」，執事，員額二人或四人，端視各地習俗而定。（孔令貽，1989；李之藻，1970）

　　三獻禮進行之流程[14]：

---

13 參見葉國杏：《客家喪祭三獻禮及其教育意涵之研究》（臺北市：臺灣師範大學教育研究所碩士論文，2004年8月），頁129。

14 參見張添錢：〈認識客家三獻禮與張氏宗祠祭典〉，《紀念來臺祖善文公渡海二百四十週年特刊》（新竹縣：張昆和祭祀公業，2015年），頁18-20。

（一）祭禮開始

（1）「通」：鳴砲。

　　　執事者各司其事。

　　　主祭者、陪祭者就位。

　　　焚香、參神鞠躬、上香，「跪」叩首、再叩首、三叩首，「興」、「跪」叩首，再叩首、六叩首。

　　　「跪」叩首、再叩首、九叩首，「興」、盥洗。

　　　「引」：詣於盥洗所、盥洗，平身復位。

（2）「通」：執事者焚香酌酒、降神。

　　　「引」：詣於降神所，一揖、再揖、三揖，平身復位。

（3）「通」：執事者焚香，主祭者受香，香席前「跪」、上香、再上香、三上明香。

　　　敬酒、再敬酒、三敬酒、壘酒、祭酒。叩首、再叩首、三叩首，「興」。

（二）行獻禮

（1）「通」：執事者進爵、進祿，行初獻禮。

　　　「引」：詣於清河堂上張氏始太高曾祖考妣之神位前「跪」，進爵、進祿、叩首、再叩首、三叩首，「興」，平身復位。

　　　「通」：讀祝文

　　　「引」：詣於清河堂上張氏始太高曾祖考妣之神位前「跪」，讀祝文、叩首、再叩首、三叩首，「興」，平身復位。

（2）「通」：執事者奉爵奉祿行中獻禮。

　　　「引」：詣於清河堂上張氏始太高曾祖考妣之神位前「跪」，奉爵、奉祿、叩首、再叩首、三叩首，「興」，平身復位。

（3）「通」：執事者獻爵、獻祿，行三獻禮。

　　「引」：詣於清河堂上張氏始太高曾祖考妣之神位前「跪」，
　　獻爵獻祿、叩首、再叩首、三叩首，「興」，平身復位。

（4）「通」：侑食[15]。

　　獻剛鬣（ㄌㄧㄝˋ）[16]、獻牲禮、獻菓品、侑食、捧帛、獻
　　帛、焚祝文化財。

　　主祭者暫退、執事者與祭者亦退、行分獻禮。

（5）「通」：主祭者復位、望燎[17]。

　　「引」：詣於望燎所望燎、一揖、再揖、三揖、平身復位。

（6）「通」：辭神鞠躬。

　　「跪」叩首、再叩首、三叩首「興」；

　　「跪」叩首、再叩首、六叩首；

　　「跪」叩首、再叩首、九叩首。

　　主祭者退位、執事者、陪祭者亦退位。

（三）禮畢，撤收

　　綜上所述，可知張昆和宗祠秋季與清明祭祖三獻禮之儀式流程，
其來有自，是傳承我國古代之禮俗，而流傳千百年遍行客家地域的三
獻禮，亦保有原本同樣之行禮方式，充分說明客家三獻禮與傳統古禮

---

15 《儒林外史》第三七回：「金東崖贊：『行侑食之禮。』指祭祀中為先人助歆享酒食
　　之興。」「侑食」，勸食、敬酒之意。

16 《禮記》〈曲禮下〉：「凡祭宗廟之禮：牛曰一元大武，豕曰剛鬣，豚曰腯肥，羊曰
　　柔毛，雞曰翰音，犬曰羹獻，雉曰疏趾。」剛鬣即是豬公。

17 〔清〕趙爾巽等：〈吉禮〉《清史稿》（臺北市：鼎文書局，1987年），卷83，頁2505：
　　「有司奉祝，次帛，次饌，次香，各詣燎所，唱『望燎』。」「望燎」是祭祀最後一
　　道程式。

之密切關係。客家三獻禮行禮時，除了通者站立發令不動外，其餘如引者、主祭者、與祭者、執事者，各個情節都要在場上來回穿梭行事，加上樂團的八音演奏，贊相的吟誦唱和，全場聲音動作的搭配和諧，烘托出三獻禮與眾不同的風格，堪稱客家三獻禮的一大特色。

參　臺灣客家三獻禮的文化蘊涵

　　在客家人的各項祭祖活動中，祭祀祖先是為祠堂的最主要功能，而祠祭三獻禮是其中最為重要的儀式之一。《荀子》〈禮論〉說：「祭者，志意思慕之情也，忠信愛敬之至矣，禮節文貌之盛矣。」說明祭禮主要在表達後代子孫對祖先的思慕懷念之情，祭禮是喪禮的延續，不但可以表達報恩情懷，更可以溯本探源，敦厚人情而不致數典忘祖。客家族群每逢春、秋兩祭，整個家族子孫集合在祠堂或祖塔前，以豐盛牲醴、粢盛菓品，於堂前行隆重三獻大禮祭拜祖先，充分展現慎終追遠、報本反始、教孝感恩之文化意涵。茲述臺灣客家三獻禮的文化蘊涵如下：

一　慎終追遠教孝感恩

　　曾子說：「慎終追遠，民德歸厚矣。」(《論語》〈學而篇〉)「慎終」的意思，就是為人子女要以敬慎的心情，去辦理父母的喪事；「追遠」，就是後代子孫要以不忘本的心情，去祭拜歷代的祖先。《禮記》〈祭統篇〉更進一步說：「祭者，所以追養繼孝也。」說明養生送死，乃為人子女者應盡的孝道，都是思念父母恩德，追懷祖先德澤的孝道表現，更是喪、祭禮的真諦。祭祖掃墳，可以讓後代的子孫了解我們的生命，是上承祖先的命脈而來，是生生不息的，還要一代代的

傳承下去，如果自己不努力進德修業，將愧對祖先的創業維艱，將何以承續香火為子孫開創基業？因此「慎終追遠」的喪禮祭禮，正蘊含有移風易俗的教化作用。在樸質自然的生命實感中，有其人文價值的莊嚴，使天下人民的道德歸於淳厚，這就是禮俗教化的正面意義。[18]客家喪祭三獻禮，不論在宗祠祭祖或祖塔掃墓，都要皆要降請天地神祇共鑑禮儀，具有感謝天生地養恩德之意涵。這都是客家人對祖先的虔誠尊敬，以及期盼子孫懂得飲水思源，世世代代承續傳統的表徵。

二　報本反始宣揚祖德

　　祭祀天地和祖先，同樣是客家人「報本反始」、「慎終追遠」的精神。客家人認為生命是可貴的，祭祀祖先，是一種非常肅穆的傳統。《禮記》〈禮器篇〉記載：「禮也者，反本修古，不忘其初者也。」《禮記》〈祭義篇〉又說：「致反始，以厚其本也。」說明天下之禮儀，有「反始報本」、「厚重其本」的意涵。《禮記》〈大傳〉說：「上治祖禰，尊尊也。下治子孫，親親也。旁治昆弟，合族以食，序以昭繆，別之以禮義，人道竭矣。」說明祭祀禮儀之功能，在發揮人們仁民愛物的天性，由親愛親人、尊重先祖、尊敬宗族，使宗廟莊嚴完備，推衍至國家社會安定和諧，政清俗美，這就是祭祀禮儀，所要達成之仁愛功能。客家人因自身的顛沛流離，在時時為客、處處為客的窘境中，深切地體會到故土的可貴，在客家諺語中，反映客家人愛鄉情懷的內容俯拾皆是：「樹高不離土，葉落仍歸根」，這是對家鄉的深情。在客家人的文化中，充分表現出濃厚的移墾社會痕跡，因而形成刻苦耐勞、遵守祖訓，承續傳統文化與風俗特有的民族性。

18　參見王邦雄、曾昭旭、楊祖漢：《論語義理疏解》（臺北市：鵝湖出版社，1987年），頁319-320。

三　尊祖敬宗促進宗族團結

　　從大陸播遷到臺灣的客家先民，不但帶來客家的語言與風俗習性，同時，大多還帶上祖宗香火牌位。舉凡姓氏家族聚居之地，必設置宗祠。客家人重視祖先與宗族意識，因為祖先是每個人的血緣生命與文化淵源。《荀子》〈禮論〉說：「禮有三本：天地者，生之本也。先祖者，類之本也。君師者，治之本也。……故禮上事天，下事地，尊先祖而隆君師，是禮之三本也。」客家人以敬家神為主，廟神為次。家神也就是祖宗牌位，也就是「阿公婆牌」，這部分包括家裡的公廳、宗族的祠堂以及同姓的家廟，是全部家庭的文化活動發生的重心所在。[19]客家人認為生命是可貴的，祭祀祖先，是一種非常肅穆的傳統。並告誡子孫要飲水思源，不可以忘本。客家人大都掛起祖先的堂號，視為光榮的標記。客家文化是以「耕讀傳家」為核心主軸而發展，於是在性格上，客家人勤勞節儉、刻苦耐勞；在人倫關係上，客家人敬祖睦宗、長幼有序；在社會意識上，客家人團結、要求與人和睦相處、能忍讓；在品德操守上，要求人品氣節更勝於富貴，並且敬愛自然萬物。這是值得每一位客家子弟，念茲在茲的偉大精神。

肆　結語

　　本研究結合歷史學和傳統禮儀的研究方法，透過文獻史料的搜集、考證資料，來探究新竹縣張昆和宗祠三獻禮儀式的風貌，進而闡述客家三獻禮的文化意涵。禮俗文化是人類在歷史的過程中發展出來的，是歷史經驗的沉澱與留存。客家文化是移民文化，不斷面臨新的

---

19 參見劉還月：《臺灣的客家族群與信仰》（臺北市：常民文化，1996年），頁210-213。

挑戰，在新舊文化的兼容並蓄下，展現出客家人「崇本報先，啟裕後昆」的文化觀。[20]客家是漢民族的一支，其先民因受邊疆部族侵擾的影響，由北而南，流離遷徙數萬里，歷若干朝代。所到之處自成一系，不被當地土著同化，而終能保持原有語言和風俗習慣。[21]我們尋根探源，不僅見到臺灣客家三獻禮文化「宗廟之美，百官之富」的堂奧，更了解到傳統文化與先民的生活經驗相輔相成，具有發皇歷史、綿延民族命脈的功能。

禮源於風俗民情，最可考見當時社會現狀，因此今日談古禮，當以言義理為正宗。我國的古禮，與民間的風俗民情息息相關。《禮記》〈經解〉：「以舊禮為無所用而去之者，必有亂患。」盱衡臺灣的社會現況，客家文化隨著先民們飄洋過海，在臺灣地區落地生根，他們在這塊土地上披荊斬棘所流的血汗，灌溉了臺灣的沃野，潤澤了臺灣純樸的鄉土文化。尤其在喪祭禮儀方面，幾百年來仍然保存著三獻禮儀的古風，讓後代子孫在頂禮膜拜之餘，能緬懷祖先的德澤，並且懷抱著感恩的心，感謝祖先的庇佑，讓我們能享受如此多的福澤。讓年輕一代的子孫能夠飲水思源，了解臺灣客家宗祠祭典禮儀的教化意義，並且要傳承吃苦耐勞的客家精神，以發揚光大客家人堅毅不拔的生命力。

---

20 參見廖開順著〈論河洛文化的根性精神及客家文化的根性精神〉，收錄於《歷史月刊》第244期（2008年5月），頁55。

21 參見葉國杏：《客家喪祭三獻禮及其教育意涵之研究》（臺北市：臺灣師範大學教育研究所碩士論文，2004年）。

參考文獻

一　古籍（依時代先後排序）

1. 〔漢〕鄭玄注　〔唐〕賈公彥疏　《周禮注疏》　臺北市　藝文印書館　1998年

2. 〔漢〕鄭玄注　〔唐〕賈公彥疏　《儀禮注疏》　臺北市　藝文印書館　1998年

3. 〔漢〕鄭玄注　〔唐〕孔穎達正義　《禮記正義》　臺北市　藝文印書館　1998年

4. 〔劉宋〕范　曄　《後漢書》　臺北市　鼎文書局　1987

5. 〔梁〕沈約等　《宋書》　臺北市　鼎文書局　1987年

6. 〔唐〕魏徵、令狐德棻　《隋書》　臺北市　鼎文書局　1987年

7. 〔後晉〕劉　昫　《舊唐書》　臺北市　鼎文書局　1987年

8. 〔宋〕朱　熹　《四書章句集註》　臺北市　鵝湖出版社　1998

9. 〔清〕孔令貽彙輯　《聖門禮誌》　臺北市　新文豐出版　1991年

10. 〔清〕趙爾巽等　《清史稿》　臺北市　鼎文書局　1980年

11. 〔清〕吳敬梓　《儒林外史》　臺北市　三民書局　1900年

12. 〔清〕王先謙　《荀子集解》　臺北市　世界書局　1991年

二　近人論著（依作者姓氏筆劃排序）

1. 王貴民　《中國禮俗史》　臺北市　文津出版社　1993年

2. 甘懷真　《唐代家廟禮制研究》　臺北市　臺灣商務印書館　1991年

3. 柯佩怡　《臺灣南部客家三獻禮之儀式與音樂》　臺北市　文津出版社　2005年

4.高　明　《高明孔學論叢》　臺北市　黎明文化事業公司　1978年

5.徐正光　《臺灣客家研究概論》　臺北市行政院客家委員會、臺灣
　　　　　客家研究學會合作出版　2007年

6.徐福全　《臺灣民間傳統喪葬儀節研究》　自印　2003年

7.陳運棟　《臺灣的客家禮俗》　臺北市　臺原出版社　1991年

8.謝金汀　《客家禮俗之研究》　苗栗縣　中華文化復興運動推行委
　　　　　員會　1989年

9.謝重光　《客家源流新探》　福州市　福建教育出版社　1995年

10.劉還月　《臺灣的客家族群與信仰》　臺北市　常民文化出版
　　　　　1999年

11.羅香林　《客家研究導論》　臺北市　南天書局　1992年

12.王邦雄、曾昭旭、楊祖漢　《論語義理疏解》　臺北市　鵝湖出版
　　　　　社　1987年

三　碩士論文（依作者姓氏筆劃排序）

葉國杏　《客家喪祭三獻禮及其教育意涵之研究》　臺北市　臺灣師
　　　　　範大學教育研究所碩士論文　2004年8月

四　單篇論文：

1.郭文涓　〈家廟祭祖研究——以臺中市張廖家廟為例〉　臺中市
　　　　　中興大學中國文學系　2003年

2.曾蘭香　〈三獻禮〉　《六堆雜誌》第94期　2002年

3.張添錢　〈認識客家三獻禮與張氏宗祠祭典〉　新竹縣　張昆和祭
　　　　　祀公業編　《紀念來臺祖善文公渡海二百四十週年特刊》
　　　　　2015年

4.廖開順　〈論河洛文化的根性精神及客家文化的根性精神〉　收錄
　　　　　於《歷史月刊》第244期　2008年

五　網路資源

客委會網址（http://www.hakka.gov.tw）

中央研究院漢籍電子文獻瀚典全文檢索系統網址（http://hanji.sinica.edu.tw）

張廖家廟　〈客家文化、客家禮俗與儀典〉（www.chang-liao.url.tw/100years_lista_05.html）

第八章
從張氏族譜家訓探究臺灣客家文化的蘊涵

摘要

　　木本水源是每一姓氏發祥的過程，也是每個子孫慎終追遠的根據。中華民族源遠流長，數千年來，不論朝代的更迭、政權的轉移、天災人禍的影響、自然環境的發展、社會結構的變遷等因素，即使在天涯海角，中華民族每一個姓氏，都沒有忘了他門的根源，這種倫理精神的凝聚，宗族之間的團結，全靠「族譜」來維繫。客家族譜的家規家訓，是歷代先祖待人處世之準則和經驗教訓之體現，反映了客家傳統文化的精神內涵，每個宗族的族譜中都有家規家訓的記載。客家文化是移民文化，不斷面臨新的挑戰，在新舊文化的兼容並蓄下，展現出客家人「崇本報先，啟裕後昆」的文化觀。隨著二十一世紀社會文明的日新月異，傳統的家族制度與社會結構，都面臨重大的轉變及解構的挑戰，如何傳承與發揚光大富有傳統特色的家訓文化，是每位客家人應承擔的責任，也是值得後代子孫重視的重要議題。在客家人傳統的文化中，充分表現出濃厚的移墾社會痕跡，刻苦耐勞、遵守祖訓，探究生命本源，承續傳統文化與風俗，遂漸形成客家民族特有的民族性。本研究以歷史學的研究方法，透過文獻史料的搜集、考證資料，建構客家先民移民史、家族史的風貌，並以臺灣客家地區的張氏族譜家訓為研究起點，探討族譜家規家訓中所蘊含的歷史文化意涵，

期望藉著相關內容的研究與文獻探討，使年輕的一代也能了解臺灣客家文化的蘊涵。

關鍵詞：族譜　家訓　客家　張氏　文化的蘊涵

壹　前言

　　客家人是中華民族中重要的支系，近一千年來五次大遷徙[1]，從中原向外播徙，到如今已繁衍發展到一億二千多萬人口，分布在海內外各國和地區。客家人不論走到哪裡，都承續中華民族的優秀文化和傳統美德，為中華民族的發展，為居住地的振興做出了重大貢獻。客家人因自身的顛沛流離，在時時為客、處處為客的窘境中，最為痛切地體驗到故土的可貴，因而與漢民族其他民系相比，愛國愛鄉的情懷顯得特別強烈。在客家人的傳統文化中，充分表現出濃厚的移墾社會痕跡，刻苦耐勞、遵守祖訓，探究生命本源，承續傳統文化與風俗，遂漸形成客家人特有的民族性。

　　劉勰在《文心雕龍》〈書記〉上說：「總領黎庶，則有譜籍簿錄，故謂譜者普也，注序世統，事資周普。」說明族譜乃是周普一姓因而為其立言，顧名思義，其難可知；所謂：「天下事之最難者，莫難於譜學」，良有以也。[2]族譜是先民開創祖業之歷史記載，蘊藏了祖先的生活經驗與智慧，值得後代子孫學習與傳承。基本上，一部具有嚴謹體例之姓氏族譜，它不但保存了家族史料，同時也可提供編纂地方史的資料採集，這些族譜都應受到大家的重視與肯定才對。[3]客家族譜的家規家訓反映了客家傳統文化的精神內涵，每個宗族的族譜中都記載有此類家規家訓。

　　家訓其主要內容是教育族人與子弟如何敦睦親族、讀書做人的勸

1　參見羅香林：《客家研究導論》（臺北市：南天書局，1992年），第二章〈客家研究導論〉「客家運動五期說」，頁45-62。

2　參見陳國緯著：〈江州義門陳氏宗譜〉（馬來西亞：南洋客屬陳氏公會，1983年），收錄於《臺灣源流》第33期（臺灣省各姓淵源研究學會，2005年12月31日），頁10。

3　參見廖慶六著：〈論始遷祖：從胡適的一篇譜序談起〉，收錄於《臺灣源流》第33期（臺灣省各姓淵源研究學會，2005年12月31日），頁9。

勉訓誡之辭，以及規範宗親應遵守的生活禮儀與待人接物的行為準則。彰顯了宗族的文化觀、人生觀、世界觀，更蘊含了我國儒家「修身、齊家、治國、平天下」的為人處世的人生哲學，讓一代代家族能夠遵循家訓、成長自我，不會數典忘祖。[4]在科技文明日新月異的二十一世紀，如何傳承與發揚光大富有傳統特色的家訓文化，是每位客家人應承擔的責任，並期望藉著相關內容的研究與文獻探討，使年輕的一代也能緬懷先祖，了解臺灣客家家訓文化的蘊涵，是不容忽視的重要議題。本文擬從臺灣客家族譜的張氏家訓，來探究客家家訓的文化蘊涵。

貳　臺灣客家族譜家訓的源流

　　家譜或族譜，是一個家族的生命史。客家人崇先報本，有著深厚的宗族意識，族譜之於客家人有著一種血緣與文化認證的作用，因而備受客家人的重視。如何適應時代，將蘊涵普世價值的客家族譜家訓，予以傳承與發展，是值得重視的文化課題。[5]茲述客家人編修族譜家訓的源流，如下：

一　始於明代

　　根據文獻的記載，客家地區的族譜編修始於明代。因為宋代之前，各姓氏的族譜是官修的，有其政治用途，此禁制到宋代才被打破，而有私修族譜的出現，但直至明代民間修譜的風氣才開始。[6]清代黃宗羲（1610-1695）說：

4　參見〈家訓普世長久不衰〉，懷恩網（http://zp.huaien.tw/），2014年8月26日。

5　參見〈家訓普世長久不衰〉，懷恩網（http://zp.huaien.tw/），2014年8月26日。

6　參見〈臺灣人的族源〉（http://myweb.ncku.edu.tw/）。

> 氏族之譜……大抵子孫粗讀書者為之，掇拾訛傳，不知考究，
> 牴牾正史，徒貽嗤笑。[7]

我國古代姓氏族譜，由官方編修，因而有攀附造假的現象，人民也無法真切的了解其中的真偽，降低族譜內容的可性度。羅香林在《客家源流考》說：

> 按客家人士最重視譜牒，雖其上代亦以迭遭兵燹，文籍蕩然，
> 不易稽考；然其人能靠歷代口頭的傳述，其子若孫，於前代源
> 流世次，不致完全忘卻；宋明以來，修譜之風，尤為興盛，雖
> 其所錄，亦多掛漏或錯亂之處，然而對於上世遷徙的源流和背
> 景，多少還可推證出來。[8]

上述引文，說明客家人最重視族譜，而譜之為體，必上溯其遷徙源流。族譜的編修，必須稽徵史實，讓後代子孫從族譜中，了解祖先創業的艱辛，而不致數典忘祖。族譜的紀載，是一個家族歷史的縮影，是客家姓氏家族史料的重要組成部分，代代承傳，以續血脈。

　　在歷史發展的進程上，客家大本營的開發，先贛南，次閩西，再到粵東北。[9]羅香林舉《崇正同人系譜》謝氏條云：

> 宋景炎間，有江西贛州之寧都謝新，隨文信國公勤王，收復梅

7　〔清〕黃宗羲：〈懷安戴氏家譜序〉，《南雷文定》（臺北市：世界書局，2009年），
　　卷1。

8　參見羅香林：《客家研究導論》（臺北市：南天書局，1992年），第二章〈客家的源
　　流〉，頁41。

9　參見古國順：〈客家源流問題探討〉，「客家文化與故鄉藝理抒懷情」（新竹縣：大華
　　科技大學客家學術研討會，2013年11月24日）。

州，任為梅州令尉，……遂家於梅州之洪福鄉。[10]

說明了南宋時期南遷的客家人，已經在贛州流域的贛南，梅江和韓江流域的粵東定居與墾殖。這與地理條件有關：境內河流眾多，山脈與丘陵縱橫交錯，形成大小不一的盆地分布其間，土地肥沃，氣候溫和，適合農耕，利於人居。[11]

綜合上述，可知明代正德之後，客家民系是從進入贛、閩、粵之間的三角地區以後，逐漸發展出來的。這三個地區的開發，以贛南為最早，其次閩西，然後是粵東北。客家民系也是隨著這個歷史進程，孕育於贛南，成熟於閩西，發展於粵東。[12]易言之，經過唐朝末葉至北宋末年以贛南為中心時期的孕育，到了南宋以閩西為中心時期，客家民系已告形成，再到元、明轉移到粵東北為中心時期，則更形發展壯大。

二　大盛於清代

康熙九年（1670）十月癸巳日，康熙帝給禮部一道上諭，頒布〈聖諭十六條〉曰：

1.敦孝弟以重人倫　　2.篤宗族以昭雍睦

3.和鄉黨以息爭訟　　4.重農桑以足衣食

5.尚節儉以惜財用　　6.隆學校以端士習

7.黜異端以崇正學　　8.講法律以儆愚頑

10　同註8，頁52。

11　同註9。

12　參見謝萬陸：《客家學概論》（南昌市：江西高校出版社，1995年），頁81-152。

9.明禮讓以厚民俗　　10.務本業以定民志

11.訓子弟以禁非為　　12.息誣告以全善良

13.誡匿逃以免株連　　14.完錢糧以省催科

15.聯保甲以弭盜賊　　16.解仇忿以重身命。[13]

清康熙皇帝勵精圖治，認為「徒法不足以為政」，唯有對臣民實施「聖諭宣講」的道德教化，才是提升淳厚的社會風氣，及國家長治久安的良策。

　　到清代雍正二年欽定《聖諭廣訓》，每月朔望宣講康熙帝〈聖諭十六條〉，又結合明代鄉約制度，下令在各地方宣講，敦促各宗族「修族譜以明疏遠」，各級官僚及地方士紳起而應之，各宗族聞風仿效，家譜之盛，遂為空前。茲摘錄如下：

　　　　將「上諭十六條」句解字釋，高聲曲喻，俾各宗族姓務各心領
　　　　神會，父慈子孝、兄友弟恭、夫和婦順、敦族睦淵，以成仁厚
　　　　之俗。[14]

對「上諭十六條」詮釋，就是以《聖諭廣訓》為範本。進行宣講。在滿清政府的倡導下，而使得修族譜的風氣大盛，清人所修族譜中，將萬言《聖諭廣訓》印入族譜的事例很多，甚至有人把不修族譜看作是「有違聖祖仁皇帝（康熙）敦孝悌、篤宗族之訓」。

　　綜合上述，可知客家族譜家訓極其豐富，在存世的中國家譜中，

---

13 〔清〕巴泰等監修：《大清世祖章皇帝實錄》（臺北市：華文書局，1970年），卷34，頁10-11。

14 〔清〕巴泰等監修：《大清世祖章皇帝實錄》（臺北市：華文書局，1970年），卷34，頁10-11。

有六〇八個姓氏的家譜流傳了下來，上海圖書館家譜收藏中心是世界
上收藏、保存中國家譜原件數量最大的圖書館，共收藏了三一三個姓
氏一點二萬多種家譜共九萬餘冊，其中有百分之七、八十是從贛粵閩
客家地區搜集而來。家譜是家訓的最主要載體，因而可以說，客家家
訓是中國家訓的最主要組成部分，研究中國家訓不能不研究客家家
訓。[15]客家人發揚儒家傳統的精神，重視族譜，禮教觀念。每個族群
的弟子都要了解家訓內涵，學習先賢事蹟，明白待人接物的道理，在
潛移默化中，修養高尚的品德，進而成為光明磊落的好青年。

參　臺灣客家族譜家訓的內容

　　展閱歷史的長卷，解讀中國贛、粵、閩邊際地區的客家家訓，都
是彰顯客家人勤儉淳樸、耕讀傳家、崇文重教的人文精神。各姓氏的
族譜家訓，是宗族命脈的傳承，是祖先生活記錄的印記，更是後代子
孫追思的根源。家訓也是對子孫的教育準則，在傳承與實踐中，每個
族群的子弟都要了解家訓內涵，學習先賢事蹟，能夠以此典範，砥礪
個人的品德修養，進而敦睦家族。本文舉新竹縣湖口鄉的張昆和族譜
家訓為例，並敘述其源流與文獻內容如下：

一　張氏族譜文獻源流

　　中國的家譜文化，就是整個民族的血脈信仰。在我們可以考知的
張氏家乘、譜牒，有唐朝人張太素的《敦煌張氏家傳》二十卷，此後
又有《曲江張氏家譜》一卷。宋元明清諸代，各地的張氏家譜不斷修
撰，以至於在全國範圍內統一修續家譜。明朝嘉靖年間（1522-1566），

15　參見林新網：〈客家族譜裡的核心價值觀〉（http://tw.peep-squirrel.com/）。

張浚等人修纂的《張氏統宗世譜》有十八卷，後來又擴展到二十一卷，並附有《文獻》十一卷，卷帙極為豐富。這部譜書將當時全國各地的張氏家族的有關情況全部收入，書中還附有《張氏古今遷居地理圖》十七幅。這是張氏的一部極為重要的譜書。民國時期，張氏聚族修續家譜之風方興未艾，一九四九年後一些地方也有續修家譜的情況。[16] 由此可見，張氏族譜文獻源流的概況。

　　張氏的各種家乘、譜牒儘管文字繁簡不一，記述範圍有別，但內容卻大體相同，一般包括序言、凡例、家族世系、家族法規、先祖行狀和家族文獻等。其中家族世系是家譜的中心內容，為譜書所必備。譜書中關於家族世系的記述，既要注重上下垂直關係，使源流承遞清楚。又要注重左右橫向關係，詳列人物事蹟。張氏譜書往往首先闡明本家族的繁衍源流，然後再詳述各支各派的人物事蹟。世系不僅要記載本宗族的人物名謂，而且還多通過派下系統表來說明人物的宗派和輩分。

　　新竹縣湖口鄉住有兩張，由於血統不同，避免混淆，分稱字號，北勢張號稱「六和」，波羅汶張號稱「昆和」。[17]「昆和」即以團結合作為家訓，期勉後代子孫，兄弟間要發揮手足之愛，和睦相處，團結合作，共存共榮。[18] 緬懷張家先祖，從一世的揮公，一脈相承到十四世善文公，飄洋過海，從原鄉來臺灣開創基業，他們奮鬥努力的悲歡歲月，又像涓滴不停的細流，流入鄉親的心扉。歲月悠悠，至今以傳承至二十一世，後代子孫應該要飲水思源，並常懷感恩的心，來發揚祖德，讓張昆和之德業風華再現。

---

16 參見賀晨曦編輯：〈張姓家譜網〉（http://www.taiwan.cn/，2008-06-02）。

17 參見《認識客家原鄉及先祖移民史與近代史》（新竹縣：張昆和祭祀公業編，2015年），頁22。

18 參見《認識客家原鄉及先祖移民史與近代史》（新竹縣：張昆和祭祀公業編，2015年），頁25。

二　張氏家訓文獻源流

張姓的「百忍堂」，這個名聞天下的堂號，可以溯源自唐高宗時代的張公藝，根據《舊唐書》〈孝友傳〉的記載：

> 鄆州壽張人張公藝，九代同居。北齊時，東安王高永樂詣宅慰撫旌表焉。隋開皇中，大使、邵陽公梁子恭亦親慰撫，重表其門。貞觀中，特敕吏加旌表。麟德中，高宗有事泰山，路過鄆州，親幸其宅，問其義由。其人請紙筆，但書百餘「忍」字。高宗為之流涕，賜以縑帛。[19]

宋代司馬光《資治通鑑》〈唐紀十七〉，卷二〇一也記載：

> 壽張人張公藝九世同居，齊、隋、唐皆旌表其門，上過壽張，幸其宅，部所以能共居之故，公藝書「忍」字百餘以進。[20]

張公藝（577-676，張氏八世祖）一家，九世同居共財，遠近馳名，受到大家的稱頌。唐高宗聽聞此事，親自到張家探望。高宗向張公藝詢問固守家業、和睦宗族的方法，他只寫了一百多個「忍」字作為回答。高宗從中悟出了齊家治國的道理，深為感動，親書「百忍義門」四個大字旌表。張旭題詩曰：「張公書百忍，唐朝著勛名。天子躬親問，旌表懸門庭。洪都是故郡，清河脈長存。兒孫須當記，族遠詩為

19　〔後晉〕劉昫等：〈孝友傳〉，《舊唐書》（臺北市：鼎文書局，1987年），卷188，列傳138，頁4920。

20　〔宋〕司馬光等：《資治通鑑》，點校本（北京市：中華書局，1956年），卷201，唐紀17，頁6338。

憑。」從此以後族人便以「百忍」作為自己家族的堂號。

　　根據唐代典籍記載，唐玄宗開元年間，群臣為玄宗祝壽，多獻奇異珍寶，只有宰相張九齡獻上一部名為《金鑑千秋錄》的書籍。他在書中詳細論述了古今興亡的教訓，居安思危，永保社稷。事後，玄宗對他這份貴重的禮品十分珍視，還專門下詔進行彰表。因此，張九齡的族人也引以為榮，開始「青錢世第，金鑑家聲」，以金鑑為堂號。根據臺灣省湖口張昆和派下宗祠堂號為「金鑑堂」，堂聯為「公藝家風垂百忍，九齡金鑑耀千秋」，是融入漢代留侯張良「百忍為家」與唐代張九齡「睦族之道」，二位張家先祖賢達的德澤而成，以作為後代子孫的典範，其用意深遠，值得後人省思。

三　張氏家訓文獻內容

　　家訓記載了各家族的文化觀、人生觀、世界觀，是睿智的先祖博采古今賢達至理名言而定，作為後代子孫生活之規範，待人接物之準則，即使在科技文明日新月異的現代，家訓的內容與規範，是放之四海而皆準，歷經百代仍猶新，企盼後代子孫多加研讀，並且身體力行之，以發揚光大祖先教化宗親之德澤。張昆和家訓內容引自福建上杭張氏聯譜（首卷）[21]，茲敘述張氏《家訓》的文獻內容，如下：

　　　忠國家：食毛踐土，國家當尊，主權須保，愛國忠貞。
　　　　　　　　勤求學問，勉為國民，夙興夜寐，憂國憂民。

21　參見張添錢：〈認識客家三獻禮與張氏宗祠祭典〉，《紀念來臺祖善文公渡海二百四十週年特刊》（新竹縣：張昆和祭祀公業，2015年），頁4。

孝父母：父母之德，同於昊天，人生百行，孝順為先，
　　　　跪乳反哺，物類猶然，凡我姓族，孺慕勿邊。

友兄弟：手足情深，血脈相逢，逢氣分形，可禦外侮，
　　　　姜被田荊，終生無忤，友愛克敦，比隆前右。

尚勤儉：克勤克儉，禹乃成功，矧列士術，財力不充，
　　　　謹身節用，可致豐隆，吾輩共勉，善始圖終。

重教育：名門望族，每賴後賢，父母之責，教育為先，
　　　　貽謀燕翼，世澤長綿，蒙以養正，勿負髫年。

重喪祭：慎終追遠，典禮維祥，親喪自致，寸裂肝腸，
　　　　先靈如在，數典難忘，盡情盡物，春露秋霜。

恤無告：鰥寡孤獨，最足矜憐，命生不辰，氣數攸偏，
　　　　窮民無靠，仁政是先，駭目驚心，保護宜全。

由上述引文，可見張氏《家訓》內容包蘊宏富，其中「忠國家、孝父母、友兄弟」三項家訓，含蘊了《大學》所謂的「修身、齊家、治國」等條目、五倫中的「父子有親、長幼有序」等人倫規範。「恤無告」一項家規，與《禮記》〈禮運大同〉中所述：「故人不獨親其親，不獨子其子；使老有所終，壯有所用，幼有所長，矜、寡、孤、獨、廢疾者，皆有所養。」同樣具有「民胞物與」的仁愛襟懷。「重喪祭」一項家規，在發揚孔子所說：「生，事之以禮；死，葬之以禮，祭之以禮。」（《論語》〈為政篇〉）以及曾子說：「慎終追遠，民德歸

厚矣。」(《論語》〈學而〉)的旨意。「重教育」一項家規,與《三字經》上所說:「養不教,父之過,教不嚴,師之惰。」的意涵相同。「尚勤儉」在闡揚《尚書》〈大禹謨〉:「克勤於邦,克儉於家。」的訓示。

綜合上述,可見張氏《家訓》內容的多元性,闡釋經典古籍名言來訓勉後代子孫,彰顯了張氏先祖的睿智與遠見。張氏《家訓》包含了經邦濟世、做人處事的智慧,更期勉後代子孫應注重家庭教育,家庭教育可說是一切教育的基礎,攸關學校教育和社會教育的成敗。這些古代的家訓是中華民族的巨大財富,是對所有中華兒女的教誨,後代子孫除緬懷祖先創業艱辛外,更應感恩祖先的德澤,並且身體力行之,使優良家訓,永遠傳承與發展至千年萬代。

紀念來臺祖渡海二百四十週年特刊

肆　客家族譜家訓的文化蘊涵

　　木有本、水有源。木本水源是說明每一姓氏發祥的過程，也是每個子孫慎終追遠的根據。數千年來，不論政治領域的擴張、天災人禍的遷徙、經濟環境的發展，即使海角天涯，中華民族沒有一家忘了他們的根源。這種倫理精神的凝結，宗族觀念的團結，深受「族譜家訓」的催化影響。茲述臺灣客家族譜家訓的文化蘊涵如下：

一　緬懷先祖報本尋根的意識濃厚

　　客家人視祖先的族譜家訓，為光榮的標記，以表明姓氏根源之所自。據「昭和四年湖口公學校鄉土調查」（日文版）節錄：「在波羅汶現今最有成就的就是張姓，張家先代，是約一百五、六十年前（1926記錄），有張善文者，由大陸嘉應州長樂縣渡海來臺，最初居樹林頭，後移居波羅汶，從事耕作水田。」[22]在客家人的文化中，充分表現出濃厚的移墾社會痕跡，刻苦耐勞、遵守祖訓，探究生命本源，承續傳統文化與風俗，遂漸漸形成客家民族特有的民族性。緬懷祖先創業之艱辛，而思報本尋根，裕後光前。長期遷徙流離，處處如無根草般飄泊無依的處境，造就了客家人強烈的報本尋根意識。

　　「樹有本，水有源」，客家每個姓氏的譜牒，開宗明義幾乎都赫然書寫這則諺語，每個客家堂號、堂聯都不厭其煩的敘述氏族的源起、衍播。客家人重視生命本源，鍥而不捨修譜的情狀，亦頗感人。據張氏族譜記載，十四世善文公離開嘉應州長樂縣，移居臺灣開墾拓荒已經有二百四十餘年的歷史。從一九二八年八月、一九九一年四

---

22 參見《紀念來臺祖善文公渡海二百四十週年特刊》（新竹縣：張昆和祭祀公業，2015年），頁4。

月、一九九六年元月，陸續有臺灣宗親回原鄉探親尋根及祭祖，但因
年代久遠，兩岸親族音訊中斷，原鄉地名已更改，人事也已全非，結
果空手而回，令人遺憾與失望。客家人移居臺灣或者其他國家，也已
有數百年歷史，但心靈深處，思念鄉園之情是永遠抹滅不掉的，此乃
客家人之心根。[23] 由此可見，客家人不論走到哪裡，沒有一家忘了他
們的根源，以及宗族觀念的團結與血脈的傳承。

二　傳承堅忍勤儉與忠孝傳家的德範

　　客家鄉親原本居住在大陸中原一帶，至明末清初兩千多年間，由
於內陸人口的膨漲，以及戰亂的因素，輾轉遷徙到廣東中部以及沿海
地區，有些更飄洋過海至臺灣北部的桃、竹、苗地區，以及南部的高
雄、屏東一帶墾殖荒地。目前全臺灣約有四百多萬人，起初先民都是
依山而居，赤手空拳來開創自己的家園，以種植稻田、茶樹維生，所
以養成吃苦耐勞、委曲求全的精神。他們流血流汗的辛勤耕耘，為後
代子孫開闢了安身立命的鄉土家園；一枝草、一點露的耕讀精神，讓
客家文化的薪火能夠永遠傳承下去。客家人因自身的顛沛流離，在時
時為客、處處為客的窘境中，最為痛切地體驗到故土的可貴，因而與
漢民族其他民系相比，愛國愛鄉情懷顯得特別強烈。

　　在客家諺語中，反映客家人愛國愛鄉情懷的內容比比皆是，例
如：「國強民也富，國破家也亡」這是對祖國的摯愛；「家鄉水甜入
心，十年不改舊鄉音」，這是對家鄉的深情。客家文化是以「耕田讀
史」為核心主軸而發展，這項文化特質，顯然也與客家人長期遷徙有
著密切的關係，於是在性格上，客家人勤勞節儉、刻苦耐勞；在人倫

23　參見《認識客家原鄉及先祖移民史與近代史》（新竹縣：張昆和祭祀公業編印，2002
　　年），頁3-4。

關係上，客家人敬祖睦宗、孝敬父母、長幼有序；在社會意識上，客家人團結、要求與人和睦相處、能堅忍謙讓；在品德操守上，要求人品氣節更勝於財富，並且敬愛自然萬物。但是，富有歷史人文事典與耕讀傳家美德的客家家訓文化，在社會的變遷與時推移，科技的文明日新月異的二十一世紀，正面臨著空前的浩劫，逐漸在消失與崩解，這個現象值得每一位客家子弟反省與深思。

三　弘揚客家始祖開疆拓土的仁愛精神

客家人最重視宗族倫理觀念，因此勤修族譜，在住宅正廳門楣上標示堂號，堂號內供奉祖先牌位之外，多不祭祀其他神位，而且祖堂和兩邊廂房是不相通的，並告誡子孫：「寧賣祖宗田，不賣祖宗言，寧賣祖宗坑，不忘祖宗聲」，以表示要飲水思源，不可以忘本。在客家諺語中敘述：「富貴不離祖，遊子思故鄉」，說明無論貧富貴賤，男女老少，誰都不忘自己根之所在，本之所依，正所謂「摘瓜尋藤，念祖尋根」。崇拜祖先是飲水思源，也是孝道的具體表現。或許有人認為，客家人注重「敬祀祖先」乃是一種「祖先崇拜」。其實「祭如在，祭神如神在」（《論語》〈八佾〉），這都是客家人把家族與宗族生命，寄託在對生命與文化傳承的虔誠尊敬，以及對未來子孫成龍成鳳的無限期盼上面，世世代代承續傳統，顯示客家生命的無窮無盡。

客家人受儒家思想影響，強調倫理道德，舉凡姓氏家族聚居之地，必設置宗祠。客家人重視祖先與宗族意識，認為祖先是每個人的血緣生命與文化淵源。正如曾子說：「慎終追遠，民德歸厚矣」（《論語》〈里仁〉）。所以，客家人的祖塔，除了年代久遠之外，子孫將眾多祖先骨骸，集中在一處，稱為佳城，可以容納數百到數千罐骨骸罈。客家人相信天地創生萬物，是一切生命之始，而祖先則是我們生

命的淵源。所以祖宗的恩德，是可以和天地相提並論的。祭祀天地和祖先，同樣是客家人「報本反始」、「慎終追遠」的精神。歷代的祖先和生育、養育、教育我們的父母，都是我們生命的根源，血濃於水，代代相傳，不斷的往前追溯，就可以彰顯出歷史綿延不斷的傳承精神。祭祖由人道之親愛親人，推而上之，及於尊重先祖，由尊重祖先擴而充之，至於尊敬宗族，繼而團結族人，使宗廟莊嚴完備，復由維護宗廟的莊嚴完備，推衍至重社稷、愛百姓，使得人人能安居樂業，最後一切終歸於禮樂和諧，政清俗美，這就是客家人重視祭祀禮儀，所要達成的仁愛功能。

伍　結語

　　本研究運用歷史學的研究方法，透過文獻史料的搜集、考證資料，建構客家張姓的族譜家訓及移民史、家族史的風貌，來探究客家族譜家訓所蘊涵的文化意涵。中華漢族是由眾多姓氏家族組合而成，以孝弟為本，故能敦親睦族，慎終追遠，其本深厚，其源流長，縣延數千年而不衰。由臺灣地區一家一族，一地一姓，可以確切明瞭此地人民的遷徙與衍派狀況，具有歷史傳統與地理血緣的主體意識作用。[24] 客家文化是移民文化，不斷面臨新的挑戰，在新舊文化的兼容並蓄下，展現出客家人「崇本報先，啟裕後昆」的文化觀。[25] 後代子孫緬懷遠祖之德澤，和創業艱辛的先民心志相通，更應飲水思源，不可以數典忘祖。

---

24 參見鄧佳萍著：《屏東六堆地區客家祠堂區聯文化內涵研究》（屏東縣：屏東教育大學，2007年碩士論文）。

25 參見廖開順著：〈論河洛文化的根性精神及客家文化的根性精神〉，收錄於《歷史月刊》第244期，2008年5月），頁55。

　　族譜家訓是傳統宗法社會家長訓勉子孫立身處世、齊家治國的經典嘉言，被稱為我國古今家訓之祖的《顏氏家訓》在開宗明義〈序致〉篇上說：「夫聖賢之書，教人誠孝，慎言檢跡，立身揚名，亦已備矣。」肯定了聖賢典籍的教化功能，而家訓主要的目的是歷代先祖累積平生的見識與經歷，「整齊門內，提撕子孫。」（《顏氏家訓》）訓誡後代子孫的肺腑之言。教導子孫既要掌握知識，也要擁有相稱的節操；既要家庭和睦，也要教育好後代子孫。族譜家訓的名言佳句，猶如源頭活水，為宗族命脈的傳承，澎湃奔騰，是家庭和諧、社會穩定發展的基石。客家諺語說：「為老不尊，教壞子孫。」又說：「樹頭若企乎正，不怕樹尾做風颱。」這些諺語說明上樑不正，下樑歪的意涵。可見先民用善知識引導子孫向光明的人生邁進，使他們在潛移默化中，能夠牢記家訓，將來長大做個俯仰無愧、堂堂正正的客家人。

參考文獻

一　古籍（依時代先後排序）

1.〔漢〕鄭玄注　〔唐〕孔穎達正義　《禮記正義》　臺北市　藝文印書館　1998年

2.〔唐〕魏徵、令狐德棻　《隋書》　臺北市　鼎文書局　1987年

3.〔後晉〕劉　昫　《舊唐書》　臺北市　鼎文書局　1987年

4.〔宋〕朱　熹　《四書章句集註》　臺北市　鵝湖出版社　1998年

5.〔宋〕司馬光等　《資治通鑑》　北京市　中華書局　1956年

6.〔清〕巴泰等監修　《大清世祖章皇帝實錄》　臺北市　華文書局　1970年

7.〔清〕黃宗羲　《南雷文定》　臺北市　世界書局　2009年

二　近人論著（依作者姓氏筆劃排序）

1.徐正光　《臺灣客家研究概論》　臺北市　行政院客家委員會、臺灣客家研究學會合作出版　2007年

2.謝萬陸　《客家學概論》　南昌市　江西高校出版社　1995年

3.謝重光　《客家源流新探》　福州市　福建教育出版社　1995年

4.羅香林　《客家研究導論》　臺北市　南天書局　1992年

5.《紀念來臺祖善文公渡海二百四十週年特刊》　新竹縣　張昆和祭祀公業編印　2015年

6.《認識客家原鄉及先祖移民史與近代史》　新竹縣　張昆和祭祀公業編印　2002年

三　碩士論文（依作者姓氏筆劃排序）

鄧佳萍　《屏東六堆地區客家祠堂區聯文化內涵研究》　屏東縣　屏
　　　東教育大學中國語文學系碩士論文　2007年

四　單篇論文（依作者姓氏筆劃排序）

1.古國順　〈客家源流問題探討〉　「客家文化與故鄉藝理抒懷情」
　　　新竹縣　大華科技大學客家學術研討會　2013年11月24日
2.張添錢　〈認識客家三獻禮與張氏宗祠祭典〉　新竹縣　張昆和祭
　　　祀公業編　《紀念來臺祖善文公渡海二百四十週年特刊》
　　　2015年
3.廖開順　〈論河洛文化的根性精神及客家文化的根性精神〉　《歷
　　　史月刊》第244期　2008年

五　網路資源

客委會網址（http://www.hakka.gov.tw）
臺灣人的族源（http://myweb.ncku.edu.tw/）
林新網　〈客家族譜裡的核心價值觀〉（http://tw.peep-squirrel.com/）
賀晨曦編輯　〈張姓家譜網〉　臺灣張姓（http://www.taiwa）

第九章
臺灣客家的宗祠文化
──以新竹縣張昆和宗祠為例

摘要

　　中華民族源遠流長，數千年來，不論朝代的更迭、自然環境的發展、社會結構的變遷，每個姓氏族群都以宗祠來祭拜天地神明與祖先，以宗祠的堂號聯語敘述著宗族的源起與衍播。《禮記》〈曲禮〉上記載：「君子將營宮室，宗廟為先。」可見宗祠的建造，是崇敬祖先、宗族奠基立足的表徵，彰顯血緣親族的凝聚力。隨著二十一世紀科技文明的日新月異，臺灣客家文化的保存與發揚，已面臨嚴峻的挑戰與考驗，幸好臺灣多數的客家族群，仍肩負著傳承歷史文化的使命，他們用全部的生命，來耕耘家鄉這塊土地，潤澤了臺灣純樸的鄉土文化。我們尋根探源，不僅見到臺灣傳統客家宗祠文化「宗廟之美，百官之富」的堂奧，更了解到傳統文化與先民的生活經驗相輔相成，具有發皇歷史、綿延民族命脈的功能。本研究旨在探究臺灣客家宗祠所蘊涵的文化意涵，為達成研究目的，首先透過文獻史料的搜集、考證資料，以臺灣新竹縣湖口張昆和宗祠建築型式、堂號楹聯、宗祠祭祀活動為研究起點，探討客家宗祠「崇本報先，啟裕後昆」的文化意涵，並期望藉著相關內容的研究與文獻探討，使年輕的一代也能夠緬懷千古，體會先祖創業之艱辛，由衷產生感恩之情懷，飲水思源而不會數典忘祖。

關鍵詞：張昆和宗祠　堂號　楹聯　祭祀　客家文化

壹　前言

中華民族源遠流長，數千年來，不論朝代的更迭、自然環境的發展、社會結構的變遷，中華民族每個姓氏，都以宗祠、堂號聯語敘述著宗族的源起與衍播。我國宗廟制度產生於周代，《禮記》〈祭義〉記載：「聖人以是為未足也，築為宮室，謂為宗祧，以別親疏遠邇，教民反古復始，不忘其所由生也。」《荀子》〈禮論〉上也說：「禮，有三本：天地者，生之本也；先祖者，類之本也；君師者，治之本也。」說明先祖乃是人之根本，儒家倡導緬懷人初之祖，不忘先祖創業的艱辛勞苦和對後代子孫的福蔭德澤，所以人們要拜祭祖先。祭祀應以虔敬之心開始，感恩感謝祖宗保佑致福子孫，於是天地崇拜、祖先崇拜，構成嚴謹而穩固的宗廟制度，宗祠體現宗法制家國一體的特徵，歲時節慶由族長率領族人共同祭祀祖先。在中國傳統的民族文化裡，宗祠彰顯了姓氏宗族文化的重要，一直影響中國社會兩千多年。

　　客家人是漢族的一支，近一千年來五次大遷徙，從中原向外播徙，到如今已繁衍發展到一億二千多萬人口，分布在海內外各國和地區。客家人因自身的顛沛流離，在時時為客、處處為客的處境中，痛切地體驗到故土的可貴，因而與漢民族其他民系相比，愛鄉情懷顯得特別強烈。客家人不論走到哪裡，都承續中華民族的優秀文化和傳統美德，不忘本源，重視傳統，建造宗祠，崇敬祖先。一般人稱宗祠為家廟、祠堂，客家人稱「宗祠」為「公廳」。客家宗祠成為宗族拜阿公婆（祭祀先祖）、舉辦宗族事務、修編宗譜、議決重大事務的重要場所，更是凝聚宗族團結的原動力。宗祠的堂號、神牌、楹聯及祭祀祖先的活動等，反映出客家人的的崇祖文化。本文希望藉由深入探究新竹縣湖口鄉張昆和宗祠文化的意涵，讓後代子孫能夠飲水思源，而不會數典忘祖。

貳　客家宗祠的發展源流

　　傳統客家人祖先崇祀的文化，注重宗祠之建造，以供奉祖先牌位，緬懷祖先功德，不忘本源，慎終追遠、奉行孝道、感恩報德、祈求祖先賜福與庇祐及延續血緣等特色。在中國古代，祭祀祖先雖是天經地義之事，而設立宗廟祭祖卻是君主貴族的特權。依據《禮記》〈王制〉的記載：

> 天子七廟，三昭三穆，與大祖之廟而七；諸侯五廟，二昭二穆，與大祖之廟而五；大夫三廟，一昭一穆，與大祖之廟而三；士一廟；庶人祭於寢。

　　按照禮法，昭、穆是指宗廟的排列次序，如、祖廟為昭，父廟為穆，子廟為昭，雖廟為穆。各個廟都向南，昭廟在左，穆廟在右，依次排列。古代封建王朝，從天子到士，都要建立宗廟，用以供奉祖先牌位祭祀祖宗。表達孝思、尋求祖先神靈庇祐作用外，還具有明昭穆、序長幼、別尊卑貴賤的社會現實政治功用。由於「禮不下庶人」（《禮記》〈曲禮〉）的觀念，庶人是平民百姓則不能立廟，庶人只能在臥室中祭祀父母。

　　客家祠堂的建立，可追溯至宋、元之際。宋朝朱熹（1130-1200）提倡家族祠堂，依據朱熹《家禮》的記載：

> 祠內放四龕，奉祀高、曾、祖、禰四世神主。[1]

1　〔宋〕朱熹：《家禮》（《文淵閣欽定四庫全書》版），卷1，頁1a-1b。

朱熹認為雖然廟制不見於經，但是「士庶人之賤，亦有所不得為者」。「朱子以廟非賜不得立，遂定為祠堂之制，於是人皆得建祠堂以伸其報本之敬矣。」因此，把士庶祭祖的場所，不稱為「廟」，改稱「祠堂」。[2]每個家族建立一個奉祀高、曾、祖、禰四世神主的祠堂四龕，此舉促使統治者放寬在祭祖禮制的嚴格要求，因此，祭祖之宗廟──祠堂開始在民間大量興建。

宋、元之際，是客家民系形成的重要時期，除語言、民俗等方面外，人口的增長及達到一定的量，是判斷一個民系是否形成的重要標誌。[3]自南宋到明初，一般的祠堂都是家祠。及至明朝，客家祠堂的興建發展進入到高峰時期。在明朝，統治者對祭祖禮制方面的限制繼續鬆動，尤其是明嘉靖十五年（1536年），禮部尚書夏言關於「乞詔天下臣民冬至日得祀始祖議」的上疏被採納[4]，因此開啟了允許民間各同姓宗族聯合祭祀始祖的先河。例如《東莞張氏如見堂族譜》的記載：

> 祠堂之設，古未有也。古者……庶人無廟，祭先於寢，其制秩然而不可紊。迨宋紫陽朱子以義起家禮，始有祠堂之制，後人倣而作之者甚眾。東莞張氏，系出唐相文獻公九齡弟九皋之後……宣德庚戌之冬，十世孫忠惠繼承先志，復捐地數畝，取祀事餘資，同叔世良鳩工聚財，廣堂之制，作廳於前，創室於後，作廡於左右。門牆庖宇，罔不備具。不隘不奢，堅好完美。於是奉先有堂，宴會有所，上得以致其將事之敬，下得以篤其一族之情。昭穆以之而明，尊卑以之而序。其用心之仁而

2　參見科大衛：〈祠堂與家廟──從宋末到明中葉宗族禮儀的演變〉，《歷史人類學學刊》第1卷第2期（2003年10月），頁1-20。

3　〈中國民間為什麼有很多宗祠〉（https://kknews.cc）。

4　夏言：《桂州夏文湣公奏議》，卷21。

　　　厚也，彰彰矣。（宣德庚戌〔1430〕〈增修祠堂記〉）[5]

　　上述東莞張氏修祠堂的記錄，反映出當時人民積極迫切整修祠堂的用心良苦，令後代子孫感念不已。

　　在清朝，客家人營建祠堂的情勢有增無減，這就使得客家祠堂的數量在清代達到高峰。當時的客家地區，「族必有祠」，「巨家寒族，莫不有家祠，以祀其先，曠不舉者，則人以匪類以擯之。」[6]清代期間，許多宗族對以前所建祠堂進行翻修，重修後的祠堂，規模更為宏大，裝修得也更加精美。祠堂制度徹底打破了貴族家廟祭祀的壟斷權，打破了嚴格限制祭祀代數之規定。其結果是使我國宗族社會的體系更完善，使族群內的成員關係變得更為緊密，社會風氣更為和諧。[7]客家族群大量修建祠堂，使得傳統的宗廟制度與祭祖制度得以永續發展。

　　綜合上述，可知客家人重視傳統、崇祖觀念強烈，在生存艱難的環境下，更需要以祖宗的名號來團結族人以克服困難，因而此時，客家族群修建祠堂的信念更為迫切、更為積極。我們查閱客家族群的族譜或察看祠堂碑記，發現客家祠堂中有不少是在明朝興建的。

參　新竹縣湖口張昆和宗祠的文化特質

　　展閱「張氏家族」客家原鄉及先祖移民歷史的記載，來臺祖善文公於乾隆四十年（1775）渡海來臺，幾度輾轉始於嘉慶二十二年

5　科大衛：〈祠堂與家廟——從宋末到明中葉宗族禮儀的演變〉，《歷史人類學學刊》第1卷第2期，2003年。《東莞張氏如見堂族譜》（1922），卷31，頁1a-4a。

6　楊龍泉：《志草》，載《同治贛州府志》。

7　周贇：〈廟祭還是墓祭——傳統祭祖觀念之爭論及其現時代之價值〉原載《鵝湖》第446期（2012年8月），（http://www.confucius2000.com/）。

（1817）奠基於現今老公廳之原址。[8]由此可知，張家先祖漂洋過海
胼手胝足到臺灣開墾創業的艱辛。現今座落於新竹縣湖口鄉波羅村三
元路二段八十九巷二十五號的「張昆和祭祀公業公廳」，早年曾於民
國十六年（1927）重修，民國四十五年（1956）農曆十一月初一再度
重修落成轉火登龕。原建物為土牆紅瓦坐落現公廳後頭，第五房有感
年久失修於民國七十二年（1983）發動重建並與各房要員大力策劃
下，於民國七十四年（1985）農曆十二月二十九日落成燈龕，至民國
一〇六年（2017）十四世祖善文公渡臺二百四十七年，公廳重建屆三
十週年。[9]感念先祖篳路藍縷創業的艱辛，讓後代子孫能夠在典雅的
宗祠祭祖，宣揚祖德。筆者身為張家媳婦，每年在除夕當天偕夫婿回
到波羅汶公廳祭祖。在祭祖過程中，訪談宗族親長，了解張昆和宗祠
建築歷程，發現公廳建築型式之美，參考文獻資料探究公廳堂號聯語
之淵源，並採擷祭祖活動之儀式，臚列張昆和宗祠建築型式、堂號聯
語、祭祖活動等，來感懷祖先創業的艱辛，並彰顯客家宗祠崇敬祖先
的文化特質。

一　建築型式

張昆和祭祀公廳建築形式為座東朝西，建築空間格局方正、對
稱，類似三合院的形式。空間平面配置為水平向，正堂及左右橫屋三
部分。正堂明間之背牆設置泥作臺基與神龕，奉祀善文公暨歷代祖先

8　參見張添熹、張秋滿：〈從波羅汶「張屋」到張昆和「公號」與「義民廟」的淵
　　源〉，《紀念來臺祖善文公渡海二百四十週年特刊》（新竹縣：張昆和祭祀公業，
　　2015年），頁13。

9　參見張添熹、張秋滿：〈從波羅汶「張屋」到張昆和「公號」與「義民廟」的淵
　　源〉，《紀念來臺祖善文公渡海二百四十週年特刊》（新竹縣：張昆和祭祀公業，
　　2015年），頁25。

的牌位，上有考與妣，而且妣皆稱「孺人（孺人是七品官夫人）」，公廳內有客家人共通信仰象徵的地方，在神桌下供奉「土地龍神香位」。門前、正堂及左、右橫屋的屋頂、屋脊兩端呈雙開叉燕尾，線條明量優雅翹起，脊背則以小磁磚貼飾設計，屬於火形馬背，極具建築裝修之美，且代表祖先對後代子孫的更多期許和勉勵。因公廳座東朝西，則是背向風力、減少湖口冬天東北季風吹颺之虞。[10]另外說法：坐東朝西是中國古代風水學的一個概念，是古代漢族勞動人民智慧的結晶，並非迷信傳說。而之所以坐東朝西，為的是遙望大陸，以示不忘根本。建築樣式古樸典雅的宗祠，已成為客家文化的藝術瑰寶，供奉祖先與神祠，更是後代子孫緬懷列祖列宗德澤的聚落中心。

　　正堂為公廳的主要中心，廳內空間高聳，加上精緻華美的似木屋架、似木雕及彩畫，再搭配匾額、楹聯等；而公廳建築裝飾最多也是最精美，例如：正堂前廳的左右方，高懸「光前裕後」、「源遠流長」、「祖德流芳」、「清河遺徽」等牌匾。公廳的屋頂中樑掛有「龍」、「象」的彩繪，「水行中龍力大、陸行中象力大」，分別象徵：龍能興雲佈雨，象諧音「祥」之音，代表吉祥，寓意風調雨順、國泰民安。整個公廳的牆是用紅磚加上水泥所堆砌而成的，不同於一般磚瓦的製成方式，所以說，公廳的牆面是極具有特色的。公廳的書法之美是另一具有特色的，尤其在門對、棟對、柱對等形式，將遷徙開墾、傳世家風、家訓等意涵，蘊藏於文字中。公廳的門前、正堂及左、右橫屋之間夾有中庭，屬建築之內埕天井，構成大面積的開放空間。整個公廳建築體的左側有波羅汶溪的橫圳（是所謂的「玉帶水」帶來好運之意），公廳後方為五百六十三點四五坪的綠地，後方種有

---

10 參見張添熹、張秋滿：〈從波羅汶「張屋」到張昆和「公號」與「義民廟」的淵源〉，《紀念來臺祖善文公渡海二百四十週年特刊》（新竹縣：張昆和祭祀公業，2015年），頁26-27。

八棵百年老榕樹，在綠地上經常看見青蛙在跳躍，看似青蛙穴，是祖先希望後代子孫能夠擁有好的運氣，一直綿延不絕的表徵。[11]由此可見，張昆和祭祀公廳的建築，形塑出整個家族的氣勢非凡與崇敬祖先的祭祀用途，讓後代子孫見證客家宗祠的美善，油然而生思古的幽情，並且能夠傳承祖先刻苦耐勞、勤儉持家的美德。

新竹縣湖口鄉張昆和公廳

二　堂號聯語

客家人家屋或宗祠門楣上常見的「堂號」代表了家族的源流，為我國各姓氏早期祖先發祥之地，是各氏族根源之標記，亦有因先祖之

11　參見張肇基：〈張昆和祭祀公業公廳──建築之美〉，《波羅汶今鑑堂重建三十週年暨原鄉祭祖詩刊》（新竹縣：張昆和祭祀公業編著，2017年1月），頁28。

德望、功業、或取義吉利祥瑞、或取義訓勉後人奮發向上，所以堂號不全屬郡望，但今日臺灣地區所見堂號，絕大多數就是郡號。傳統上「堂號」的產生多半以早期中原地區「郡號名稱」為基礎演變發展而成。本文舉新竹縣湖口鄉的張昆和宗祠的堂號與堂聯為例，並敘術其源流。

（一）宗祠堂號

　　張氏的堂號，流傳至今有二說：一是「清河堂」一是「金鑑堂」。根據《新唐書》〈宰相世系表〉記載，「清河東武城張氏。本出漢留侯良裔孫司徒歆。歆弟協字季期衛尉，生魏太山太守岱，自河內徙清河。」[12]這是清河堂的由來。

　　唐代典籍記載，唐玄宗開元年間，群臣為玄宗祝壽，多獻奇異珍寶，只有宰相張九齡獻上一部名為《金鑑千秋錄》的書籍。事後，玄宗對他這份貴重的禮品十分珍視，還專門下詔進行彰表。因此，張九齡的族人也引以為榮，開始「青錢世第，金鑑家聲」，以金鑑為堂號。

　　湖口張昆和派下宗祠堂號為「金鑑堂」，堂聯為「公藝家風垂百忍，九齡金鑑耀千秋」，是融入漢代留侯張良「百忍為家」與唐代張九齡「睦族之道」，二位張家先祖賢達的德澤而成，以作為後代子孫的典範，其用意深遠，值得後人省思。

（二）宗祠聯語

　　環顧張家宗祠門對、簷柱對、棟對的聯語，深厚的文化意涵，耐人尋味、啟人深思。表達了張家的先祖期勉後代族人，要團結合作以傳承勤勞的家風。

12　〔宋〕歐陽修、宋祁：〈宰相世系表〉，《新唐書》（臺北市：鼎文書局，1987年），卷72下，表第12下，頁2711。

1 門對

　　金友玉昆看一代宗支盛會
　　鑑前迪後卜萬年子姓繁昌[13]

門對的聯語是張家先賢匯集經典嘉言而成，例如「玉昆金友，羨兄弟
之俱賢。」（《幼學瓊林》卷二）、「其萬年子子孫孫永保用」（《後漢
書》〈竇融列傳〉）、「果繁昌之福。可降而致也。」（《全後漢文》，卷
64）。並引用唐玄宗時，張九齡獻治國方略《金鑑千秋錄》一書，為
皇帝祝壽，並受玄宗賜書褒揚，族人就以「金鑑」為堂號的典故。由
此可知，門對聯語的意涵，是張家的先祖傳承優良的家風，兄弟間
和睦相處，為開創家業而胼手胝足，攜手合作為子子孫孫奠定永恆的
基業。

2 簷柱對

　　昆季並賢能喜對雲蒸霞蔚
　　和同原一氣來游水遠山長[14]

簷柱對的聯語是匯集經典嘉言而成，例如：「昆季」是兄弟之意，引
自《新唐書》〈李密傳〉；「雲蒸霞蔚」（《顏氏家藏尺牘》〈馮溥〉）、
「和同」是和睦同心之意，引自《漢書》〈吾丘壽王傳〉；「原一氣」

---

13 〔宋〕歐陽修、宋祁：〈張九齡〉，〈列傳五十一〉，《新唐書》（臺北市：鼎文書局，
　　1987年），卷126，頁4429云：「初，千秋節，公、王並獻寶鑑，九齡上「事鑒」十
　　章，號《千秋金鑒錄》，以伸諷諭。」

14 〔宋〕歐陽修、宋祁：〈李密〉，〈列傳九〉，《新唐書》（臺北市：鼎文書局，1987
　　年），卷84，頁3685：「伯當曰：『昔日蕭何舉宗從漢，今不昆季盡行，以為愧。豈
　　公一失利，輕去就哉？雖隕首穴胸，所安甘已。』」

（《莊子》〈知北遊〉）、「水遠山長」形容路程遙遠，山川阻隔，引自
宋朝辛棄疾〈臨江仙〉。由此可知簷柱聯語的意涵，是張家的先祖跋
山涉水，兄弟間同心協力以開創家業，攜手合作使家業穩固茁壯。

3 棟對

清者忠和者孝忠孝傳家之本[15]

河出圖洛出書圖書澤世方長[16]

棟對的聯語是也是引經據典而成，「清河」是引自張氏「清河堂」的
堂號；「忠孝，傳家之本。」引自清朝金蘭生先生所編述的《格言聯
璧》（齊家類），說明忠和、忠孝是維繫家庭和樂之根本。河圖與洛書
是中國古代流傳下來的兩幅神秘圖案，歷來被認為是河洛文化的濫
觴。河圖洛書，在先秦西漢的典籍中有文字的記載。《禮記》〈大學〉
中說：「治國必先齊其家，家齊而後國治。」治理國家應以道德教化
為基礎，道德教化以孝行為根本。由此可知，棟對聯語的意涵，是張
家的先祖以清和、金鑑為堂號，並期勉後代子孫能承先啟後以忠孝傳
家，以勤奮讀書為教育子女之良方，使張家優良祖德永遠傳承下去。

肆　新竹縣湖口張昆和宗祠的祭祀活動

《禮記》〈祭統〉上說：「凡治人之道，莫急於禮；禮有五經，莫

---

15 〔清〕王聘珍撰，王文錦點校：《大戴禮記解詁》（臺北市：漢京文化事業有限公
　司，2004年），頁110：「孔子曰：孝，德之始也；弟，德之序也；信，德之厚也；
　忠，德之正也。」

16 〔魏〕王弼著，〔晉〕韓康伯注，〔唐〕孔穎達正義：〈繫辭上〉，《周易正義》（臺北
　市：藝文印書館，1998年），卷7，頁157-1：「河出圖，洛出書，聖人則之。」

重於祭。」《周禮》〈大宗伯〉進一步解說:「以吉禮事邦國之鬼神祇,以凶禮哀邦國之憂,以賓禮親邦國,以軍禮同邦國,以嘉禮親萬民。」五禮涵蓋了政治制度、社會制度、社會習俗、宗教儀式,日常生活規範等層面。吉禮,為祭祀的禮儀,分為祭天神、祭地祇和祭人鬼三個方面。它是文化傳統的代表,內容包蘊宏富,也是傳承中華文化道統的原動力。

目前臺灣客家祭典所採行的「三獻禮」,簡而言之,是推選數位主祭者向神明行三跪九叩禮,並以三獻牲禮(酒、肉等供品),再讀祭文、燒金紙等表達尊祖敬宗的祭祀儀禮。「三獻禮」多用於敬神祭祖的時候,特別是客家人,其在拜神祭祖時多會舉行「三獻禮」這樣隆重的儀禮。[17]而這祭祀活動,最主要的目的是,向土地伯公為首的諸神明祈求並感謝其保佑居民風調雨順,牲畜平安、農作豐收,並祈求祖先庇佑子孫闔家平安、吉祥如意。本文舉新竹縣湖口鄉的張昆和宗祠的春季與秋季祭祖三獻禮為例[18],以探究三獻禮的禮儀形式、儀注用詞、行禮內容。舉行祠祭的時間,春祭,定在每年的除夕;秋祭,定在秋分。

一 三獻祭禮的禮儀形式

三獻祭禮進行的儀節,祭祀進獻前的準備動作,包括前奏、就位、盥洗、參神、降神、上香祭酒;中段包括初獻禮、讀祝文、亞獻禮、終獻禮;後段包括侑食、分獻禮、望燎、辭神、禮畢、撤收。其

---

17 參見張廖家廟:〈客家文化、客家禮俗與儀典〉,(www.chang-liao.url.tw/100years_lista_05.html)。

18 參見張添錢:〈認識客家三獻禮與張氏宗祠祭典〉,《紀念來臺祖善文公渡海二百四十週年特刊》(新竹縣:張昆和祭祀公業,2015年),頁18-20。

中參神，就是參見神明（主神）；盥洗，就是洗手，準備上香。降神，請神明（天地神）降臨接受祭拜之意。上香祭酒，主神已參見，天地客神請到，開始上香祭酒，祭酒又稱「祭福神」或「祭茅砂」。祭禮前奏的鳴炮三響或一陣。放炮又稱「發引」、「連三元」。盥洗亦稱「盥手」，乃洗手的意思。盥洗地點通常設在場外側邊。[19]

　　第一次進獻統稱「初獻」。進獻儀品以「酒」為主，進獻時主祭持酒、與祭奉饌。讀祝文，一般皆跪地、向神位而讀。三獻及讀祝之後三次斟酒，再三叩首復位。侑食通常由主祭執行，結束後暫退位，由與祭者或執事代行分獻禮。分獻禮分別進獻剛鬣（豬）、牲醴、粿品、財帛（金銀紙錢）等，祭品勿須移動，分獻禮常與侑食混同舉行，財帛獻後與祝文同時焚燒。望燎地點在金爐旁，其動作由主祭在金銀紙灰爐上點酒三次。辭神行三跪九叩禮，「辭神」為辭退神明之意。參神與辭神皆用三跪九叩禮，論慎重其事，前後一致。禮畢又稱「禮成」。撤收有稱「撤饌」。[20]

二　三獻祭禮的意義

　　張昆和宗祠春季與秋季祭祖三獻禮之儀式流程，其來有自，是傳承我國古代之禮俗，而流傳千百年遍行客家地域的三獻禮，亦保有原本同樣之行禮方式，充分說明客家三獻禮與傳統古禮之密切關係。客家三獻禮行禮時，除了通者站立發令不動外，其餘如引者、主祭者、與祭者、執事者，各個情節都要在場上來回穿梭行事，加上樂團的八

19　參見葉國杏：《客家喪祭三獻禮及其教育意涵之研究》（臺北市：臺灣師範大學教育研究所碩士論文，2004年），頁129。

20　參見葉國杏：《客家喪祭三獻禮及其教育意涵之研究》（臺北市：臺灣師範大學教育研究所碩士論文，2004年），頁129。

音演奏，贊相的吟誦唱和，全場聲音動作的搭配和諧，烘托出三獻禮與眾不同的風格，堪稱客家三獻禮的一大特色。

在客家人的各項祭祖活動中，祭祀祖先是為祠堂的最主要功能，而祠祭三獻禮是其中最為重要的儀式之一。《荀子》〈禮論〉說：「祭者，志意思慕之情也，忠信愛敬之至矣，禮節文貌之盛矣。」說明祭禮主要在表達後代子孫對祖先的思慕懷念之情，祭禮是喪禮的延續，不但可以表達報恩情懷，更可以溯本探源，敦厚人情而不致數典忘祖。客家族群每逢春、秋兩祭，整個家族子孫集合在祠堂或祖塔前，以豐盛牲體、粢盛菓品，於堂前行隆重三獻大禮祭拜祖先，充分展現慎終追遠、報本反始、教孝感恩之文化意涵。

伍　客家宗祠的文化意涵

尋訪臺灣客家宗祠，我們尋根探源，發現每一個客家宗祠，都是客家族群生命休戚與共的縮影。讓後代子孫不僅見到臺灣客家宗祠「宗廟之美，百官之富」的堂奧，更了解到客家宗祠歷經滄桑和風雨飄搖，一磚一瓦，一事一物，都具有深遠的文化意涵，也是每個子孫慎終追遠的根據地。客家宗祠文化與先民的生活經驗相輔相成，具有發皇歷史、綿延民族命脈的功能。這種倫理精神的凝結，宗族觀念的團結，深受宗祠文化的影響。茲述臺灣客家宗祠的文化意涵如下：

一　尊祖敬宗精神的體現

客家人崇拜祖先，不忘祖先的心理，還可以從日常生活的一些現象中得到印證。客家人重視傳統，不忘本源，他們將其宗族之淵源以及其先人南遷的概況，鄭重其事地寫進祠堂的楹聯，以昭示後代。這

些楹聯，一方面成為人們研究客家民南遷及客家民系形成的重要資料，另一方面，流露出客家人重傳統、重宗族、重本源的觀念，表現出客家文化之移民文化特質。祠堂放置祖先的牌位，俗稱「阿公婆牌」、「神主牌」，置於祠堂上廳的神案上。族人們相聚在宗祠祭祀祖先，頌揚祖先的德惠，更彰顯了客家人的崇祖觀念。客家人重視祖先與宗族意識，因為祖先是每個人的血緣生命與文化淵源。客家人相信天地創生萬物，是一切生命之始，而祖先則是我們生命的淵源。所以祖宗的恩德，是可以和天地相提並論的。

在祠堂、祖屋的大門口都要掛上貼上姓氏堂號及堂聯，以寄託自己對祖先、故土的思念；同時啟發後人奮發進取，不要忘本。而在故國鄉土形成的忠義家風也成了他們戰勝種種艱難困苦的精神支柱。

二　彰顯忠信孝悌的倫理道德

《大學》上說：「自天子以至於庶人，壹是皆以修身為本。」客家人受儒家思想的影響，強調倫理道德是修身養性為人處事的根本。「忠信孝悌」是中國傳統倫理道德的核心內容。在人倫關係上，客家人要求子孫敬祖睦宗、孝順父母、兄友弟恭；在社會上，客家人要求子孫忠誠信實，與人和睦相處、能謙和忍讓；在品德操守上，客家人要求子孫清廉自持、淡泊名利，不貪戀富貴，並且敬愛自然萬物，這就是「忠信孝悌」的表現。因為客家人長期的顛沛流離，使他們更加深刻的體會到家園的可愛、鄉土的芬芳。把儒家孔孟之道尊為聖賢之道，視三綱五常為為人處世的是非標準。在客家人的意識中最重「忠、孝、節、義」，把不忠、不孝、不仁和失節視為大逆不道。[21]客

---

21 參見南山：〈論客家文化意識〉，原載《客家民俗》1986年，第3、4期。

家人具有比較重視教育的族群特質，一般宗族譜牒均表現出強烈的崇儒文化，要求族人以儒家的處事原則為立身之道，強調宗族的教育要造就知書達禮、忠孝雙全的後代子孫。客家人傳統的理想生活境界是「晴耕雨讀」、「孝友傳家」，客家人的傳統觀念，認為讀書才能識理、明志，才能有出息。

三　傳承勤儉治家刻苦耐勞的風範

客家人安身立命的憑藉是什麼？就是堅忍、勤儉、吃苦、耐勞的人生哲學。勤儉治家的觀念也是譜牒中重要內容之一，勤儉觀中首先是強調要辛勤創業，同時在家庭經濟生活中，以「量入為出」為勤儉治家之道，備受歷代族譜所重視。客家文化是以「耕田讀史」為核心主軸而發展，這項文化特質，顯然與客家人長期遷徙有著密切的關係，於是在性格上，客家人勤勞節儉、刻苦耐勞，客家諺語說：「但留方寸地，留與子孫耕。」先民世代以務農為業，每天早出晚歸，耕田又耕圃，做到兩頭烏。所以常常勉勵子孫做事要腳踏實地，做人要光明磊落，並且心存善念來待人接物。人們的心田，猶如農人種植的田地，要經過插秧、播種、除草、施肥等工作，才有豐收的一刻到來。因此，教導子孫要好好耕耘心田，讓這塊善心福地，不要受到紅塵的污染，要永遠保持赤子之心，更不可以做傷天害理的壞事，讓心靈的天空更寬廣亮麗。

陸　結語

本研究結合歷史學和社會學的研究方法，透過文獻史料的搜集、考證資料，及移民史、家族史的風貌，來探究張昆和宗祠所蘊涵的文

化意涵。中華漢族是由眾多姓氏家族組合而成，以孝弟為本，故能敦親睦族，慎終追遠，其本深厚，其源流長，緜延數千年而不衰。由臺灣地區一家一族，一地一姓，可以確切明瞭此地人民的遷徙與衍派狀況，具有歷史傳統與地理血緣的主體意識作用。[22]客家宗不僅是一個家族的權力中心，更承載著後代子孫對祖宗的崇敬和懷念之情，它的文化內涵是極為豐富多元的。儒家文化是中國文化的主導文化，客家先民來自於中華腹地，深受儒家文化薰陶，而所遷居的福建地區閩學盛行，其文化必然直接影響客家。客家文化是移民文化，不斷面臨新的挑戰，在新舊文化的兼容並蓄下，展現出客家人「崇本報先，啟裕後昆」的文化觀。[23]的確，透過宗祠，我們可以看到多采多姿的客家文化事象，以及客家傳統觀念和客家精神。

　　走訪客家宗祠，巡禮宗祠宏偉的建築，宗祠內的神牌、堂號對聯及祭祀祖先的活動，見證了祖先創業維艱的辛勞，也烙印了後代子孫崇敬宗祖的印記。客家宗祠是歷史的產物，更反映出客家人的的崇祖文化。大家應心懷感恩的心，感謝祖先的庇佑，讓我們能享受如此多的福澤。生於斯，長於斯的臺灣客家子民，應該牢記創業維艱，守成不易的至理名言，不可以數典忘祖，應該發揮生命共同體的理念，傳承先民的生活經驗與努力的成果。緬懷張家先祖，從一世的揮公，一脈相承到十四世善文公，飄洋過海，從原鄉來臺灣開創基業，他們奮鬥努力的悲歡歲月，又像涓滴不停的細流，流入鄉親的心扉。歲月悠悠，至今以傳承至二十一世，後代子孫應該要飲水思源，並常懷感恩的心，來發揚祖德，讓張昆和之德業風華再現。

22　參見鄧佳萍著：《屏東六堆地區客家祠堂區聯文化內涵研究》（屏東縣：屏東教育大學，2007年碩士論文）。

23　參見廖開順著〈論河洛文化的根性精神及客家文化的根性精神〉，收錄於《歷史月刊》第244期，2008年5月），頁55。

參考文獻

一　古籍（依時代先後排序）

1.〔漢〕鄭玄注　〔唐〕孔穎達正義　《禮記正義》　臺北市　藝文印書館　1998年

2.〔魏〕王弼著　〔晉〕韓康伯注　〔唐〕孔穎達正義　《周易正義》　臺北市　藝文印書館　1998年

3.〔宋〕朱　熹　《四書章句集註》　臺北市　鵝湖出版社　1998年

4.〔宋〕歐陽修、宋祁著《新唐書》　臺北市　鼎文書局　1987年

5.〔清〕王聘珍撰　王文錦點校　《大戴禮記解詁》　臺北市　漢京文化事業公司　2004年

二　碩士論文（依作者姓氏筆劃排序）

1.葉國杏　《客家喪祭三獻禮及其教育意涵之研究》　臺北市　臺灣師範大學教育研究所碩士論文　2004年8月

2.鄧佳萍　《屏東六堆地區客家祠堂匾聯文化內涵研究》　屏東縣　屏東教育大學中國語文學系碩士論文　2007年

三　單篇論文（依作者姓氏筆劃排序）

1.南　山　〈論客家文化意識〉　《客家民俗》1986年第3、4期

2.周　贇　〈廟祭還是墓祭——傳統祭祖觀念之爭論及其現時代之價值〉　《鵝湖》第446期　2012年8月

3.科大衛　〈祠堂與家廟——從宋末到明中葉宗族禮儀的演變〉　《歷史人類學學刊》第1卷第2期　2003年10月

4.張添錢　〈認識客家三獻禮與張氏宗祠祭典〉　收錄於新竹張昆和

　　　　　祭祀公業編　《紀念來臺祖善文公渡海二百四十週年特刊》　2015年

5.張肇基　〈張昆和祭祀公業公廳——建築之美〉　《波羅汶今鑑堂重建三十週年暨原鄉祭祖特刊》　新竹縣　張昆和祭祀公業編著　2017年1月

6.廖開順　〈論河洛文化的根性精神及客家文化的根性精神〉　《歷史月刊》第244期　2008年

四　網路資源

1.張廖家廟　〈客家文化、客家禮俗與儀典〉（www.chang-liao.url.tw/100years_lista_05.html）

2.〈中國民間為什麼有很多宗祠〉（https://kknews.cc）

3.楊龍泉　《志草》　載《同治贛州府志》（https://knews.cc）

4.夏　言　《桂州夏文潛公奏議》第21卷（https://knews.cc）

第十章
臺灣客家信仰禮俗所蘊涵儒家文化的探析

摘要

　　孔子說：「安上治民，莫善於禮。」（《禮記》〈經解〉）可見禮與人生的關係密切不可，更是人們安身立命的圭臬。古禮源於風俗民情，最可考見當時社會現狀，追溯我國的禮制，是起源於對天地神明與祖先崇敬的祭拜儀式。《禮記》〈祭統〉也說：「凡治人之道，莫急於禮；禮有五經，莫重於祭。」強調祭禮的重要。

　　數千年來，歷經朝代的更迭、社會結構的變遷，客家傳統的信仰禮俗，無論是禮儀形式與行禮內容，多遵循傳統禮制，不僅具有教孝感恩、報本反始的意涵，也是傳承儒家文化道統的原動力。我們追思祖先，不僅見到臺灣傳統客家祭典文化「宗廟之美，百官之富」的堂奧，更了解到傳統信仰禮俗與先民的生活經驗相輔相成，具有發皇歷史，綿延民族命脈的功能。客家人以對天地、祖先、聖賢的祭祀來代替宗教，完成人生尋求精神寄託的偉大使命，這在世界文化史上，是一個獨特的創制。本研究旨在探究臺灣客家傳統信仰禮俗，包括祭拜祖先、拜天公（玉皇大帝）、拜土地公（福德正神）、拜媽祖婆等禮俗，首先透過文獻史料的搜集、考證資料，闡述客家傳統信仰禮俗的源流、內容、特色及其意義，其次以新竹縣張昆和宗祠祭祖與臺北、桃園地區客家族群歲時祭祀為例，探究臺灣客家傳統信仰禮俗的禮儀

形式、行禮內容，進而闡述客家傳統信仰祀禮俗所蘊涵儒家文化的意涵，並期望藉著相關內容的研究與文獻探討，使年輕的一代也能飲水思源，了解臺灣客家傳統信仰禮俗的教化意義。

關鍵詞：客家信仰禮俗　祭祖　拜天公　拜土地公　儒家文化

壹 前言

　　禮教，乃是人生安身立命的要道，更是推展人文教育的基石。孔子（西元前551-前479）說：「安上治民，莫善於禮。」（《禮記》〈經解〉）強調古代聖君重視禮教的重要，教導人民懂得敬天法祖，無忝爾所生，以恭儉莊敬的態度來建立良好的社會秩序。追溯我國的禮制是起源於對天地神鬼的祭拜儀式，《禮記》〈禮運〉上說：「是故夫禮，必本於天、殽於地、別於鬼神。」為了趨吉避凶，於是想出各種祭拜的方式，以表達虔誠敬畏與服從。因此《禮記》〈祭統〉也說：「凡治人之道，莫急於禮；禮有五經，莫重於祭。」所謂五禮，是指吉禮、嘉禮、賓禮、軍禮、凶禮，涵蓋了政治制度、社會制度、社會習俗、宗教儀式，日常生活規範等層面。吉禮，為祭祀的禮儀，分為祭天神、祭地祇和祭人鬼三個方面。它是文化傳統的代表，內容包蘊宏富，也是傳承中華文化道統的原動力。

　　客家人數千年來，歷經朝代的更迭、自然環境的發展、社會結構的變遷，仍能堅守傳統的信仰禮俗，崇敬祖先聖賢，祭祀天地神明與列祖列宗，大家胼手胝足團結相親，滋養生息以繁衍子孫。客家人以對天地祖先聖賢的祭祀來代替宗教，而這祭祀活動，最主要的目的是，向土地伯公為首的諸神明祈求並感謝其保佑居民風調雨順，牲畜平安、農作豐收，並祈求祖先庇佑子孫闔家平安、吉祥如意。孔子說：「祭如在，祭神如神在。」（《論語》〈八佾〉）《禮記》〈大傳〉也說：「親親故尊祖，尊祖故敬宗，敬宗故收族，收族故宗廟嚴，宗廟嚴故重社稷，重社稷故愛百姓。」說明祭祀禮儀之功能，在發揮人們仁民愛物的天性，由親愛親人，推而上之，及於尊重先祖，由尊重先祖擴而充之，至於尊敬宗族，繼而團結族人，推衍至社會國家，使得人人能安居樂業。

貳　臺灣客家信仰禮俗的源流與發展

　　禮源於風俗民情，最可考見當時社會現狀，因此今日談古禮，當以言義理為正宗。我國的古禮，與民間的風俗民情息息相關。臺灣客家人傳統的信仰禮俗有三：一為對天地的崇拜，例如：拜天公。二為對祖先的崇拜，例如：拜阿公婆。三為對神靈的的崇拜，例如：拜媽祖婆。茲述臺灣客家人傳統信仰禮俗的源流與發展，如下：

一　對天地的崇拜

　　客家人祭天稱為「拜天公」，幾乎都是在宗祠（公廳）門外或庭院外面的方向對天膜拜，表示對天的崇拜。正月初九相傳為玉皇大帝的生日，民間俗稱「天公生」，是民間最隆重的祭儀，主要原因是天公為掌理天地萬物之神。民間信仰中的祭拜天公，最重要的是有敬天畏地以及感天謝地的目的，因此自古以來，人們敬天之禮最為繁複，儀式最為隆重，祭品也最為講究。

（一）拜天公

　　客家人認為浩瀚的蒼穹代表玉皇大帝，既然是拜天公，就應該到室外參拜，天公爐要安置在室外，因此客家夥房的公廳大多數依照傳統，將天公爐安置在靠近大門內側的左邊（龍邊）牆面中間（或牆柱）的凹槽內，但臺灣因地區不同，也有放在不同位置的天公爐神位。[1]祭天是出於古代先民對天的敬畏，祈求風調雨順與國泰民安，表示對天帝之崇拜。茲引先秦古籍敘述傳統祭天的源流，如下：

1　參見健雲：鄉土采風〈客家夥房的天公爐〉（http://subtpg.tpg.gov.tw/）。

《周禮》〈春官〉〈大司樂〉：「乃奏黃鍾，歌大呂，舞雲門，以祀天神。……冬日至，於地上之圜丘奏之，若樂六變，則天神皆降，可得而禮矣。」[2]

《禮記》〈月令〉：「是月也，天子乃以元日祈穀於上帝。」[3]

《禮記》〈郊特牲〉：「周之始郊日以至。卜郊，受命於祖廟，作龜於禰宮，尊祖親考之義也。……天垂象，聖人則之。郊所以明天道也。……萬物本乎天，人本乎祖，此所以配上帝也。郊之祭也，大報本反始也。」[4]

《荀子》〈禮論〉：「故社，祭社也；稷、祭稷也；郊者，並百王於上天而祭祀之也。」[5]

綜合上述，可知古代封建時代，君王在象徵天圓形狀的圜丘上舉行祭天的儀式，君王在元日要舉行祭天大典，還要舉行祈求穀物豐熟祭拜農神后稷的活動。平民只能祭拜各鄉的土神，一直到後代，平民才能享有祭天之權利。古代祭天的儀式，流傳到臺灣已發展成為客家與閩南族群，每年正月初九玉皇大帝的生日俗稱的「天公生」，茲引臺灣文獻記載：

2　〔漢〕鄭玄注，〔唐〕賈公彥疏：《周禮注疏》（臺北市：藝文印書館，1998年），卷22，頁339-340。

3　〔漢〕鄭玄注，〔唐〕孔穎達正義：《禮記正義》（臺北市：藝文印書館，1998年），卷12，頁287。

4　〔漢〕鄭玄注，〔唐〕孔穎達正義：《禮記正義》（臺北市：藝文印書館，1998年），卷26，頁497。

5　〔清〕王先謙：《荀子集解》（臺北市：藝文印書館，1993年），卷13，頁621。

陳培桂修《淡水廳志》：「（正月）九日相傳為玉皇誕，多演劇達旦。」[6]

連雅堂修《臺灣通史》：「初九日，傳為玉皇誕辰，各街演劇致祭，自元旦至望日，搢紳之家，多設筵宴客，互相酬酢，蓋取春酒介壽之意。」[7]

民間信仰中的祭拜天公，最重要的是有敬天畏地以及感天謝地的目的，因此自古以來，人們敬天之禮最為繁複，儀式最為隆重，祭品也最為講究。用湯圓、三牲酒糖果等拜天公，全家老幼依序上香，並行三跪叩禮。當天不能曬衣服，尤其是女人的衣服更是不能拿到太陽下曝曬，也不能挑肥挑糞，以免褻瀆天公。

（二）拜土地公

我國古代就已經有祭地神的活動，人們以為有土地才能夠生長五穀，有了五穀才能養活人類。所以對於土地漸漸的發生感謝之念，後來便把土地視為神明了。特別是我國古代以農立國，重視土地神，是社會普遍的現象。客家人視土地神為「福德正神」或「伯公」。茲引先秦古籍敘述傳統祭地神的源流，如下：

《禮記》〈王制〉：「天子祭天地，諸侯祭社稷，大夫祭五祀。……

---

6 〔清〕陳培桂修：《淡水廳志》（臺北市：遠流出版社，2006年），卷11，〈風俗考〉。
7 連橫：《臺灣通史》（臺北市：眾文圖書公司，1978年），卷23，〈風俗志〉，頁675-676。

天子社稷皆大牢，諸侯社稷皆少牢。」[8]

社是土神，稷是穀神，天子祭地神，以牛羊豬三牲為大牢，而諸侯祭地神，則以羊豬二牲為少牢。《周易》〈咸卦〉〈彖傳〉說：「天地感，而萬物化生。聖人感人心，而天下和平。」說明天地陰陽二氣交互感應，萬物才能繁衍生息。而聖人能體恤民情，與民心相感相應，方能使天下和平。〈咸卦〉〈彖辭〉，用意在期勉君王體會聖人之心意能勤政愛民，相反地，如果君王專制獨裁，自然會失去天命和民心，天災人禍也將接踵而至。

> 《白虎通德論》〈社稷〉云：「王者所以有社稷何？為天下求福報功。人非土不立，非穀不食。土地廣博，不可遍敬也；五穀眾多，不可一一祭也。故封土立社，示有土尊。」[9]

> 《白虎通德論》〈社稷〉云：「王者自親祭社稷何？社者，土地之神也。土生萬物，天下之所主也，尊重之，故自祭也。」[10]

根據上述引文的記載，可知土地神有后土、社神、社公、土地、土伯等各種稱謂，社神管理民間祈福報功之事，因而有「福德正神」的尊稱。而在臺灣地區，則以「福德正神」及「后土」居多，有的稱為「土地公」、「伯公」、或「福神」。又在城鎮及廟祠多用「福德正神」字樣，在郊野及墓地則慣用「后土」。四月初八日：「伯公生」，也就

8　〔漢〕鄭玄注，〔唐〕孔穎達正義：《禮記正義》（臺北市：藝文印書館，1998年），卷12，頁242。

9　〔漢〕班固：《白虎通德論》：（上海市：上海古籍出版社，1990年），卷2，頁16。

10　〔漢〕班固：《白虎通德論》：（上海市：上海古籍出版社，1990年），卷2，頁16。

是福德正神的生日，家家戶戶準備牲禮到土地公廟拜拜，祈求一年平安，這一天也是佛祖誕辰，很多善男信女到佛教寺廟參拜、誦經浴佛，飲「洗佛水」，以求祐除百病。

綜合上述，可見天公神位安放在今日客家人的家中，每逢過節，或初一、十五時，客家人都會上香奉茶。過年時，在神位兩側貼上「巍巍乎天德」、「浩浩然神功」的對聯，來讚揚天之偉大。臺灣各地的土地公，真是多得無法計算，無論是走在街頭巷尾、鄉間田野，到處都可看到伯公廟，以斷定本省伯公廟之多，有如天上星辰，所以有「田頭田尾土地公」的俗諺。人們對土地的崇拜之情，是對其「負載萬物、生養萬物」的酬謝。祭禮為人生寄託的中心，如祭天之隆重與普遍，乃由於天與人之吉凶禍福息息相關，尤其農業社會，豐收與歉收，都要仰賴天的庇佑。一般人的婚喪喜慶，均須拜天，視天為生命寄託的中心，構成了天地人合一的和諧精神。

二　對祖先的崇拜

宗祠即是祠堂，是供奉祖先和祭祀的場所，讓後代子孫懂得尊祖敬宗，更是凝聚宗族團結的象徵。歲時節慶由族長率領族人共同祭祀祖先，在中國傳統的民族文化裡，宗祠成為宗族拜阿公婆（祭祀先祖）的重要場所。客家人舉行宗祠祭祀的時間，較為普遍的是春、秋二季的祭祀。目前臺灣客家祭典所採行的「三獻禮」，簡而言之，是推選數位主祭者向神明行三跪九叩禮，並以三獻牲禮（酒、肉等供品），再讀祭文、燒金紙等表達尊祖敬宗的祭祀儀禮。客家喪、祭三獻禮，源遠流長，傳承至今已有千百年的歷史。有關三獻禮的記載，可以溯源自《儀禮》、《禮記》二書的記載，茲條列如下：

《儀禮》〈士虞禮〉:「賓長洗繶爵,三獻,燔從,如初儀。」[11]

《儀禮》〈特牲饋食禮〉:「主人洗角,升酌,酳尸。主婦洗爵于房,酌,亞獻尸。賓三獻,如初(獻)。」[12]

《禮記》〈禮器篇〉:「郊血,大饗腥,三獻爓,一獻孰。⋯⋯一獻質,三獻文,五獻察,七獻神。」[13]

上述引文,記載了周朝時期士大夫階層的喪葬禮儀,祭祀時籌備好佐酒的菜餚,進行三次獻酒。古代祭祀時獻酒三次,即初獻爵、亞獻爵、終獻爵,合稱「三獻」,祭祀時三獻禮為主要之禮儀,代表對祖先崇敬之意。「三獻禮」多用於敬神祭祖的時候,特別是客家人,其在拜神祭祖時多會舉行「三獻禮」這樣隆重的儀禮。[14]而這祭祀活動,最主要的目的是,向土地伯公為首的諸神明祈求並感謝其保佑居民風調雨順,牲畜平安、農作豐收,並祈求祖先庇佑子孫闔家平安、吉祥如意。

《論語》〈八佾〉:「孔子曰:『祭如在,祭神如神在。』」[15]

---

11 〔漢〕鄭玄注,〔唐〕賈公彥疏:《儀禮注疏》(臺北市:藝文印書館,1998年),卷42,頁499。

12 〔漢〕鄭玄注,〔唐〕賈公彥疏:《儀禮注疏》(臺北市:藝文印書館,1998年),卷45,頁532-533。

13 〔漢〕鄭玄注,〔唐〕孔穎達正義:《禮記正義》(臺北市:藝文印書館,1998年),卷24,頁467、473。

14 參見張廖家廟:〈客家文化、客家禮俗與儀典〉,(www.chang-liao.url.tw/100years_lista_05.html)。

15 〔宋〕朱熹:《四書章句集註》(臺北市:鵝湖出版社,1998年),卷2,頁64。

《禮記》〈大傳〉:「親親故尊祖,尊祖故敬宗,敬宗故收族,
收族故宗廟嚴,宗廟嚴故重社稷,重社稷故愛百姓。」[16]

說明祭祀禮儀之功能,在發揮人們仁民愛物的天性,由親愛親人,推
而上之,及於尊重先祖,由尊重先祖擴而充之,至於尊敬宗族,繼而
團結族人,推衍至社會國家,使得人人能安居樂業。祭祀應以虔敬之
心開始,感恩感謝祖宗保佑致福子孫,於是天地崇拜、祖先崇拜,構
成嚴謹而穩固的宗廟制度,宗祠體現宗法制家國一體的特徵,歲時節
慶由族長率領族人共同祭祀祖先。

　　新竹縣湖口鄉的張昆和宗祠秋季與清明祭祖三獻禮之儀式流程,
其來有自,是傳承我國古代之禮俗,而流傳千百年遍行客家地域的三
獻禮,亦保有原本同樣之行禮方式,充分說明客家三獻禮與傳統古禮
之密切關係。客家三獻禮行禮時,除了通者站立發令不動外,其餘如
引者、主祭者、與祭者、執事者,各個情節都要在場上來回穿梭行
事,加上樂團的八音演奏,贊相的吟誦唱和,全場聲音動作的搭配和
諧,烘托出三獻禮與眾不同的風格,堪稱客家三獻禮的一大特色。

---

16 〔漢〕鄭玄注,〔唐〕孔穎達疏:《禮記正義》(臺北市:藝文印書館,1998年),卷
　　34,頁622。

新竹縣湖口鄉張昆和宗親於祖塔清明祭祖

　　綜合上述，可見在客家人的各項祭祖活動中，祭祀祖先是祠堂的
最主要功能，而祭祖三獻禮是其中最為重要的儀式之一。《荀子》〈禮
論〉說：「祭者，志意思慕之情也，忠信愛敬之至矣，禮節文貌之盛
矣。」說明祭禮主要在表達後代子孫對祖先的思慕懷念之情，祭禮是
喪禮的延續，不但可以表達報恩情懷，更可以溯本探源，敦厚人情而
不致數典忘祖。客家族群每逢春、秋兩祭，整個家族子孫集合在祠堂
或祖塔前，以豐盛牲醴、粢盛菓品，於堂前行隆重三獻大禮祭拜祖
先，充分展現慎終追遠、報本反始、教孝感恩之文化意涵。

三　對神靈的的崇拜

　　客家人在原鄉信仰奉祀的神明，在移墾時都會攜帶來臺，例如、唐山在渡海來臺灣，必須經過險惡的黑水溝，險象環生，所以率先選擇媽祖為作為移墾臺灣的「守護神」，閩、客皆然，因此，祭拜媽祖已成為臺灣最普遍的民間信仰之一，「迎媽祖」的習俗，在客家地區也非常的興盛。茲引歷史文獻中記載拜媽祖的源流與發展，如下：

> 南宋廖鵬飛〈聖墩祖廟重建順濟廟記〉謂：「世傳通天神女也。姓林氏，湄洲嶼人。初以巫祝為事，能預知人禍福⋯⋯」[17]

> 清《長樂縣誌》：「相傳天后姓林，為莆田都巡簡孚之女，生於五代之末，少而能知人禍福。室處三十載而卒。航海遇風禱之，累著靈驗。」[18]
> 清陳文達《臺灣縣志》：「媽祖，莆田人，宋巡檢林愿女也。居與湄洲相對，幼時談休咎，多中。長能坐席亂流以濟人，群稱為神女。」[19]

由上述引文，可知從南宋到清代，歷史文獻所記載媽祖的生平事蹟，大多數公認媽祖姓林，叫林默娘，生於湄州嶼，自幼有異能，二十八歲仙遊上界（福州人傳說媽祖逐波而去，遺體被埋葬在馬祖列島）。具體生日，雖只見於明張燮《東西洋考》：「妃生於宋建隆元年（960

17　〔南宋〕廖鵬飛：〈聖墩祖廟重建順濟廟記〉於一一五○年（紹興廿年）所寫。
18　〔清〕孟昭涵、李駒主纂：《長樂縣誌》（福州市：福建人民出版社，1994年）。
19　〔清〕陳文達：《臺灣縣志》（臺北市：臺灣銀行，1961年），雜記志九〈寺廟〉，頁209。

年）三月二十三日。……雍熙四年（987年）二月十九日升化。」[20]但早被全世界媽祖信徒奉為媽祖生辰，舉行慶典。自北宋開始神格化，被稱為媽祖（當地人對女性祖先的尊稱），並受人建廟膜拜。由此可見，媽祖信仰的發生，海上活動是直接原因。清朝歷史學家趙翼，記載在臺灣海峽發生有關媽祖的有趣傳說：

> 趙翼《陔餘叢考》卷三十五：「臺灣往來，神跡尤著。土人呼神為『媽祖』。倘遇風浪危急，呼『媽祖』，則神披髮而來，其效立應；若呼『天妃』，則神必冠帔而至，恐稽時刻。」[21]

上述引文，說明船隻行經在臺灣海峽上，若遇海難向神明呼救時，稱「媽祖」，媽祖就會立刻不施脂粉來救人。若稱「天妃」則媽祖就盛裝打扮，雍容華貴地來救人，所以會很晚才到。因此漁民海上都稱「媽祖」，不敢稱「天妃」，也證明媽祖在漁民心中有舉足輕重的地位。

綜合上述，可見媽祖信仰傳到臺灣以後，逐漸發展出屬於自己的特色。目前臺灣媽祖已由福建南方漁民的「出海媽祖」，轉化成移民到臺灣的「過海媽祖」守護神。臺灣媽祖信仰還包括官方、宗族、姓氏族群移民的崇拜。由媽祖信仰所伴隨之祭禮規儀、民間傳說與節慶習俗等人文活動，是臺灣重要的漢民文化代表之一。文化部文化資產局目前授證的國家重要民俗中，與媽祖信仰有關的即占了四項，分別為：白沙屯媽祖進香、大甲媽祖遶境進香、彰化南瑤宮媽祖徒步笨港進香與北港朝天宮迎媽祖。[22]客家族群的生活社會中，凡廟宇有奉祀

20　〔明〕張燮於一六一七年（明萬曆四十五年）所寫的《東西洋考》。

21　〔清〕趙翼：《陔餘叢考》（臺北市：新文豐出版公司，1975年），〈天妃條〉，卷35，頁12-14。

22　維基百科：〈臺灣媽祖信仰〉（https://zh.wikipedia.org/wiki/）。

媽祖婆，習慣會在農曆正月年後到三月二十三媽祖生日前，到北港朝
天宮進香，俗稱媽祖回娘家，無論是進香的行伍或祭典儀式都有很大
的陣仗，還有演戲酬神，熱鬧非凡。[23]實際上臺灣媽祖可以說已扎根
於這塊土地，成了一自成體系的臺灣本土神明。

參　臺灣客家信仰禮俗所蘊涵的儒家文化

　　客家民族在生活方式、風俗習慣、傳統信仰禮俗上，深受中華傳
統文化的內化與薰陶，注重傳統的家庭倫理觀念與禮教影響。《荀子》
〈禮論〉上說：「禮，有三本：天地者，生之本也；先祖者，類之本
也；君師者，治之本也。無天地惡生？無先祖惡出？無君師惡治？三
者偏亡焉，無安人。故禮上事天，下事地，尊先祖而隆君師，是禮之
三本也。」說明先祖乃是人之祖先也是人之根本，儒家倡導緬懷人初
之祖，不忘先祖創業的艱辛勞苦和對後代子孫的福蔭德澤，所以人們
要拜祭祖先。由此可見，中華民族是「敬天崇祖」的民族，敬天是敬
畏自然、順天行事的表現；崇祖是飲水思源、慎終追遠的典範。茲述
臺灣客家信仰禮俗所蘊涵的儒家文化，如下：

一　敬畏天地的誠敬觀

　　臺灣客家傳統節慶的拜天公與拜伯公是「天人合一」的具體體
現，除了體現人與自然協調外，更主要的是「天人合德」──就是
「觀天道以應人道與天合德」，正如《周易》〈乾卦〉〈文言〉所說：

---

23 參見賴振員：〈媽祖信仰和客家社會生活與客家族群之間的關聯〉，《國立中央大學
電子報》第128期（2011年3月），（http://hakka.ncu.edu.tw/）。

「與天地合其德，與日月合其明，與四時合其序，與鬼神合其吉凶。」孔子在《易經》〈乾卦〉所說的這一段話，最足以說明人和天地鬼神的關係，這種天人感應的天命觀，一直影響中華數千年的歷史文化，更牽引著歷代人們的價值取向與人生態度。人們希望通過祭拜天地和神明等各種儀典，寄託美好的願望以滿足心理的需求，期許人們要效法天道的剛健運行與自強不息；像大地那樣以廣闊深厚的胸懷，承載萬物與包容天下。展閱歷史的長卷，可知中華民族傳統的信仰禮俗源遠流長，敬天信神，感恩知報，與儒家道德文化一脈相承。

　　我國傳統的祭禮，旨在彰顯祭拜的人內心的誠意和敬意。所以《禮記》〈祭統〉說：「夫祭者，非物自外至者也，自中出生於心也；心怵而奉之以禮。」說明在祭祀祖先時，以虔誠恭敬的態度及敬畏的心情投入祭祀中，好像祖先「洋洋乎如在其上，如在其左右」（《中庸》），一舉足不敢忘記祖先，一出言不敢忘記祖先的存在，表達自己對祖先至誠至敬的追思情懷。祭祀祖先時，能盡禮盡哀，以戒慎恐懼的態度「事死如事生，事亡如事存。」（《中庸》）有這樣的孝思，上行下效，社會的風俗道德定會日趨於純樸篤厚，也能夠讓後代子孫體認生命存在的價值。孔子說：「夫禮，先王以承天之道，以治人之情。……是故夫禮，必本於天，殽於地，列於鬼神，達於喪祭、射御、冠昏、朝聘。故聖人以禮示之，故天下國家可得而正也。」（《禮記》〈禮運〉）說明禮本是先聖先王順應自然規律，來約束人民生活行為的法則，人民的行為合乎禮義規範，做事才會有條有理。可見古代聖君重視禮教的重要，教導人民懂得敬天法祖，無忝爾所生，以恭敬誠信的態度來建立良好的社會秩序。

二　教孝感恩的倫理觀

　　孔子很重視倫理道德，所謂倫理，就是孟子所說的五倫：「父子有親、君臣有義、夫婦有別，長幼有序。」(《孟子》〈滕文公上〉)強調五倫必須合禮才能名如其分，禮是調和人類倫理親情及社會道德的重要橋樑。就孝道而言，必須「生，事之以禮。死，葬之以禮，祭之以禮」(《論語》〈為政篇〉)說明為人子女事奉父母，要冬溫夏清、昏定晨省，使父母衣食無虞，身體健康快樂；對於喪葬、祭祀的事，要不違背禮節，盡到哀戚之情與虔誠之敬意，才算合乎孝道的真諦。為人子女者應當對父母盡孝，但如何的表現才算盡孝？曾子說：「慎終追遠，民德歸厚矣。」〈學而篇〉「慎終」的意思，就是為人子女要以敬慎的心情，去辦理父母的喪事；「追遠」，就是後代子孫要以不忘本的心情，去祭拜歷代的祖先。不管是喪葬或祭祖，都是思念父母恩德，追懷祖先德澤的孝道表現。

　　歷代的祖先和生育、養育、教育我們的父母，都是我們生命的根源，代代相傳，綿延不斷。祭祖掃墳，可以讓後代的子孫了解，我們的生命是生生不息的，是上承祖先的命脈而來，因此要努力進德修業以承續香火，因此「慎終追遠」的喪禮、祭禮，正蘊含有移風易俗的教化作用，這就是文化。所以孔子說：「祭如在，祭神如神在。」；又「林放問禮之本。子曰：『大哉問！禮，與其奢也，寧儉；喪，與其易也，寧戚。』(《論語》〈八佾篇〉)，由上述可知，孔子認為祭禮重在誠敬，喪禮重在內心的哀思，可見祭禮與喪禮所重視的是禮的根本仁道。臺灣客家人祭拜阿公婆的禮儀形式，源自古代的祭祀禮儀，主要目的在發揮人們仁民愛物的天性，由人道之親愛親人，推而上之，及於尊重先祖，由尊重先祖擴而充之，至於尊敬宗族，繼而團結族人，推衍至重社稷、愛百姓，使得人人能安居樂業，最後一切終歸於禮樂和諧，政清俗美，這就是祭祀禮儀，所要達成之仁愛功能。

三　積善成德的道德觀

《周易》〈賁卦〉〈彖傳〉說：「聖人觀乎天文以察時變，觀乎人文以化成天下。」《周易》的這番話，說明觀察天文的動向，可以察知時序的變化，體察人類的文明，可以推行人倫教化。在中華傳統文化中，國君祭祀自己的祖先（太廟）和天地（社稷壇），祈禱風調雨順。上行下效具有教化功能，每逢年節，婚、嫁、喪葬等祭典，民眾也都會祭拜天地、神佛與祖先，表達對神明的感恩之情。可見儒家所推動的禮俗教育，教育之對象為個人，教化之對象則為全國人民；教育以培育才德兼備的個人為宗旨，教化則以化行俗美、社會清明為目標，從個人的誠意、正心、修身做起，到教化全國人民，達到善群而致天下太平為終止，可見儒家積善成德的道德觀，意義極為深遠。

臺灣客家人的信仰禮俗表現在許多不同的生活面向上，如祖先崇拜、神靈信仰、歲時祭儀、生命禮俗等。這些信仰行為，正反映了民眾敬天、崇祖、感恩、福報的內心祈願以及對於現世生活的期望。祭拜天公、土地公，目的是教人通過修心重德達到生命層次的昇華，也就是荀子所說的：「積善成德，而神明自得，聖心備焉」（《荀子》〈勸學篇〉）強調人們可以經由修身養性和積累善行，自然就會達到像聖人一樣崇高的道德境界。孟子也說：「君子有三樂……仰不愧於天，俯不怍於人，二樂也。」（《孟子》〈盡心上〉）在告訴人們立身處世應樹立高尚的思想道德，做事要光明磊落，對得起天、地。《周易》〈坤卦〉〈文言〉說：「積善之家，必有餘慶；積不善之家，必有餘殃。」表明不管人們行善或是作惡，其吉凶禍福均是自己日積月累的行為所鑄成，這是儒家「積善成德」的觀點。如果人人行事都能誠信正直，抬頭無愧於天，低頭無愧於人，那整個世間就充滿了溫馨和諧了。

肆　結語

　　本研究結合歷史學和傳統禮儀的研究方法，透過文獻史料的搜集、考證資料，來探究臺灣客家人傳統信仰禮俗的三種風貌，進而闡述客家人傳統信仰禮俗所蘊涵儒家文化的意涵。禮俗文化是人類在歷史的過程中發展出來的，是歷史經驗的沉澱與留存。客家文化是移民文化，不斷面臨新的挑戰，在新舊文化的兼容並蓄下，展現出客家人「崇本報先，啟裕後昆」的文化觀。[24]客家人以對天地、祖先、聖賢的祭祀來代替宗教，完成人生尋求精神寄託的偉大使命，這在世界文化史上，是一個獨特的創制。先民們在這塊土地上披荊斬棘所流的血汗，灌溉了臺灣的沃野，潤澤了臺灣純樸的鄉土文化。我們尋根探源，不僅見到臺灣客家人傳統的信仰禮俗「宗廟之美，百官之富」的堂奧，更了解到傳統文化與先民的生活經驗相輔相成，具有發皇歷史、綿延民族命脈的功能。

　　中華傳統信仰禮俗文化極重祭祀，祭祀最初源於人們對於天地的敬畏、感恩和誠敬。祭天地、祭神明、祭祖是天地陰陽二氣交互感應的表徵，感念天地的化育，感謝神明的庇佑，使得風調雨順，物阜民豐；感恩先祖篳路藍縷開創家業的德澤，彰顯了人神與人倫的關係，這些儀式也是禮俗文化的開端。《尚書》〈舜典〉記載：「月正元日，舜格於文祖。」舜帝在元日到祖廟祭祀祖先。「仁義」與「孝悌」是中華民族傳統道德的核心，在祭奠與追思中，孕育著後人的感恩之心和責任意識。《禮記》〈祭統〉記載：「祭者，所以追養繼孝也。……是故，孝子之事親也，有三道焉：生則養，沒則喪，喪畢則祭。養則觀其順也，喪則觀其哀也，祭則觀其敬而時也。盡此三道者，孝子之

24 參見廖開順著〈論河洛文化的根性精神及客家文化的根性精神〉，收錄於《歷史月刊》第244期（2008年5月），頁55。

行也。」可見傳統祭祀文化重視祭祀的教化功能，也是儒家人倫教化
的推廣。

參考文獻

一　古籍（依時代先後排序）

1.〔漢〕鄭玄注　〔唐〕賈公彥疏　《周禮注疏》　臺北市　藝文印書館　1998年

2.〔漢〕鄭玄注　〔唐〕賈公彥疏　《儀禮注疏》　臺北市　藝文印書館　1998年

3.〔漢〕鄭玄注　〔唐〕孔穎達正義　《禮記正義》　臺北市　藝文印書館　1998年

4.〔漢〕班　固　《白虎通德論》　上海市　上海古籍出版社　1990年

5.舊題〔漢〕孔安國傳　〔唐〕孔穎達正義　《尚書正義》　臺北市　藝文印書館　1998年

6.〔魏〕王弼著　〔晉〕韓康伯注　〔唐〕孔穎達正義　《周易正義》　臺北市　藝文印書館　1998年

7.〔宋〕朱　熹　《四書章句集註》　臺北市　鵝湖出版社　1998年

8.〔清〕王先謙　《荀子集解》　臺北市　藝文印書館　1993年

9.〔清〕陳培桂修　《淡水廳志》　臺北市　遠流出版社　2006年

10.〔清〕孟昭涵、李駒主纂　《長樂縣誌》　福州市　福建人民出版社　1994年

11.〔清〕趙　翼　《陔餘叢考》　臺北市　新文豐出版公司　1975年

12.〔清〕陳文達　《臺灣縣志》　臺灣銀行　1961年

13. 連　橫　《臺灣通史》　臺北市　眾文圖書公司　1978年

二　近人論著（依作者姓氏筆劃排序）

1.王貴民　《中國禮俗史》　臺北市　文津出版社　1993年

2.徐正光　《臺灣客家研究概論》　臺北市　行政院客家委員會、臺灣客家研究學會合作出版　2007年

3.陳運棟　《臺灣的客家禮俗》　臺北市　臺原出版社　1991年

4.劉還月　《臺灣的客家族群與信仰》　臺北市　常民文化　1999年

5.謝金汀　《客家禮俗之研究》　臺北市　中華文化復興運動推行委員會　1989年

6.謝重光　《客家源流新探》　福州市　福建教育出版社　1995年

三　碩士論文（依作者姓氏筆劃排序）

1.葉國杏　《客家喪祭三獻禮及其教育意涵之研究》　臺北市　臺灣師範大學教育研究所碩士論文　2004年8月

四　單篇論文（依作者姓氏筆劃排序）

1.〔南宋〕廖鵬飛　〈聖墩祖廟重建順濟廟記〉　1150年（紹興二十年）所寫

2.健　雲　鄉土采風〈客家夥房的天公爐〉（http://subtpg.tpg.gov.tw/）

3.張添錢　〈認識客家三獻禮與張氏宗祠祭典〉　收錄於新竹張昆和祭祀公業編　《紀念來臺祖善文公渡海二百四十週年特刊》　2015年

4.賴振員　〈媽祖信仰和客家社會生活與客家族群之間的關聯〉　中央大學電子報第128期　2011年3月1日出刊（http://hakka.ncu.edu.tw/）

5.廖開順　〈論河洛文化的根性精神及客家文化的根性精神〉　收錄於《歷史月刊》第244期　2008

五　網路資源

1.客委會網址（http://www.hakka.gov.tw）

2.中央研究院漢籍電子文獻瀚典全文檢索系統網址（http://hanji.sinica.
edu.tw）

3.維基百科〈臺灣媽祖信仰〉（https://zh.wikipedia.org/w）

附錄

1	〈從姓氏與堂號探究臺灣客家文化的蘊涵——以謝氏、張氏、賴氏為例〉，「2009社區大學客家語言與生活文化學術研討會」（2009年11月28日）
2	〈從客話成語探索客家人傳統文化的內涵〉，「2011年第二屆「客家文化傳承與發展學術研討會」（2011年5月23日）
3	〈從客語釋音探討朱熹《論語集註》的語言現象〉，「2012第三屆客家文化傳承與發展學術研討會」（2012年6月2日）
4	〈臺灣客家文學風情觀初探〉，「2013第四屆客家文化傳承與發展學術研討會」（2013年5月18日）
5	〈從堂號與宗祠聯語探究臺灣客家文化的蘊涵——以新竹縣湖口鄉張昆和宗祠為例〉，「2014第五屆客家文化傳承與發展學術研討會」（2014年6月7日）
6	〈客家三獻禮的文化意涵——以新竹縣張昆和宗祠祭典為例〉，「2015第六屆客家文化傳承與發展學術研討會發表論文」（2015年5月16日）
7	〈從張氏族譜家訓探究臺灣客家文化的蘊涵〉，「2016第七屆客家文化傳承與發展學術研討會發表論文」（2016年5月14日）
8	〈臺灣客家的宗祠文化——以新竹縣張昆和宗祠為例〉，「2017第8屆客家文化傳承與發展學術研討會發表論文」（2017年5月20日）
9	〈臺灣客家信仰禮俗所蘊涵儒家文化的探析〉，「2018第9屆客家文化傳承與發展學術研討會發表論文」（2018年5月19日）

文化生活叢書・藝文采風　1306024

臺灣客家禮俗文化新探索

作　　者　謝淑熙

責任編輯　廖宜家

特約校稿　林秋芬

贊助單位　客家委員會

發 行 人　林慶彰

總 經 理　梁錦興

總 編 輯　張晏瑞

編 輯 所　萬卷樓圖書股份有限公司

　　　　　臺北市羅斯福路二段 41 號 6 樓之 3

　　　　　電話 (02)23216565

　　　　　傳真 (02)23218698

發　　行　萬卷樓圖書股份有限公司

　　　　　臺北市羅斯福路二段 41 號 6 樓之 3

　　　　　電話 (02)23216565

　　　　　傳真 (02)23218698

　　　　　電郵 SERVICE@WANJUAN.COM.TW

香港經銷　香港聯合書刊物流有限公司

　　　　　電話 (852)21502100

　　　　　傳真 (852)23560735

ISBN 978-986-478-223-9

2019 年 5 月 30 日初版一刷

定價：新臺幣 420 元

如何購買本書：

1. 轉帳購書，請透過以下帳戶

　合作金庫銀行 古亭分行

　戶名：萬卷樓圖書股份有限公司

　帳號：0877717092596

2. 網路購書，請透過萬卷樓網站

　網址 WWW.WANJUAN.COM.TW

大量購書，請直接聯繫我們，將有專人為

您服務。客服：(02)23216565 分機 610

如有缺頁、破損或裝訂錯誤，請寄回更換

國家圖書館出版品預行編目資料

臺灣客家禮俗文化新探索 / 謝淑熙著.-- 初
版.-- 臺北市 ： 萬卷樓, 2019.5
　　面 ；　公分.-- (文化生活叢書 ；1306024)
ISBN 978-986-478-223-9(平裝)

1.禮俗　2.客家　3.臺灣

538.833　　　　　　　　　　　107017965